Orquesta

Miqui Otero

Orquesta

Papel certificado por el Forest Stewardship Council®

Primera edición en Mapa de las Lenguas: julio de 2025

Printed in Spain – Impreso en España

ISBN: 978-84-10299-93-1
Depósito legal: B-16162-2024

Compuesto en MT Color & Diseño, S. L.
Impreso en Gómez Aparicio, S. L., Casarrubuelos (Madrid)

AL99931

Para Sofía, la luz en la pista de baile.

Para que Martín aprenda a leer con esta frase.

Para Leti, nos queda todo.

Yo ni siquiera puedo disfrutar de una brizna de
hierba si no sé que hay una parada de metro cerca
o una tienda de discos o algún otro signo
de que la gente no lamenta por completo la vida.
Es más importante afirmar lo menos sincero:
las nubes ya merecen bastante atención
y aun así continúan pasando, ¿sabrán acaso
lo que se están perdiendo? Ajá.

FRANK O'HARA,
Meditaciones en una emergencia

Y que la articulación más pequeña de mi mano
avergüenza a las máquinas,
y que la vaca que pasta, con su cabeza gacha,
supera todas las estatuas,
y que un ratón es milagro suficiente
como para hacer dudar
a seis trillones de infieles.

WALT WHITMAN, *Una brizna de hierba*

0

No vais a olvidar esta noche jamás.

Lo prometió el cantante hace solo unas horas desde el escenario. Y si estás a punto de saber qué sucedió es porque la Orquesta nunca miente.

El primer paso para que algo sea inolvidable es contarlo y el mejor inicio puede ser el final, cuando aún hay recuerdos y pruebas. Ese sol lejano, por ejemplo, es una medalla de bronce que se acaba de colgar una nube y en el cielo feliz, piel rosa chicle de primer día de playa, se intuyen archipiélagos de hematomas y pellizcos azulados. Los montes son un tesoro verde de billetes viejos esparcidos sobre un lecho de serrín y cacao. También hay señales de humo en algunas teselas. Las moscas exploran tartas de galleta y crema pastelera que aún nadie ha catado.

El Valle se despereza en una confusión irisada, sin enfocar todavía lo sucedido en la verbena: mira a su alrededor como el resacoso que intenta entender basándose en la quincalla de la mesilla de noche, las manchas en la colcha, los bolsillos del pantalón. El prado de la plaza de la Iglesia románica amanece tapizado de cadáveres de decenas de estorninos. Aquí y allá, vasos de plástico se contorsionan como si la lava de un volcán los hubiera sorprendido bailando para que la ceniza conservara su última postura. Hay un mechero naranja de TODOS CONTRA EL FUEGO, un billete de diez mil pesetas rasgado justo a la altura del cuello de la efigie del rey, una chaqueta de Peppa Pig de dos a tres años (tallaje de niño europeo), el lóbulo de una oreja humana colonizado por unas hormigas atareadísimas que cargan pequeños diamantes de caramelo, el ventrículo izquierdo de una piruleta marca Fiesta con forma de corazón, un peine de oro macizo, la pantalla astillada de un iPhone que vibra y parpadea para iluminar la palabra «Zorra» y una Converse All Star de color blanco y pie izquierdo con trazas de sangre. Hay silencio, así que hubo música. Hay muerte, así que hubo vida. No hay nadie, así que por aquí pasaron todos. Toda la historia en una noche y todo el mundo en un lugar.

«¿Sabes que dentro de cien años toda esta gente estará muerta?», susurró ayer un optimista al oído del niño que ahora pasea en una bici roja y silba, desafiando al silencio con la melodía de *Quién teme al lobo feroz* en los labios, para que yo siga contando.

Puedo hablar de esta tierra porque llevo siglos viniendo a la Fiesta que cierra cada verano. Aquí se han visto caballos más altos que un hórreo, procesiones de almas envueltas en sudarios blancos y abuelas marchando en ropa deportiva fosforito. También niños con cresta de gallina, indianos en Cadillacs descapotables y damas con pies de lobo. Meriendas antiguas amenizadas por las gaitas y madrugadas recientes de orquestas que cegaban con sus focos: mozos bailando con la mirada hueca y la boina posada en el lomo de la moza y adolescentes besando el pasto con el culo a ritmo latino. Vacas que ordeñadas daban sangre y perros que escupían fuego. Bicicletas con corazón de Vespino. ¿Y? Nada comparado con esta noche para los que la vivieron antes y para los que están a punto de estrenarla ahora.

No vais a olvidar esta noche jamás.

1

Estoy dentro y fuera de ti al mismo tiempo. Soy cada latido más fuerte que el anterior y soy unos pasos que se acercan: el corazón del mundo y los pies de Dios. Mientras alguien me escuche, seguiré contando esta historia.

Soy invisible, pero todos se mueven cuando paso. Tengo millones de años como las montañas y nazco y muero cada noche, como los mosquitos.

Soy tu primera vez, una y otra vez.

Te reduzco al tamaño de una pulga y te agiganto más allá de las nubes. Tiemblas como una hoja y te cincelo en mármol. Yo soy el soplo que enciende los rescoldos de lo que temes y añoras.

Vibro en los intestinos secos tensados en el caparazón de la tortuga, retumbo en la piel de asno de los tambores que avecinan ejércitos romanos, silbo en el hueso de buitre y en el marfil de mamut de la flauta antigua, me anuncio con aulós y trompetas, picoteo en pianos, maúllo en cuerdas de níquel de guitarra eléctrica y trazo planes en el mástil, convertida en cordillera digital en la pantalla del Mac Pro.

Existo al menos desde que el hombre bajó del árbol, se puso a dos patas y pudo escuchar tanto el bombeo de su corazón como lo que el ruido del planeta quería decirle. He sido cortejo y deseo; también protección del depredador. Sin mí, los hombres prehistóricos se habrían desorientado en los laberintos de las cavernas; sin mí, no existirían los besos en las discotecas.

Hago entrar en razón a la sensibilidad y en armonía a la emoción.

Planetas, estrellas y desgraciados bailan según mi matemática.

Invento lo que sientes, lo descubro, lo describo y lo someto a las leyes de los números.

Lo domo, lo filtro, lo cultivo: detono controladamente tu estallido subversivo.

Abro y cierro las heridas como si fueran cremalleras y acompaño la sangría del hemofílico. Soy el corte y la cicatriz.

Te hago tararear en el ascensor, silbar en la sala de espera, comprar y decidir que nada, ni nadie, ni tú, tiene precio.

Te hablo a ti y solo a ti cuando todos escuchan y piensan que les hablo a ellos y solo a ellos.

Puedo embellecer lo desagradable y afear lo hermoso, bruñir lo humilde y oxidar lo noble.

Soy tan democrática como el aire, tan popular como un vaso, tan perfecta como un cuchillo, como una rueda, como un libro.

Estoy dentro y fuera de ti.

¿Quién soy? Soy la música de la Historia. Solo puedo contar lo que sucede en los lugares donde sueno. Yo te explicaré esta historia.

Así empiezo. Pasan quince minutos de las once de la noche cuando un dedo en la cuerda del bajo de la Orquesta pulsa también el corazón de cada habitante de este pueblo: un primer latido y un disparo de salida para esta noche. La luna es un plátano de plata que ilumina con cautela pistas y senderos sin tendido eléctrico. Se orean al unísono olores de brasa consumida, ropa húmeda, bosta remota, *maresía*, cable quemado y hierba seca que ha recibido el bautizo del *orvallo*, almendra garrapiñada.

Cerremos una cúpula invisible sobre este Valle cercado por montes de eucalipto, roturado con ríos secretos y carreteras mal asfaltadas, con el mar siempre a la espera por la salida norte. Los vecinos se apoyan en las desgracias casi tanto como discuten por las parcelas, cada vez más pequeñas, fraccionadas con cada muerto y en cada herencia: las casas desperdigadas, como si se le hubieran caído a un niño gigante que corriera con ellas en las manos, albergan a seres desconfiados. Este lugar no es modelo de nada, ni de heroísmo rural ni de miseria ejemplar: unas trescientas cincuenta personas censadas se ganan la vida con una economía mixta, madera y huertas, mar domado y monte industrial, una fábrica de cerámica y varios bares, en una tierra fértil que no se traduce en una tierra rica. Un territorio muy lluvioso donde cada sol trae la sospecha de tormenta: con más perros que niños y más defunciones que nacimientos, los muertos sueñan con los vivos, que reciben a unos seiscientos visitantes cuando llega el verano, con sus bicicletas viejas y sus bebés de estreno.

Laten ya los altavoces de la Fiesta anual en el pecho de todas las personas de Valdeplata, de los abuelos campesinos a los nietos con carrera, más solventes los primeros que los segundos, sus pulsos ya tan sincronizados como sus deseos. Las primeras líneas de bajo, con las que la Orquesta Ardentía prueba sonido, corretean por caminos y *corredoiras*, y pellizcan los esternones de los que se preparan para el baile. Hay bicicletas en las puertas de las casas, los manguitos de goma arruinando las buganvillas que trepan por las fachadas de granito o de ladrillo pintadas con colores vivos (rosa flamenco, verde pistacho, azul zafiro) que se rebelan contra el pasado plomizo y el gris difunto del cielo. Los coches se acumulan en acequias y cunetas levemente inclinados, cargando hacia la derecha: las melodías de algunos, pasodobles o canciones del verano, se fugan por sus ventanas, por donde los forasteros que han venido esta noche lanzan sus colillas sin hipocondría.

Un corro de abuelas se resiste a pensar que es una noche especial y comparte cacahuetes (y un frenesí de cuchicheos) en un banco de piedra de la Caja de Ahorros. Otras regresan a buen paso hacia casa, enarbolando linternas, las chaquetas anudadas a la cintura, vistiendo prendas deportivas de colores fosforescentes que solo existen en puestas de sol rabiosas. «Y luego, ¿a dónde vais tan rápido, de qué escapáis, hay un incendio?», dice uno sentado en una silla plegable delante del club social de la aldea. Desde hace años, ha visto que a las mujeres les ha dado por hacer ejercicio de noche en un lugar donde el ejercicio lo daba el trabajo en el campo cada día. La nariz del marido, bulbosa y morada, recorrida por constelaciones azules de capilares detonados por el vino, señala a la que es su esposa cuando lo dice. El Casiguapo, su compañero de vaso, afirma que este año no irá a la Fiesta. Lleva hora y media diciendo que se tiene que ir, que ya es tarde, que lo esperan en casa. Acaba de pedir otro vino.

En balcones y terrazas se abren botellines con mecheros. Las ventanas se encienden y se apagan, como luces de una discoteca, por el ajetreo ahorrativo de los habitantes de las casas, que cocinan, que se visten, que se duchan, que hacen temblar las lamas de madera antigua con sus prisas por llegar a su hora. Las libélulas, o caballitos del demonio, desperdician luz volando en un aire cargado de olor de *estrume* y la madera chasquea los dedos de sus ramas en el fuego de algunas barbacoas.

Dentro de esas paredes, a menudo desconchadas o con mataduras, las ollas tabletean para prometer el banquete de mañana, mientras las abuelas tararean y las primas se hacen trenzas entre ellas o se dan un manguerazo para limpiarse la arena de la playa o la tierra del monte. En el interior de esas casas todo huele a salsa de salitre y apogeo de sofrito, a agua destilada de la plancha y descorche de vino turbio y alivio de Nivea. La ropa de gala de toda la familia se estira sobre las colchas de las camas de muelle: mucho volante y estampado floreado, mucha camisa anciana de rayas con cuello almidonado, pantalones de pinza con llavero en la trabilla, mucha ropa interior aún con la etiqueta. A los pies, el calzado virgen: sandalias de hebilla plateada, alpargatas con la goma de la suela intacta y con el precio, zapatos bicolores y tacones tan altos como para hollar un prado, para mantener el equilibrio, para bailar esta noche.

Es imposible distinguir a lo lejos los banderines de fiesta que zigzaguean en los caminos de la ropa de colores que la brisa tibia, la misma que barre con desgana algunas hojas, seca en los tendederos anclados al prado con palos de aluminio.

¿Lo notas? ¿Notas los nervios?

Un coche pasa zumbando, demasiado rápido (será de fuera), y tres perros, que se montan y desmontan en un juego ajeno a la solemnidad de la fecha, intentan cazar un bocinazo al vuelo. Algunos vecinos acaban de cenar, reunidos alrededor de las mesas de la cocina, los platos de batalla sobre el hule: jamón y restos del caldo y hogazas del *bolo* que tiene que servir para la comida de gala de mañana, que no pasa la furgoneta del pan. En los comedores, cristaleras a medida de vidrio y roble, juegos de boda de Margadelos y bibelots de viajes de los nietos posados sobre mantelitos de lino con bodoque de ganchillo. Las mesas, extendidas o con un tablero encima, esconden su carcoma bajo manteles que, como los fabricantes de las estatuillas de los Oscar, solo trabajan una vez al año. Por eso duran, pero también porque son buenos, con remate de puntilla o hilo azul, a juego con las servilletas enrolladas dentro de las copas. Los cubiertos a la derecha de los platos, los soperos sobre los planos. La luz apagada hasta la comida del gran festivo.

Las líneas del bajo de la Orquesta siguen subiendo y bajando escaleras: el Valle tiembla con cada paso. Están fuera, pero las notamos dentro.

Una fiesta popular es como un debate electoral: reafirma las opiniones y rara vez logra cambiar el estado de ánimo. Pero también es como una jornada de votaciones: todos, mayores y pequeños, menos los más descreídos, irán a ejercer su derecho. La fiesta de la democracia. El que está contento está más contento. El que está triste está más triste. Yo no cambio las cosas, solo las agito. Soy el alcohol que diluye la timidez y acelera la narración, que aún no ha echado a andar.

No vais a olvidar esta noche jamás, digo, y todo vibra en ese instante, cuando el batería de la Orquesta Ardentía empieza a probar sonido con el primer redoble.

Vibran levemente los marcos de plata, madera o plástico de los retratos encima de cómodas y mesas camilla. Todas esas miradas de los muertos que posaban para una fotografía una vez al año: uno no sabría decir si temerosas, desafiantes o reprobatorias. Pestañea si quieres salir de aquí. Los retratados aguardan estáticos y son obedientes: parece que estén esperando una orden para seguir con su vida, que quizá se detuvo (con el mejor vestido de los domingos) hace setenta años, y que podría seguir esta noche si alguien les da la señal con un clic. Esas fotografías servían para ilustrar una época: el presente era entonces un año, o cinco, o veinte, la infancia o la juventud o la vejez, no un instante. Ahora el presente es un segundo, cinco fotografías en cinco, y por eso el presente, liberado de solemnidad e indescifrable por acelerado, es continuo y eterno: no deja espacio ni al pasado ni al futuro. Quizá hoy alguien dé una orden y los muertos tan endomingados salgan de los marcos de plata y madera para hablar, incluso bailar, con los vivos, vestidos tan deportivos y atrapados en la memoria de los teléfonos. Si el presente podía ser quince años y ahora es medio segundo, ¿por qué en esta noche no podrían caber todas las noches? He aquí algunos de sus protagonistas.

Vibra y castañea contra la pared el cabezal de boj de la cama de Cristóbal Margadelos, el Conde del Valle, de al menos ciento cinco años de edad, su cabeza envuelta en una toalla y su nariz a medio centímetro del agua hirviendo de la cazuela de cobre, respirando el aroma medicinal de las hojas secas de eucalipto y bisbiseando palabrejas que nadie entiende: *Betula celtiberica*, *Castanea sativa*, *Cedrus deodara*, *Cupressus arizonica*, *Fraxinus angustifolia*, *Genista scorpius*, *Myrtus communis*, *Taxus baccata*, *Eucalyptus globulus*. Un cristo en cruz en la pared maestra y unas *zuecas* ensangrentadas a los pies de esa cama de la que probablemente, si no media un milagro, no vuelva a salir.

Vibra y tabletea la olla de hierro fundido esmaltada en marrón frente a Placeres Fiallega, la trabajadora jubilada de la empresa de cerámica y loza, de más de ochenta años, cuando la mano izquierda enguantada en un paño de cuadros levanta la tapa para asomarse al pulpo. «Hay que espantarlos, hay que espantarlos aunque estén muertos, joder», grita sola en la cocina, mientras mete y saca al animal de la olla, como si estuviera torturando a un espía para que olvidara o desvelara un secreto (en realidad, para aliviar los nervios de la carne del pulpo y también los suyos). Un mechero donde se lee TODOS CONTRA EL FUEGO y un blíster de ansiolíticos en la encimera, al lado de la cocina de leña.

Vibra o titila la pupila encharcada de Ventura Rubal, delgadísimo camionero jubilado de la Danone, de setenta y dos años de edad, cuando dispone sobre el capó del coche en el garaje cerrado un vestido de fiesta de lentejuelas negras, una horquilla del pelo, un pendiente de aro a la izquierda y otro a la derecha. El Renault 27 parece un cadáver y él no lo conduce desde hace diez años. El motor encendido y las ruedas deshinchadas.

Vibra, justo antes de resbalar, la suela de goma revestida de piel de los zapatos castellanos de Soledad Díaz, de sesenta y *bastantes* años de edad, exconsejera autonómica de un Partido que no ha obtenido representación parlamentaria, cuando se hunde en el surco embarrado de la huerta donde ha ido a buscar una lechuga. Los bajos del pantalón del traje de chaqueta color turquesa ya marrones y una hoz en la mano derecha (al menos no lleva también un martillo). «La infelicidad es intentar controlar lo incontrolable», se dice mirándose las perneras sucias. Y luego: «El destino actúa a través de nosotros». Podría hablar por el manos libres o hablar sola (pero nadie la llama nunca, así que quizá finja lo primero y haga lo segundo).

Vibra y *claquetea* la cancela, un somier de varillas de aluminio, de la última tierra de Cosme Ferreira, de unos cincuenta años de edad, recientemente divorciado y amante de la inversión en criptomonedas, que ahora escoge un billete de diez mil pesetas (lo heredó de su padre) con la efigie del rey para envolver un enorme fajo de billetes de cinco euros que a continuación frunce con una goma de pollo. Intenta una vez más recordar una sucesión de números que ha olvidado y de la que depende su vida y la de su exmujer.

Vibra la finísima pantalla del portátil, parpadea el cursor como un soldado perdido en la tundra, de Miguel, cuarenta y dos años de edad, padre de dos niños pequeños y de cuatro novelas largas que ahora escribe, como al dictado, la frase «No vais a olvidar esta noche jamás», porque sabe que en breve la dirá el cantante de la Orquesta. «Siempre las mismas caras. No la misma gente, pero sí las mismas caras», apunta después en una libreta. Aunque ignora qué pasará hoy y, por tanto, no sabe qué escribirá mañana.

Vibra el teléfono móvil de Caridad Villaronte, responsable de las redes sociales de unas ocho empresas, de treinta y tres años, la Muñeca del Valle, guapísima un poquito a su pesar, ahora sentada en el retrete. Vibra porque le acaba de entrar un mensaje en su grupo de amigas, al que contesta con una retahíla de ocho emojis de cara llorando de la risa. Cuando pulsa enviar, dice: «Puta tarada, retrasada mental». Se enjuga un par de lágrimas con un trozo de papel higiénico y aprovecha para mocarse esa nariz con *piercing* de azabache: luego lo lanza al agua del váter, teñida de rojo. Hay también un test de embarazo en la tapa de la cisterna, justo al lado del sombrerito de aluminio del que ahora tira para liberar la cascada.

Vibra, o se cimbrea, la bailarina hawaiana semidesnuda en el salpicadero de la furgoneta de la panadería que conduce, con la mirada en llamas, Ton Rialto, de veinte años y algunos días, que ahora se fija en ese muñequito con minifalda de hojas y diadema de flores en pleno hula y le grita: «¡Estoy tranquilo, joder! Lo que pasa es que soy muy perfeccionista», justo mientras toma a casi cien kilómetros por hora una rotonda al revés, en el sentido de las agujas del reloj, y se lleva la mano a la oreja ensangrentada.

Vibra el peine de oro macizo en contacto con el cuero cabelludo de la muñeca de Iria Agarimo. La niña, de once años, mezcla prisa y paciencia para desenredar esa melena de cloruro de polivinilideno tintado de rosa antes de correr a descolgar el vestido con estampado de flores y volantes en los hombros que se seca en el tendedero. El peine de oro macizo lo trajo a casa un cerdo hace varias generaciones. Y ella se quiere poner ese vestido hoy, aunque sea húmedo, porque quiere celebrar algo después de un año de broncas entre el padre y la madre. El vestido se lo ha hecho su abuelo, un manitas que le fabricó su primer sonajero con madera y arroz. Aprovechó la tela restante de la niña para hacerle uno a juego a la muñeca del pelo rosa. El abuelo cuida a la nieta como la nieta cuida a la muñeca.

Vibra y da una voltereta hacia atrás un feto de treinta y seis semanas, un muñeco articulado y monocromo, el ser humano más pequeño del Valle, en la barriga abombada que tensa el tejido estampado de amebas azules del vestido de la madre, que recibe un patadón de propina al que contesta: «No tengas prisa, que aún no es hora ni tienes edad para salir de fiesta».

Vibra el timbre con forma de balón de fútbol antiguo en el manillar de aluminio de la bicicleta roja, cuyo jinete de once años tendrá que hablar durante las próximas horas con todos estos, y algunos más, habitantes del Valle: hay una rifa, y para participar tienen que escribir en un papelito un mensaje (un piropo o una acusación o una pregunta o una reflexión o una confesión), que luego la Orquesta leerá en algún momento de la noche para que lo escuchen los vecinos. El niño es muy querido en el Valle y todos le harán caso, quizá porque de pequeño era sordo, quizá porque está a punto de tener una hermanita (el feto que se agitaba en el párrafo anterior), quizá porque este verano ha ayudado (timbrando de casa en casa) a recaudar fondos para pagar a la Orquesta de hoy, o porque hay una efervescencia expectante ante este juego que ha inventado, el de que los vecinos de un Valle de luz lechosa donde cuajan tantos secretos digan algo sincero para que lo escuche toda la Fiesta.

Cuando Apolo descubrió que Hermes, el primer mensajero de la Antigüedad, le había robado el ganado, este decidió regalarle algo: un caparazón de tortuga, laminitas de madera y filamentos secos de tripa. Que vibran, que suenan. Le regaló el privilegio de la música, el primerísimo instrumento, para calmarlo. ¿Tiene la culpa el mensajero, con su mochila llena de mensajes del coro del Valle, de todo lo que finalmente pasará esta noche? ¿Tengo culpa yo, la Música? La culpa, como yo, es obsesiva, y uno se desprende de la que se le ha pegado cuando logra pasarle ese remordimiento o esa melodía a otro.

Se afinan los instrumentos como animales que intentan ponerse de acuerdo en una lengua con demasiados dialectos. Vibran las manos de nuestro mensajero, que se aferran a los manguitos de goma cada vez que la bici roja se libra de una piedra en el sendero que conecta el gran pazo del Conde con el prado de la Iglesia, donde la Orquesta ya suena: cuatro zigzags de bajo, tres serpentinas de colores dibujando frases de trompeta, una taquicardia de bongos y ese bum-bum-bum del bombo de la batería sincronizado con el bum-bum-bum de los corazones de todos estos personajes del Valle.

Estoy en tu pecho y en la habitación del Conde, que escucha en su transistor la emisora pública de música clásica (hace llamar cada día a su criada al mismo programa para pedir que le pongan la sonata de Mozart número 10 en do mayor; ella, por descuido o como venganza, a veces le deja sintonizados Los 40 principales). El Niño de la Bici Roja sube las escaleras.

Dentro y fuera de ti. El bum-bum-bum: suena como los latidos de una criatura feliz. El bum-bum-bum: suena como los pasos de un monstruo que se acerca, que ya está aquí.

I

Los fuegos del verano se apagan en invierno, limpiando.

Tengo más de cien años y casi tantas historias como dinero, pero tan pocas certezas como horas por delante. Todas mis certezas incluyen una solución o un alivio. Como la de los incendios. O como esta otra: nos vamos a morir, pero no seremos los únicos.

Has venido buscando un mensaje y te irás con unos cuantos. ¿Por qué? Porque me pides que le diga al Valle algo en un papelito para participar en la rifa. No necesito el premio. Para mí el premio es que me hayas preguntado. Han muerto muchos de los míos, me he dado cuenta de que algunos de los míos no eran de los míos y el resto, el resto de los vecinos, ya ni me conoce. Una cosa es sentirse único y otra bien distinta sentir que eres el único que queda. Podría estar muerto y no cambiaría nada. De hecho, si apareciera en la Fiesta, algunos pensarían que han visto a un muerto paseando por el prado, lo que, por otro lado, es bastante habitual que suceda en este Valle. Pero hay algo que puedo hacer antes de morir. Y ese algo acabará en el papel que me pides. Mira, esas *zuecas* con sangre reseca de ahí son la pista.

Antes de que la enfermedad me devolviera a esta habitación, llevaba mucho tiempo encerrado en la cabaña. Cuando se enteraron de que el Conde, con casi setenta años, había decidido abandonar el pazo (este caserón de cantería, con su torreón y sus arcos de medio punto, con su enorme caldera de biomasa), pensaron que estaba loco, que es como las personas despachan cualquier misterio interesante que alguien les plantee. Pensaban que la pérdida de mi mujer me había arrebatado también el juicio. Construí la cabaña con mis manos hace ya más de dos décadas al pie de la *fraga*, más allá de las florestas: gruesos palos de carballo servían de vigas, tejado de pizarra cubierto de retamas y tojos, las paredes con tablas de acacia embadurnadas con aceite de linaza. Tenía su puerta, un pequeño ventanuco con cortina y una *lareira*. Cuando murió mi mujer, yo, que siempre había vivido en el pazo más grande y cómodo de la región, solo podía dormir en ese *cabanote*. Tenía un camastro y una mesa donde leía a Voltaire, a Adam Smith, a Steinbeck, a Shakespeare, a los rusos (me dejé barba de *staret*) y aquella edición de 1848 de las *Memorias de ultratumba*, donde el difunto que se vela es todo un mundo. Y tuve mucho tiempo para pensar, para mirar atrás y reflexionar sobre cosas como la que te escribiré en el papel.

Me ponía las polainas y salía con mi carabina Remington a disparar a jabalís. Una vez se me encasquilló, tropecé y tuve su hocico en mi oreja durante minutos. Cazaba corzos, *raposos*, liebres, palomas y perdices. Desafiaba las futuras líneas de electricidad plantando pinos. Desbrozaba silvas, tojos y helechos. Cerraba tierras con alambre de picos y llenaba jarrones con las flores más humildes, gramíneas y matas de esa braña, de todo ese terreno inculto. Nunca he sido más feliz que esos años, que se supone que son los que a nadie le interesan. Que me los den a mí todos. «*Toleó* el Conde», decían, sobre todo mi hijo, y yo vivía.

Te explico todo esto porque me has preguntado. Y porque sé que me queda poco. Siempre he sido así: sé ver el futuro. Dicen que me untaron con los aceites de difunto en lugar de con los del bautizo y desde entonces sé si alguien va a morir o no. Desde niño, acertaba si aquel tío emigrado a Texas o aquel otro a Cuba fallecerían. Ellos andaban amasando fortuna al otro lado del océano, pero a medianoche yo veía sus caras en la ventana de mi habitación infantil y días después llegaba la carta que informaba de que habían muerto.

—¿Quieres café? Mamá hizo café de *pota* —les decía.

Y ellos, mudos: solo sonreían, como si lo supieran todo, con la cara enmarcada por la ventana de carballo (no dejaban vaho en el cristal).

Ahora sé que me toca a mí. Muchos mentirosos son capaces de engañar a quienes quieran, salvo a ellos mismos. Yo, sin embargo, sé admitir que me quedan unas horas: mi corazón es un hombre cansadísimo que ni puede ni quiere caminar más. Quizá me vaya cuando esté todo el Valle de Fiesta. Te acompañaría, pero apenas puedo levantarme: mira por esa ventana. Sí, coge el reclinatorio ese, el que lleva mis iniciales. ¿Ves esas luces? No, no son las del palco de la Fiesta, no. Es la Compaña, la procesión de doble fila que sale en la oscuridad («¡Anda de día, que la noche es mía!») para visitar al que morirá pronto. Seguramente están buscando el camino para llegar hasta mí. Si te acercaras, verías que llevan antorchas, van vestidos con sudarios blancos y caminan sin pies, flotando sobre dos centímetros de bruma. Delante de ellos va un hombre vivo con un crucifijo o con un hueso (no te asustes: dicen que suele ser la tibia en llamas de un niño) y la comitiva la cierra otro con un caldero. Vienen aquí, sí, y yo me alegro. Dicen que son almas en pena, difuntos aún en el purgatorio, pero ¿sabes qué? En realidad son los muertos que aún no se han ido del todo, que es una forma de decir que son los muertos que aún no han sido olvidados por los vivos. Pasean mientras alguien los recuerde.

Lo mejor es que algunos de ellos son vecinos míos. Da miedo pero es bonito, lo de la Compaña, una procesión mágica que une a vivos y muertos: debajo de esas capuchas estará la cara de mi primera ama de cría, de la primera campesina con la que jodí, del amigo con el que jugábamos a disparar a nidos y con el que iba siempre a buscar berberechos y *longueiróns* a la ría. Mi vida ya solo pertenece a los difuntos. Mi hijo vive, sí, pero para mí también ha muerto: hizo muchas cosas malas, algunas de las que hice yo en mi juventud, pero luego me traicionó dos veces (pude perdonar la primera, la que nos llevó a los juzgados, pero jamás perdonaré la segunda, la que tiene que ver con la memoria de estos montes y de mi esposa). No te voy a explicar más porque es complicado.

He tenido varios dones desde pequeño, sí. Aparecía y desaparecía como por ensalmo: las gallinas, las muy coquetas, seguían mi rastro y los perros no me abandonaban y los pájaros venían a mi mano. Cuando tenía tu edad, por ejemplo, vi a un *mouro*. Te hablo de otra época, cuando se decía que existían bebés con cresta de gallo, las gallinas que empollaban a crías de oro macizo (solo se las veía de madrugada), las vacas que daban sangre, y cuando yo, que me creía y no me creía todo eso, siempre llevaba encima un poco de pan de San Nicolás: lanzabas un pellizco al monte y apagabas incendios; lo tirabas al mar y calmabas temporales. Una vez incluso me pareció descubrir a una de esas doncellas transparentes: bebían vino y veías el líquido rojizo bajar desde la boca hasta la *cona*. ¿Que si creo de verdad aún en todo eso? No lo sé. ¿Y tú, tú crees? A ver ahora.

El *mouro* se me apareció un día de Fiesta. Muy cerca de la Iglesia, donde esos delincuentes hacen música ahora. Entonces las fiestas empezaban con gaitas y acababan con hostias: eran fiestas de merienda, pero lo que se papaban eran golpes. La gente traía pan de centeno, pulpo o lacón y, después de anudar a los burros en fila, lo compartían todo sobre el prado de la Iglesia. Después de la misa, tocaban unos cuantos gaiteros. Esa noche, un semental empezó a montar a una yegua justo a su lado, y los músicos se vinieron arriba imitando el coito con sus instrumentos, y todos animábamos a los animales, que le dieran, más fuerte, por la salud de los gaiteros. La cosa seguía entre vino y vino: se podía alargar hasta la primera pelea. O hasta la tormenta o hasta un incendio. Porque aquí siempre ha ardido todo sin avisar.

Pero yo, como te decía, siempre me iba antes: el secreto, en cualquier escena, es llegar el último e irte el primero. Me alejaba tocando melodías viejas con una flauta de mirto: así es como tanto los vivos como los muertos sabían que llegaba. Ese día había bebido mucho vino y el vino no es agua. Necesitaba dormir. Estaba en uno de los pastos de mi familia durmiendo la mona cuando, de repente, la figura de un caballo del tamaño de un hórreo se recortó contra un cielo color *ameixa*. Medía lo menos dos metros, o eso me pareció desde el suelo, y lo cabalgaba un gigante apuesto y muy moreno. Nos habían preparado para eso. La sabiduría popular decía que esos antiguos pobladores mágicos de la zona volvían a por nuestro dinero, que ellos consideraban suyo. Si te cruzabas con uno de esos *mouros*, tenías que ponerte un pañuelo en los ojos para no verlo y decir, muy fuerte: «Dame de tu riqueza y yo te daré de mi pobreza». Se supone que así se iba. Yo, el niño más rico de la región, cambié la frase: «Dame de tu pobreza y yo te daré de mi riqueza». El que huyó fue él (me encargué de explicarlo así). Desde entonces, siempre he hecho eso con las gentes del Valle: darles una mezcla de miedo y respeto. Las claves para que todo esté ordenado, para que la gente obedezca, son tres: milagro, misterio y autoridad. Lo sabe el gran inquisidor y lo sé yo, un conde modesto.

Lo de ser conde suena muy bien, pero ya no tiene importancia, solo la tienen las tierras que el título me dio —y todavía conservo muchas de ellas—, así que hay que saber ganarse a los vecinos. Aún recuerdo cuando me disfrazaba de pobre y bajaba a la taberna, miraba al más borracho y le decía: «Mientras sigas cantando, el resto bebe gratis». Eso es. Miedo y respeto. Que, como el sol, me sientan cerca y lejos, inalcanzable. Un sol como una moneda en un monte de billetes.

Eso sí, es importante que no sepan entender cómo se amasa una fortuna así, que piensen que está ahí desde siempre, desde antes de los *mouros*, los antiguos habitantes de Valdeplata. Todo esto lo tienes que saber, aunque no sepas para qué: te hará falta. La fortuna de los míos nació en el mar, con ballenas y bergantines cargados de sal y madera, caballos para las tropas napoleónicas, acuerdos con el rey, retratos de Goya, contrabando de tabaco cubano y ron caribeño, fundiciones de hierro y máquinas a vapor, ideales ilustrados y esclavos sumisos y supersticiones añejas. En plantaciones cafeteras y en ingenios azucareros, y todo ello al final en nuestras tazas, nuestra fábrica de loza, la pionera en el mundo en derechos y en diseño.

Aguanta un poco, que te irás con un mensaje para todos y un secreto para ti.

Y lo más importante: cuidar el monte, nuestro verdadero tesoro. Desde niño siempre he buscado el árbol milagroso, el que más verde diera a mis terrenos y a mi cartera. Verdes hay muchos, y por suerte los catalogó Ramón, el sabio del Valle: «El verde claro del haya, el oscuro y brillante del acebo, el verde ágil y liviano de los brotes de los carballos y el enjoyado con el amarillo de los *toxos*». Pero ninguno nos ha dado tanto dinero, ni tantas desgracias, como el verde clínico (casi fosforito, dirás) del eucalipto. Esos alfeñiques con penacho que crecen delgadísimos buscando las nubes. Como tú, que anda que no has crecido.

El primero lo trajo de Tasmania Rosendo, un misionero al que me ligan apellidos e inquietudes, a finales del siglo XIX. Lo tuvieron ahí, de adorno, en el pazo, durante décadas. Les gustaba el olor y les inquietaba su discreción poco aparatosa: era capaz de subir cincuenta metros de altura ocupando solo un metro de diámetro. Un poder rotundo pero quizá poco invasivo.

Fui yo, el niño adivino, perseguido por gallinas y perros y caballos gigantes, el que intuyó que había que plantar muchos más y empezar a cortarlos. En la posguerra, comenzamos a añadir la variante del *Eucalyptus globulus*. Un pino tarda medio siglo, pero puedes recoger eucaliptos en poco más de doce años. No lo hacía por dinero, que siempre me sobró, sino porque desde niño tuve el ansia de saber cuántos ciclos de un mismo árbol podría vivir en una vida. Esa era toda mi voracidad, más allá de la jodienda, y así he quedado empachado. Piensa en ello: un abuelo no planta un árbol para verlo, sino para que dé sombra y alivio a sus nietos.

Pero en los años ochenta los vecinos empezaron a vender la madera a empresas. Fue la codicia, el mirar de reojo al de la casa de al lado, el motor de la escalada, al que se sumó el de las excavadoras lagarto y bulldozer, con sus cadenas rotatorias que reventaban raíces y cepos antiguos. A inicios del siglo XXI, todo el monte era *Eucalyptus globulus*. Algunos más prudentes plantaron *Eucalyptus nitens* para evitar la plaga de gonípteros, ese escarabajo que se come los contornos de la hoja mientras sus larvas se ocupan del centro. Plantaban, talaban y vendían. Yo siempre he intentado imponer otros árboles, pero ellos solo querían este: dinero rápido. Exprimían al máximo sus tierras con Agroblen, alteraciones genéticas, limpieza. Al final, la gente es virtuosa si hay dinero en juego: el dinero era la mano invisible que cuidaba de los montes. Y vendían siempre a los mismos madereros, que aceleraban el proceso con sus promesas, que inflaban precios para generar toneladas de un material que, al cabo de un tiempo, les permitieran comprar baratísimo por exceso de oferta. ¿Leíste *Las uvas de la ira*? Aún eres muy pequeño, *rapaz*. Todo, al final, en manos de las pocas empresas de primera transformación de madera que convierten nuestro tesoro en contrachapado para países emergentes, biomasa para energía o incluso pasta de papel para los libros, si es que aún se leen libros. Imagínate que estos montes se convierten en billetes, o en un libro. Solo los montes y los libros tienen memoria. Y el dinero. Y yo, aunque a veces me falle.

No sé si te aburre que te hable del monte. Pero es que con el monte, como con las leyendas, pasa una cosa: cuando hablas de él, en realidad estás hablando de nosotros. Más de diez mil euros por hectárea de madera, talada y recogida cada quince años, incluso cada menos, si hay prisa. Los que se han dedicado a explotarlo saben que el monte se cansa después de la tercera corta, pero ellos siguen tala que tala. Ahora todos pagan la universidad de sus hijos con la corta de eucalipto y todos culpan al eucalipto de sus males. ¿En qué quedamos? Todos los hijos que se han ido y que no saben qué parte de este verde, de todo este verde, lleva su nombre.

Ni siquiera los culpo. Lo último que oleré será este eucalipto que calma la tos y me trae recuerdos con cada vaho que hago. Cuando ya no me sirvan, cuando yo ya no esté, como si quieren quemarlos todos y empezar de cero. «El tiempo es el fuego en el que ardemos», leí una vez. Igual es lo que necesitamos. Cada vez hay más incendios: no sé si la gente está más loca o el clima está más enfermo. Llueve menos, solo cuando la lluvia viene del nordeste y la gente está más cabreada. Hubo un tiempo en que la gente se dio cuenta de que, si prendía un fuego discreto, eliminaba la broza y no mataba los árboles, pero a veces sale mal. Y también puede venir un desalmado que prende fuego y arde todo como la yesca. O arden porque los nietos los descuidan. O uno quiere quemarle la tierra al vecino, esa tierra que considera suya, porque los marcos están ahí, clarísimos, rectos. «Entre marco y marco no hay arco», como decía el Sheriff, Cosme Ferreira, pero ellos siempre quieren más.

Mira Froilán y Xosé, el Casiguapo y el Ambipur, sí, que llevan años peleando por un trozo de tierra. Esos dos ni siquiera son conscientes de cómo empezó su discusión, incluso antes del incendio. El padre del Casiguapo, que paseó con la camisa de falangista hasta veinte años después de que acabara la guerra, humillaba al del Ambipur: lo hacía caminar cuatro kilómetros por la vía del tren para tomar dos chupitos de aceite de ricino. Ir y volver. Lo peor es que, además, lo obligó a cortarse solo la mitad del bigote, así que por el camino muchos se burlaban de él. Yo miraba y callaba: nunca me he metido en sus cosas. Además, luego se lo cobró.

Porque recuerdo el año que a media Fiesta vimos un fuego enorme en una casa y yo tardé bien poco en darme cuenta de que era la del Casiguapo y de que la habían quemado los maquis. El fascista del padre del Casiguapo me parecía un hombre horrible, un botarate con ínfulas, aunque, entre que tenía una taberna y que era el *fogueteiro* de las fiestas, la gente no lo odiaba como se merecía. Me repugnaba por falangista, sí, que siempre me parecieron unos oportunistas analfabetos, pero manejé a todo el Valle para apagarlo entre todos. No había sido un rayo ni una colilla. Casi siempre es el hombre, siempre con razón, aunque la razón sea terrorífica. Se tiene miedo de los lobos, pero si los conoces no hacen nada, solo a algunas gallinas, ni siquiera comen yeguas blancas. Pero a los hombres no los entiendes. Ni yo me entendí durante mucho tiempo.

Siempre hubo problemas aquí y siempre se dijo que los problemas venían de fuera. Mira Soledad, que la vi en la televisión hace años dando un mitin de su Partido y hablando del eucalipto, «el árbol que vino de fuera». Que era un árbol que lo quiere todo para él. Que destrozaba nuestro paisaje. Que se había comido toda la diversidad autóctona. Culpan al árbol, que solo sabe crecer buscando el sol, para tapar a los verdaderos culpables, ellos mismos. Al menos yo lo sé e intento compensarlo. Dicen que es extranjero, que es de fuera, pero no saben que el tojo llegó aquí muchísimo antes que las hortensias o las camelias que ellos sienten tan suyas. Todo viene de fuera, siempre, ya sea en un avión o en forma de virus.

¿Y por qué te cuento todo esto? Pues porque me preguntaste. Soy como mi transistor, el que está sonando: solo se escucha bien, nítido del todo, si alguien pone la mano caliente sobre la madera de la carcasa. Y porque desde la cabaña no hablo con casi nadie, y eso que todos vienen a preguntar por la herencia, por el tesoro. «El oro vino del mar, pero el tesoro está en el monte», les digo como si verdaderamente me hubiera vuelto loco. Mi hijo se ponía nerviosísimo cuando le entraban las prisas por el dinero y le contestaba solo eso. Me mandaba desde Londres una carta larguísima suplicándome una paga y yo le contestaba con esta frase escrita en una pequeña corteza de árbol. Siempre fui consciente de que era un vivalavirgen, un pelele frívolo, pero solo después supe, con la primera y la segunda traición, que además era un canalla.

En cambio tú me recuerdas, como decía el gran Ramón, el escritor del Valle, a «cuando florece el durazno en rosas y rojos y se encienden los faroles del magnolio y las hojas del castaño y despiertan las cerezas madrugadoras y cantan algunos cucos». Y hasta triunfan las zarzas, las gramíneas y todas esas flores sin nombre, anónimas y sensatas. También los helechos, que viven y mueren en silencio, y las ortigas, con su orgullo humilde y supersticioso. Yo soy un hombre ilustrado, pero no se puede entender este Valle sin todas sus leyendas, porque hablan de nosotros. Incluso de ti, te las creas o no.

Otra vez, ¿que si creo en ellas yo? Verás: Dios existe. ¿Y sabes por qué? Porque nos lo hemos inventado, esa es la prueba de que existe. Y lo mismo con el diablo. No sería tan fácil defender que existe si dijéramos que se te tiene que aparecer a las once de la mañana, a plena luz del día. Pero, sígueme, ahora pongamos que alguien se inventa que el diablo en realidad se aparece en sueños. Hay desgracias, y por tanto hay pesadillas, y por tanto las protagonizan los demonios. ¿Ves? Ya estamos cerca: es más fácil creerse algo si la ficción facilita una base de verdad. Un pequeño peldaño para que te asomes a lo que te asusta y te fascina. Al encanto. ¿Crees, después de todo lo que te he contado? A ver esta noche.

Antes de irte, coge esas *zuecas*. Sí, esas que parece que estén manchadas de sangre de otra vida. Si llevas las manos ocupadas, si te aferras a ellas con fuerza, si viene la Compaña no te podrá dar ni el hueso, ni la cruz, ni el caldero y llevarte con ella. Qué *carallo* me hablas de la bicicleta. Pues vas andando. Así te da más tiempo de pensar en el mensaje. Te lo he escrito aquí, ten: lo preparé cuando me dijeron a qué vendrías. Sí, o las metes en la mochila. No te va a manchar nada, esa sangre tiene más de medio siglo. Pero, como toda sangre, nos habla, nos cuenta cosas si queremos escucharla. Tienes que estar atento. Te diré algo de mi obra de teatro favorita, sobre un rey ciego al que todo le falta ya: «Mira todo con tus oídos». Sobre todo hoy, que está muy oscuro.

Ahora bésame el dorso de la mano en señal de respeto. Y, venga, la palma en señal de gratitud. Se han perdido costumbres como esta. Encima te tengo que dar las gracias. Gracias.

Seguramente hoy verás a una *moura* peinando sus cabellos, quizá asoleando tesoros en algún punto de la Fiesta. Una niña con una melena larga y un poco rojiza: tú aún no sabes quién es (de otro modo, no tendría gracia) y yo no quiero arruinarte la sorpresa (si no sería un desgraciado). Mira: sabes que pasa la Compaña por el ruido de viento y cadenas, el olor a cirio y una desazón extraña y un miedo que no sabes de dónde sale. Y sabrás que es la Moura porque no querrás que se vaya. Y porque te fijarás solo en detalles: sus hombros, su voz cuando acaba una pregunta, el arrebol en sus mejillas (son blanquísimas, pero se le sube el rosa a los mofletes) cuando dice algo, pero lo que tú entiendes es otra cosa, el olor cuando ya se ha ido y piensas: «Pero ¿ya se fue?». Escucha: cuando estés con ella te vendrá una mezcla de euforia y tristeza, como de alegría por descubrir y de pena por la posibilidad de perder (a eso luego lo llamarás «deseo», pero aún no tienes por qué conocer esa palabra). Donde tú ves a una *moura* igual otro no ve nada, o no ve nada especial, que es lo mismo, pero esa es la gracia: la tienes que ver tú, solo tú. Por eso son mágicas.

Bien, pues tendrás que ir con ella a por la prueba. Las *mouras* son muy sabias y conocen los escondrijos de los tesoros. Y la prueba de ese tesoro es un olor y es un papel, este papel, que abrirás cuando lo huelas: este mensaje que escuchará todo el Valle es mi decisión final, y te aseguro que es un final inesperado. Pero antes tienes que ir al campo de abetos que planté uno a uno hace cincuenta años, al lado del molino de agua. Llévala allí y enséñale el primer secreto. Palpa la corteza de uno de esos abetos hasta que encuentres una buena verruga. Entonces pínzala con el pulgar y el índice hasta que se libere el olor. Huele tu mano y que ella también te la huela: ese perfume de limón y clavo que todos podrían tener, pero que nadie sabe buscar. Esos pequeños milagros que no importan a nadie. Cuando lo hagas, yo ya no estaré vivo en esta cama y tú tendrás por delante el futuro que acabo de ver para ti. Ahora, antes de irte, sube la radio.

2

Siempre las mismas caras. No la misma gente, pero sí las mismas caras. Entonces, hace ochenta años, y ahora, a medianoche, que empieza todo. Esta Fiesta.

Estoy muy contenta de haber venido. Hasta hace unos minutos la Orquesta solo afinaba y yo sonaba con la dispersión que domina la banda sonora del monte nocturno, cuando no hay humanos. Ramas tronchadas, ulular de mamífero, tropiezo de jabalí y un huevo que cruje. ¡Fraseos de vientos, redoble de truenos, ensayo de segundas voces como aullidos lejanos! El reloj digital Casio en la muñeca del Niño de la Bici Roja emite un doble pip e ilumina cuatro ceros: «00:00». Sonaba, también, a todo lo que pasa en una novela antes de que empiece o después de que acabe.

Ahora, sin embargo, solo se oyen los grillos estridulando y la masa sónica de la toma de tierra. Anuncios de peluches, gritos de niños derrapando con las bicicletas y un bombo que avanza al fin marcial a paso doble. «¡Seguidme, conozco el camino!», le dice a una orgullosa melodía que habla de suspiros y naciones. Siguiéndola, uno andaría ciento veinte pasos en un minuto, más o menos los que se necesitan para cruzar el prado de la Iglesia.

Las calles, senderos y *corredoiras* del pueblo van llenas de coches (muchos maleteros, convertidos en minibar, abiertos), donde los primeros adolescentes mezclan en vasos de plástico de litro experimentos de colores, sabores y graduaciones como científicos temerarios. Entran en el prado de la Fiesta a paso vivo los primeros vecinos, con la curiosidad de los insectos pioneros que descubren un caramelo o una bombilla. El aroma de almendra garrapiñada y nube de azúcar se enreda en los cables de las guirnaldas de bombillas de colores que adornan tenderetes y cantinas.

«Qué alegría, qué alboroto, otro perrito piloto», suena por los altavoces de los puestos de tiro con rifle y rescate de pato de plástico, en este Valle anfibio tan habituado a la caza como a la pesca. El mensaje logra imponerse a una Orquesta que aún predica en el desierto, venga esas palmas (ni un solo clap), aunque ya empiezan a llegar los primeros nietos colgados de la mano de sus abuelas, dirigiéndolas hacia los peluches y las chucherías. Llevan ellas faldas de franela parda que les llegan por debajo de la rodilla y calzado ergonómico para hollar el prado sin esguinces. Tiran los niños del anzuelo en el plástico amarillo y recuerdan las ancianas la primera trucha que pescaron con su abuelo. Vuelven hacia los bancos con rifles de agua de colores tan estridentes como los que ellas visten cuando salen a pasear por el monte, a hacer ejercicio, para que sus maridos les suelten si están escapando de un incendio, cuando, a veces, escapan precisamente de ellos.

Algunas no visten color alguno porque están de luto, y hoy, justo hoy, es el momento para lucirlo. «No me acostumbro», dicen, como recordando el mismo guion de siempre. «Me *manca* algo», que quiere decir que les duele y que les falta. «¿Pero ese está vivo o está muerto?», preguntan. Viva el pasodoble, que hace alegre la tragedia. El valor y el temple de esta vieja tierra. Esta canción, que silbaba hace más de medio siglo el padre del Casiguapo, mientras se enjabonaba la cara (primer paso del afeitado para la Fiesta), segundos antes de que la pareja de maquis abriera la puerta del baño y él viera, en el espejo, la escopeta. Melodía de colores, garbo de este mundo. Y luego pum, y a continuación aquel incendio memorable.

Sé que no cuento aún con jóvenes y adolescentes, que rajan con navajas prestadas por abuelos botellas de refresco para mezclar el alcohol de marca blanca, pero también sé que vendrán: vendrán esta noche más tarde y vendrán a esta hora cuando pasen los años. Pero ahora pienso en esa otra gente anciana, que son esos mismos adolescentes años después. Me gusta ofrecerles estas canciones ágiles pero sencillas que sirvieron para marchas de guerra, matanzas de toros y delirios de grandeza, y que ahora constituyen el intento humilde de que puedan bailar con sus maridos, al menos una noche al año. A menudo no lo logro.

Algunos de ellos están ahora en la cantina, mirando de lejos a la Orquesta, estáticos como un grupo escultórico. Las narices bulbosas, las caras paspadas, las manos cuarteadas, la piel a veces picada como las hojas de silva. Los cuellos, desgastados pero limpísimos y rígidos, de camisas de rayas o cuadros metidas por dentro del pantalón de pinzas, las llaves prendidas de la trabilla aún sin tintinear en sus bolsillos. «Era mejor la del año pasado», dice el Casiguapo tirando de su boina hacia arriba. El resto asiente: solo se mueven sus pupilas, que siguen los movimientos de las coristas. Quietísimos, todos agarran firme y cautelosamente el vaso, como si sostuvieran una muestra de orina.

«Yo me tomo este cacharro y luego me voy», dice el Casiguapo, que hoy no querría encontrarse por nada del mundo a su peor enemigo, el Ambipur, con el que lleva litigando mil años por veinticuatro metros cuadrados de tierra y con el que ya llegó a las manos en una Fiesta como esta hace casi siete décadas, cuando eran unos críos. Froilán y Xosé, que así los bautizaron, pero que nadie los conoce por ese nombre: son el Casiguapo y el Ambipur, porque esos son los personajes del Valle.

A nadie se le ocurriría bailar aún, salvo a Francisco, apodado el Alegre, que siempre es el primero en animarse a mover talones o apagar colillas moviendo la punta de sus alpargatas de rejilla. Recuerda cuando era cantante de orquesta y, más allá, cuando era un niño que, encaramado a la copa de un árbol, o con la cara asomando por el arco del campanario como una gárgola, espiaba los ensayos de esos músicos que venían una vez al año: las camisas plateadas, los sorbos largos, las pajaritas granates, las trompetas radiantes, la ceniza del pitillo descartada con elegancia (toquecitos con la uña del anular) y la eficacia escupiendo a un lado entre prueba y prueba: «Pero qué bien escupen, *mimá*, fíjate, qué bien trabajan el *sipiazo*». Y el carisma no valorado por vacas idiotas y árboles clónicos, solo atrapado por él y procesado como vocación. Todo lo anotaba en su mente y el resto del año lo recordaba mirando a otras estrellas, las del cielo, su segunda pasión. Ahora sonríe cuando escucha: «En los carteles han puesto un nombre que no lo quiero mirar, Francisco Alegre y olé». Escucha el himno, pero mira a las mujeres, que pasean con sus dedos, nudosos y retorcidos como trozos de jengibre, envueltos por las manitas de sus nietos. Llevas sangre, llevas oro en el fondo de tu alma. Y su vista se posa en Placeres Fiallega.

Muchas se sientan ahora en los bancos de piedra regalados por esos bancos grandes donde tienen sus mínimas pensiones. Con las rebecas de croché, ganchilladas por ellas mismas, a hombros, y los clínex afianzados en la tira del sujetador, son las que se saben el árbol genealógico de toda la aldea con una precisión que ya querrían el Archivo Diocesano y el Registro Civil. Pese a no tener carnet de conducir y depender del marido o el hijo para ir al médico o al mercado semanal, conocen todos los modelos de coche, sus colores y matrículas también: León, Ibiza, Fiesta. «Me encantaría ir algún día a la isla de Ibiza», dice una. Saben de dónde viene cada niño como conocen la procedencia de cada esqueje. Riegan su crecimiento con laca de cariño severo, abrazos con olor de lejía y dulces favoritos (tarta de la abuela, de galleta y crema pastelera). «Se conoce que el Cosme anda algo perdido con aquella que conoció por el ordenador», dicen, por ejemplo. «O mírala, qué guapa, le sienta bien el luto a aquella. La adelgaza», añaden. «El Conde avisará si le da por morir, ¿no? ¿O creéis que ya murió?», dicen. ¿Murió o no murió tal famoso? ¿Sophia Loren? ¿Charlton Heston? Uno de sus juegos favoritos. Desde que Placeres descubrió que su nieto, el Niño de la Bici Roja, se lo podía buscar en Wikipedia, gana todas las partidas. Algunas llevan peinados Guggenheim, aerodinámicos y policromados, de tintes violeta, caoba o platino, colores que no vieron ni en las pinturas de la ermita ni en los colores de la naturaleza. Otras se han rendido a la plata de sus cabellos canosos o los han cubierto con la pañoleta de la renuncia. Pueden hablar de la muerte durante horas, pero se aferran al olor a vida de sus nietos: Nenuco nuevo, sudor suave, leche agria. A falta de maridos, bailan ahora con esos nietos que huelen el alcanfor de sus faldas de franela o el agua destilada de sus camisas recién planchadas, que se mezcla con el último guiso. Entonces sus maridos dejan de mirar a las hijas de las amigas de sus esposas para mirarlas a ellas con una mezcla de orgullo y vergüenza: ingeniería de mujer, que desdibuja el atardecer, tiene tu sol colores veraneros, tu río parece hebra de plata y de silencio.

No les dicen nada, claro. Y una cosa es lo que miran y otra bien distinta lo que ven. Cuando ellos miran a una madre treintañera, que da vueltas de trescientos sesenta grados hasta el mareo cogiendo de los brazos a su hijo, que vuela en círculos con las piernas locas, no están mirando tanto a esa mujer como a las de su quinta cuando tenían su edad. Les pone tristes, a veces, ese revuelo de faldas que ya no podrán detener con las manos. En otras ocasiones, ese carrusel de tela plisada los marea. Se ven a sí mismos décadas atrás, endomingados, llegados a otras verbenas en carros tirados por burros, con peinados como lamidos por vacas y ojos negros brillantes como olas de un mar nocturno. Con ganas de pelea. «Cuando éramos leones y nos enfrentábamos al monte y gritábamos en la cama», piensan. Cuando ven a un niño, no ven al nieto de su amigo, sino a ellos mismos: si los niños se encaraman al Gran Carballo, son ellos los que lo están haciendo en otro momento. También en ellos ven a sus hijos cuando daban una carrerita y un salto que buscaba el abrazo (olor a faria y orujo) o, peor aún, cuando tendrían que haberlos abrazado y no lo hicieron. Ven ahora, intentando ignorar cataratas en los ojos y dolor en los riñones, ajenos a la niebla de las expectativas, cómo esos nuevos padres acarician nucas, despeinan coronillas, descargan un bombardeo de besos en la cara del niño, que ríe con los ojos cerrados.

Lo ven todo a la vez, el ahora y el antes (a falta de poder ver el después), como si la Fiesta de cada año se dibujara sobre un nuevo papel vegetal, de cebolla, que transparentara ese mismo día de todos los veranos anteriores.

Ven también a Ventura Rubal, el camionero, el soltero bajo sospecha, trepando por el Gran Carballo a sus setenta años para rescatar una pelota. Ven a Soledad Díaz cantar estas piezas como si fueran himnos (de hecho, una de ellas fue música electoral de su primer Partido). Siempre en traje de chaqueta, como si viniera o fuera a una reunión, se lleva otro Ducados a los labios mientras sus pulseras de oro y esclavas de plata tintinean y brillan cuando mueve el vaso de tubo para recolocar los hielos del gintonic. No ha llegado aún Cosme Ferreira, que en ese momento sigue al lado de la cancela, arrancando hortensias de colores de una finca vecina y palpando alambres de púas. Miguel sí está ahí, su hijo mayor sobre los hombros y la pequeña detrás de las perneras del pantalón, mientras se fija en el viejo Ventura que trepa al árbol central («Que se va a caer», piensa, deformación de padre y de escritor). Caridad Villaronte debe de estar en los coches, donde beben barato los jóvenes, y Ton Rialto aún no ha aparecido en el Valle, aunque se dirige hacia aquí a toda velocidad en la furgoneta. Iria Agarimo, hija de Cosme Ferreira (que le concedió a su mujer cambiar el orden de los apellidos, de lo que se arrepiente muchísimo ahora que ha renombrado a su esposa en los contactos de su móvil como «Zorra»), le dice algo al Niño de la Bici Roja. Él mantiene los ojos fijos en los volantes que rodean los hombros (el primer indicio para descubrir a una *moura*: acariciar los detalles) recién horneados de ella, cuando escucha la primera pregunta:

—A ver, ¿de qué color es una nevera?

—Blanca.

—¿Y la luna?

—Blanca. —Podría ser plateada.

—¿Y mi coche?

—Blanco.

—¿Y las nubes?

—Blancas.

—¿Y mis zapatos?

—Blancos.

—¿Qué beben las vacas?

—Leche.

Risas. Carcajadas que sonarán siglos, hasta cuando ellos lloren, incluso cuando no estén aquí.

En esta parte de la noche están los niños que en la Fiesta se asoman al futuro y los abuelos que solo reviven el pasado. Los nietos con su simulacro de Coca-Cola en vaso de tubo y sacar a bailar a la madre o a la abuela, los abuelos quietos como animales tristes o niños tímidos. Bebés en carritos y ancianísimos en sillas de ruedas.

Pero yo insisto, vaya si insisto. Quiso Dios con su poder fundir cuatro rayitos de sol y hacer con ellos una mujer. Y a veces sí que bailan. El Casiguapo, que iba a irse porque quiere evitar encontrarse con el Ambipur, saca a su esposa y la transporta no a paso doble, sino triple, por todo el campo. El resto de los vecinos —llamados por la obligación de no quedar en mal lugar, pero también por una deuda con su propia melancolía— bailan a pasitos cortos con sus esposas: tan quietitos que parece que ellas muevan un cadáver o un muñeco de trapo.

Llegan y toman asiento también parejas más bien jóvenes empujando cochecitos, el cuco cubierto por la sábana para amortiguar la luz y el ruido. No salen desde hace meses, así que es probable que en breve baile hasta el bebé de tres meses. Saben que a ellos tampoco los miran: son transparentes, como esas damas mágicas de este Valle que bebían un vino que les subrayaba una línea escarlata entre la nuez y el pubis, porque solo lo que llevan en el carrito capta la atención y los mimos.

—A veces —dice ahora Adela, una maestra de escuela que señala a su niño de dos años— me siento como su relaciones públicas. Como si él fuera una estrella del rock de las que te gustan. Le preguntan algo y yo contesto por él. Si alguien se lo queda mirando, le sonrío para devolverle algo y que el niño no parezca borde, o algo así. —Y sonríe y, entre esa sonrisa y la camisa larga y vaporosa estampada de margaritas, parece que hasta no está triste.

—Si un viejo con gabardina quiere hacerle una fotografía en el parque, le dices: «¡No fotos!» —bromea Liberto, su primer amor en esta misma plaza, el rocker contumaz, el soltero ya más de bronce que de oro, con la camiseta negra, ya casi gris, del grupo de punk favorito. GIRA MUNDIAL 1998-1999, todas las fechas estampadas en la espalda.

—Exacto. Al principio me relajaba. Ahora hasta me enfada. Porque es extraño, porque sé que nadie me mira. Solo lo miran a él.

—Por un módico precio, yo podría mirarte las horas que lo necesitaras al día. Sin fotos. Sin tocar. Con que me sonrieras alguna vez, me conformaría. ¡No fotos!

—Calla, guarro. Mira, ahí viene, con mi marido. Mira cómo camina el niño, dando tumbos. Mira cómo corre hacia mí, que se va a caer. Es que me recuerda a ti cuando ibas borracho en las fiestas.

El resto de la infancia grita y pía en bandadas, dejando una estela de ruidos de patio de colegio. Peste alta y un, dos, tres pica pared y no me pillas. Caras que brillan. Parecen un solo organismo, un exuberante hongo infantil. Nadie los distingue demasiado y, de hecho, eso se nota en una ropa no individualizada: llevan prendas de niño (coloridas y con planetas o animales antropomorfos) y da igual si estas los sentencian por su obesidad o si contradicen su timidez. Uniformes de niños, con su lengua propia, que los adultos no hablan, como no hablan, ni entienden, el idioma de los adolescentes ni tampoco sus atuendos.

Ronda por la plaza el niño que monta una bicicleta de color rojo, ring-ring en el timbre del manillar, que se detiene frente a Placeres Fiallega. Sabe él —y sabe el resto y sabe Dios— que fue la primera madre soltera del pueblo. Una pionera y una desgraciada, y algo haría. Placeres, se llama: demasiados se dice que tuvo y muy pocos cató. La invitaron a bailar en la juventud, pero ella, por alguna razón, nunca quería, ni siquiera cuando Francisco Alegre, el cantante, la miraba así, tanto. Qué poco humor tiene. Diviértete un poco, mujer. Te lo tomas mal todo, Placeres. No hay quien entienda a Pecados. Pecados, la llamaban algunos en esa época de posguerra, cuando se rumoreaba que subía al monte para subirse la falda con los maquis o con los huidos atontados que ni siquiera lograron irse a Francia cuando ya nadie les hacía caso. Señoronas que le daban el mismo trato a Placeres que a la madre de Dumbo, esa película que proyectaron a finales de los cincuenta en la pared de esta misma Iglesia, usada a menudo por los pequeños de cada quinta como frontón. Varias décadas después sin que nadie la invitara a bailar hasta que lo hizo su nieto, el niño que ahora se acerca en la bici roja, silbando *Quién teme al lobo feroz*, hasta que tumba su vehículo en el suelo, tira la mochila (con las *zuecas* —aquí a los zuecos se les cambia el género— ensangrentadas dentro) en el banco de piedra, para entornar los ojos y decirle: «¿Bailas, Placeres?».

II

A veces sueño que estoy en el mar, con el agua por los tobillos, con una fregona. Me vuelvo loca intentando escurrir el mar en un cubo pequeño. Viene otra ola y me lo tumba. La marea crece, así que no solo no puedo escurrirlo, sino que es cada vez más grande, y yo estoy cada vez más cansada. Tanto que me dejaría ir. A veces también sueño que intento barrer la arena de la playa. Y es peor.

Pero ahora estoy muy bien, *ruliño*. ¡Gracias! No me senté en todo el día, cocinando para mañana. ¿Crees que se puede descansar bailando? Igual cuando tienes más de ochenta años, como yo, el baile te relaja. Porque estoy menos cansada que antes de que vinieras a recogerme en tu bicicleta mágica.

¿Sabes a quién me recuerdas? A uno que llamábamos el Santo. Me gustaba mucho, a mí, el Santo cuando tenía poco más que tu edad. Una noche iba a toda castaña por los caminos en su bicicleta, algo buscaría. Dos guardias civiles le dieron el alto porque iba sin luces. Pasó de largo. Iba tan rápido que no le vieron ni la cara. Entonces cogió y tiró la bicicleta en un barranco y volvió caminando. Cuando vio a los guardias, gritó: «¿Habéis visto al puto loco de la bici? ¡Menudo *tolo*, casi me mata!». Los guardias acabaron invitándolo a unos vinos.

Estoy muy bien bailando, *santiño*. Además, soy tan bajita que no tengo que agacharme, casi creciste más que yo. Muy mayor, sí, para saber unas cuantas cosas. Alguien tiene que saberlas y tú ya eres un mensajero *feitiño*. Sí, te escribiré el papel para que lo lea la Orquesta, aunque cuando hagan la rifa espero estar durmiendo.

¿Dónde conseguiste esas *zuecas* que me enseñaste? Fue en casa del Conde, ¿no? Me daba mucho miedo el Conde, a mí. ¿Vosotros lo llamáis el Hombre del Castillo? A mí me daba miedo por otras cosas.

Yo miedo he tenido siempre. Hay personas que son deseo. Yo siempre he sido miedo. Aquí la gente dice y no dice, cree y no cree. El resto de las viejas en realidad no creen, pero yo durante mucho tiempo no tuve otra opción. Aún ahora salgo de casa con un ajo macho, o una castaña de Indias, o una higa de azabache. Sí, es así, una higa, escondiendo el pulgar debajo de los otros dedos. Hay gente que incluso se fía de papelitos escritos: los daban en un sitio donde tenías que volver cada año y no podías enseñárselo a nadie. Un poco como los que llevas en la mochila.

Miedo he tenido siempre, pero porque he comprobado que la realidad es mucho peor que las leyendas. He visto perras seguidas por pollos y gallinas empollando a cachorros. He sabido de la vaca Juanita, con siete patas. Y del pulpo gigante en el que cabían dos personas dentro. Hace un tiempo, el demonio estaba por todas partes. Si te descuidabas, o te levantaban la falda, se te metía dentro. Y, si no se te metía, el resto decía que sí y era como si se te hubiera metido.

¿Conoces la historia del niño con cresta de gallo? Su madre comió un huevo duro de una gallina poseída por el demonio y él nació así, con cresta. Su mamá lo amamantaba a oscuras (ponía como excusa que tenía la vista delicada), pero el padre le metía de hostias cada vez que lo veía, quedaba *mallado*, y un día le cortó la cresta y la tiró en la huerta. El niño sangró mucho, pero no murió, y al final le dijo a su padre: «Yo tenía el demonio dentro, pero huyó cuando vio cómo me tratabas tú».

A mí me pasó lo mismo. Yo no tenía papá ni mamá (murió mi señor padre en la guerra, justo después de dejar preñada a mi madre, y ella murió de pena, decían, pero de pena no se muere uno, eso ya te lo digo yo), así que entré de criada en casa del Conde. Sí, donde estuviste, donde está muriendo ahora. A lo mejor ya murió antes de que acabe de contarte esto.

No era la única del servicio. Todo había cambiado desde que entrara en el pazo la segunda mujer de su padre: una judía medio inglesa que les enseñara a comer el caldo con cuchara de madera, que extendió ropa de lino bordada y copas de vidrio y loza inglesa, que de ahí saldría toda la idea que vino luego cuando modernizaron la fábrica y renovaron pocillos y platos. Enviudó pronto: aún se dice que fuera ella quien lo envenenara para no aguantarlo, porque le parecía un bruto. Era muy fina e impuso pronto sus costumbres. Ponía jabón de manos o manzanas verdes en los cajones donde guardaba la ropa que yo les planchaba. Para que todo oliera bien. A mí me apestaba. Sigo sin comer manzanas.

Cuando yo entré ella apenas hablaba, arrinconada en una mecedora de carballo. Desde ese trono gobernaba la casa, pero en el resto mandaba el Conde, su hijastro, que además ya había tenido cuatro retoños, solo el último varón, unos cuatro o cinco años menor que yo.

El Hijo del Conde, que hablaba gallego con acento inglés —porque lo mandaban tanto a Cádiz como a la isla y porque tenía una institutriz de Brighton—, siempre intentaba jugar conmigo y contarme cosas. El padre no veía demasiados problemas, porque siempre andaba entre papeles, gestionando sus fábricas y sus tratos en América. En cambio, a la madrastra del Conde le gustaba menos.

Del Conde nunca se habló mal, pero tampoco bien. Se sabía poco de él. Yo sabía que, aunque decía que amaba con locura a su esposa, a veces las criadas calentaban su cama y le hacían, eso decía, «sentirse vivo». Era muy fácil. Él miraba a alguna mientras tarareaba la canción: «*A saia de Carolina ten un lagarto pintado; cando a Carolina baila, o lagarto move o rabo*». A quien le tocaba, sabía perfectamente qué tenía que hacer: subir y meterse en la cama donde ahora está muriendo. O quizá murió ya. Y entonces subía el volumen de esa radio donde siempre sonaba un piano y no bajaban hasta después de horas.

Yo tenía algunas libertades. No comía mal, pero me gustaba salir sola y servirme de cosas que eran de todos: *ameixas*, *pexegos*, *cereixas*. Las comía a mordiscos, como si hubiera crecido en el bosque. Y en otoño, nueces, que cocinaba con unto y cebolla, castañas y avellanas, hasta me guardaba las bellotas. Te juro que un día me encontré a una vieja en un cruce de caminos. Era idéntica a la madrastra inglesa del Conde, aunque no podía ser, porque ya había muerto. Me dijo que no la delatara, me obligó a cerrar los ojos y a cambio me llenó el delantal de algo que no vi que era. Cuando lo tenía envuelto, me dijo que bajo ningún concepto mirara dentro hasta llegar a casa. No pude esperar y a medio camino abrí el delantal y cayeron un montón de trozos de carbón y hojas secas. Pero, ya en el pazo, miré mejor y en el pliegue del delantal había una moneda, una moneda de oro. Imagina si le hubiera hecho caso: ¡un tesoro en el delantal! Pude haber escapado con ese dinero si no fuera tan cotilla. Pero me pudo la curiosidad. Tonterías en las que ahora no creo pero que entonces eran lo que tenía.

Pasaban los años y me sentía ya como una de esas frutas que devoraba a mordiscos. Un melocotón, por ejemplo. En cualquier momento, cuando me considerara madura, el Conde me lamería, me sacaría todo el jugo y solo dejaría el hueso, o el corazón. Además, todo se descontroló cuando murió su esposa: recuerdo que obligaron a Francisco Alegre a tocar las campanas a muerto durante una semana seguida. Aquello fue insoportable. Todo el mundo decía que se habían vuelto locos, aunque fueran ellos, el resto de los vecinos del Valle, los que empezaban a perder la cabeza y la paciencia con tanto ruido. Días y días. Y luego el silencio, que aún ponía más así, más nerviosa.

Un día que llovía tenía que ir a cerrar unas cuadras para que a las pitas no les diera por escapar. Entonces noté que me cogían por la espalda. Yo tenía diecinueve años o así y guardaba muy bien mi virginidad, que entonces era hasta creyente. Me tiraron al suelo, me cogieron de la nariz, como cuando en la rapa de las bestias agarran de las narinas de los caballos con una mano y del pelo, de la crin, con la otra, para marcarlos a fuego. Me empotraron contra la pared, de pie. No podía girarme, ni moverme, ni buscar la navaja en mi delantal. Solo cuando dijo «Tranquila, sooo», reconocí la voz. O al menos supe quién no era. Un segundo después noté un dolor que me partía y la sangre corriendo por las piernas. Podría haberlo hecho con la guadaña y no me habría dolido más. Algunas gotas cayeron en sus *zuecas*. Cuando acabó, me tiró dentro de la cuadra y se fue. Lo vi de espaldas: el Hijo del Conde. Luego me enteré de que las guardó, como si fueran un trofeo por *paparme* la virginidad. Un par de meses después supe que había quedado preñada. Preñada en una cuadra. A veces aún sueño que le doy la teta a un cerdo.

No te cuento esto porque quiera, sino porque no quiero que te lo cuenten otros. Si el Conde te dio hoy estas *zuecas* es que ya no estás a salvo de enterarte de todo. A mí me metieron miedo con las leyendas y luego comprobé que la vida era peor. Contigo prefiero hacerlo al revés. Y que sepas de dónde vienes. Porque creo que hoy se van a saber cosas, sobre todo tú, que andas arrancando secretos por el Valle.

Después de aquella empezaron a decir en el Valle que yo había perdido la cabeza. La Tola, me llamaban. La loca. Decía que no a todo, apenas podía trabajar. No me echaron de la casa para que no hablara. Luego me ofrecieron irme, pero cómo me iba a ir. A dónde. Era lo mismo que si me ofrecieran tirarme al mar con un avión. Sí, la posguerra fue muy mala y más larga de lo que dicen los libros. En esa época, demasiada gente no tenía qué llevarse a la boca... Me quedé ahí, en un rincón, doblando manteles en silencio y girando el cucharón de madera en la *pota*.

Durante mucho tiempo ni a bailar me sacaban en la Fiesta. Era como las castañas dañadas, con gusanos, que se apartan. No todos, claro, en privado algunas venían a hablar conmigo y a ofrecerme mermelada o consuelo. El único que me miraba bien, ya entonces, era Francisco Alegre. Entonces él ya andaba con la *trangallada* de querer ser cantante de orquesta. Se subía a los hórreos y cantaba canciones de amor. Y siempre estaba al tanto de las músicas calientes que llegaban desde las Américas. Un día apareció en casa del Conde con un chaleco plateado que se había fabricado forrando la tela con una cortina de cuentas de aluminio (antes solo había visto ese plateado en la luna y en los peces). Le tenía que pesar mucho, esa ropa, y parecía de otro planeta. Un tonto de otro planeta, vaya, pero a mí me parecía muy cuco, aunque lo negaría una y otra vez. Tiró guijarros a mi ventana hasta que salí y, a gritos, me pidió que bajara con un vaso de agua, un poco de aceite y un palillo. Cuando me reuní con él, me dijo que por fin había podido vestirse como uno de una orquesta: «Soy el cantante de la Orquesta Imaginaria de las Estrellas». Yo le dije que sí y por primera vez en mucho tiempo casi se me escapa una risa. La misma que se me saltó años después cuando vi extraterrestres y astronautas en el televisor. Luego me dijo: «¿Trajiste lo que te pedí?». Le di lo que me había pedido y entonces me miró con esos ojos de animal feliz, uno siempre un poco más cerrado que el otro, y se puso a tirar un poco de aceite en el agua y luego lo removió todo con el palillo:

—¿Ves, Placeres? Así es como se formaron los planetas y el universo.

Quería consolarme, decirme que hasta lo difícil podría ser fácil. Irme con él, por ejemplo. Pero yo tenía al *neno* y sobre todo tenía miedo, a él no, pero a los hombres sí, y no lo hice. Poco después se rindió y se casó con su mujer, *pobriña*. La quiso mucho, pero incluso cuando ella vivía yo notaba que a veces, cuando su orquesta tocaba en nuestra Fiesta, me miraba cuando cantaba algún pasodoble. No sé, quizá estaba un poco loco y por eso era el único que podía ver que yo también lo estaba, o que no lo estaba en absoluto. O por eso entendía lo feo que me parecía el mundo de verdad, aquí, en la Tierra.

Yo no sé si estaba loca o no, porque solo dicen que están locos los que están cuerdos. Sí es verdad que a veces me subía al monte y, en vez de comer frutas, quemaba cosas. Dinero que encontraba en el pazo, por ejemplo. O escrituras. Pero nunca me descubrieron. Y, sobre todo, me imaginaba que era de otra forma, que no tenía miedo a nada. Como aquella Pepa a Loba, de la que se hablaba en el Valle, una mujer vampira que hacía lo que quería. Soñaba que era ella: fumaba, robaba, mataba y gobernaba una cuadrilla de ladrones varones. Llegaba a un pueblo y bailaba y bailaba. Era preciosa y era dura. Todos querían tocarla pero temían acercarse: mientras todos la miraban, los ladrones robaban en las casas. No tenía escrúpulos: «*Home morto non fala!*», decía antes de rajar. Sangraban como cerdos. Sangraban como yo. Picaba el tabaco en la tonsura de los curas y me bebía la sangre azul de los aristócratas, que era roja. Quería ser ella y entendía que no podía serlo, pero saber que existía alguien así me calmaba un poco esa cosa en el estómago.

Solo tuve una época feliz y fue cuando conocí al maqui. Bueno, más que maqui era un huido: cuando la guerra, le cogió el miedo a los otros y salió del llano para meterse en el monte. Luego mandaron a gente de Toulouse, muy lista, para organizarlos, darles discursos y hacer voladuras de cables de alta tensión o cortar líneas telefónicas o matar a gente del Sindicato Vertical. Siempre me contó que los vecinos los ayudaron bastante, que no los entendían, pero que sabían que no eran malos. A veces, en las emboscadas, pedía que si lo veían dispararan al cielo y lo dejaran escapar. Y lo hacían. O él silbaba *Quién teme al lobo feroz* para que supieran que era él, y no otro, el tipo que andaba ahí escondido. Algunos que en público lo criticaban en casa del padre del Casiguapo, el peor falangista, luego le subían comida al monte. Es muy difícil ser invisible en el norte, porque llueve mucho y la tierra se embarra y las huellas quedan, siempre se ven. Pero lo ayudaron y muchos pagaron por ello con multas y hasta con cárcel. Pero, cuando los comunistas pensaron que todo estaba perdido, a muchos los volvieron a enviar a Francia. Él no se enteró y se quedó para siempre en el monte, intentando sobrevivir y aceptando alguna misión a sueldo de algún republicano que quería venganza. A nosotros nos unió el miedo, aunque en aquella época a él ya lo guiaban las ganas de revancha.

Mi maqui (él decía que lo era, aunque lo hubieran dejado abandonado y solo fuera un hombre perdido en el monte) era uno de los dos que habían prendido fuego a la casa del padre del Casiguapo, el falangista. Él siempre dijo que él no lo había matado, que había sido su compañero. Y añadía: «Qué lástima, lo jugamos a cara o cruz y le tocó a él». El muerto había vuelto rico de la guerra, a saber todo lo que habría robado a la pobre gente por allá lejos, en pueblos como el nuestro, pero volvió con tanto dinero que se construyó una casa con una taberna en los bajos. Y se dedicó, siempre enseñando el carnet del Partido, a hacerle la vida imposible a todo el que no le riera las gracias. «La retaguardia, como el sotobosque, no hay que descuidarla», decía. Al padre del Ambipur lo tenía entre ceja y ceja, porque era el único que tenía en casa una radio buena de verdad, y a veces invitaba a los vecinos a escuchar la Pirenaica y no se cuadraba cuando tocaba (la radio acabó en casa del Conde, que siempre decía que no se metía en nada, mira con lo que me hizo su hijo, pero que se beneficiaba de todo).

El padre del Casiguapo hizo las mil barrabasadas al del Ambipur. Aún recuerdo cuando le mandaba beber el aceite de ricino o cuando lo obligó a dejarse solo medio bigote, que el pobre tuvo que ir con esa pinta incluso al entierro de su madre. Pero tenía conexiones: avisó a los suyos, vinieron esos maquis de otro sitio, mataron al falangista y prendieron fuego a su casa aquel día de Fiesta. Luego los dos maquis se separaron y escaparon. Todos pensaron que lejos, pero yo vi al mío un día robando en mi huerta y desde entonces nos hicimos amigos. «Lo conocí», como se dice en la Biblia cuando se quiere decir otra cosa.

El pobre tenía que ir con mucho cuidado porque no podía dejar huellas, así que, si llovía un poco y se embarraba el terreno, tenía que quedarse quieto como una estatua. El monte, el monte con él, era mi único paraíso. Yo creo que con él perdí aquel miedo porque casi me parecía de otro sitio lejano, de otro mundo, no de otro planeta o de la luna, como Francisco, sino de un mundo casi mágico. Allí arriba, con él, era como si fuera otra. Un día hasta llevé un vaso de agua, aceite y un palillo y, pobre Francisco Alegre, le enseñé cómo había empezado todo. Con él no tenía vergüenza. Y él tampoco: «Es mucho más importante esto que el Big Bang, de verdad», me dijo.

Era tan bonito subir con él, tan diferente de lo que pasaba abajo, en el pueblo, que a veces pensaba que lo soñaba, que me lo había inventado, como tantas cosas que me he inventado para controlar el miedo. Pero ¿sabes por qué tenía claro que no, que existía? Porque yo bajaba del monte cantando una canción preciosa que él me susurraba arriba, bajo los abetos del Conde. No era *Quién teme al lobo feroz*, aunque a veces, cuando me veía agitada, también me la silbaba. Era otra, más bonita. Me tocaba así el pelo y me cantaba: «La voz del viento gemía, muros de noche se erguían, acedos ecos traían. ¡Ay!, qué *soliña* quedaste, María Soliña». En realidad era un poema que le hicieron llegar por carta, pero él le puso melodía para mí, y tiempo después he escuchado muchas otras versiones, alguna hasta la tocan las orquestas, pero ninguna tan bonita. Y sí, era muy triste, sobre una mujer a la que la Inquisición perseguía por bruja. «En el siglo XVII», me dijo él, como para demostrarme que no era la única que sentía eso, que siglos antes tenía hermanas. Y sí, sí que era tristísima, sí, incluso daba miedo, pero él me la cantaba como si fuera una nana y dejaba de dar miedo, porque hablaba de él y entonces era dulce. Y yo bajaba cantándola y la canturreaba mientras fregaba los platos en el pazo. Y sabía que no me lo había inventado, que no estaba ni tan sola ni tan loca, la Tola.

Al final lo supieron todos. Fue él quien terminó perdiendo la cabeza, claro, siempre sospechando emboscadas que en realidad ya nadie le intentaba hacer; cada vez con más miedo, hasta aquella vez que apareció y se desnudó en medio de la Fiesta y lo pillaron y todo se acabó. También lo nuestro. Lo llamaron el Forastero. Desde entonces, si hay alguien raro y de fuera en la Fiesta, le hacen un homenaje. Quizá hoy vuelvan a hacerlo y tú lo veas.

Pasé décadas en el pazo cuidando de mi hijo, que pronto se dedicó a ocuparse de las vacas y los caballos. También, más adelante, ayudé mucho a Ventura, mi pobre sobrino; su vida no se la deseo a nadie. Si de mí decían que me había entrado el *demo* por debajo de la falda, de él se inventaban que tenía que pasar cada noche encabezando la Compaña, el único vivo en la comitiva de difuntos, el que carga una cruz, y que por eso no dormía y estaba tan delgado y triste y como muerto en vida. Algunos decían eso, pero lo que insinuaban eran otras cosas: que era una persona enferma (y, de hecho, le pondrían varios nombres a esa enfermedad, incluso en los noventa, cuando entró aquella tan horrible en la que cayeron muchos como moscas).

Al Hijo inglés del Conde lo devolvieron un tiempo a Londres, después de lo que me hizo en la cuadra. Querían enderezarlo, que se educara un poco, que no fuera tan salvaje. Pero volvía, iba volviendo, y encima empezó a hacer migas con Ventura, que siempre ha sido un desgraciado, el pobre. A mí me hervía la sangre. Cada vez tenía menos que perder, así que soltaba cosas para asustarlos. Recuerdo un cumpleaños del Conde. Cuando estaban comiendo *zorza*, dije, muy bajito, pero lo suficientemente alto para que me oyeran: «¿Está buena la *zorza*? La carne de cura sabe muy bien». El párroco, el mismo que encubría desgracias como la mía, había muerto tres días antes. Más adelante decían que yo hacía *zorza* de maqui. Siempre acaban mezclando todas las historias, de tanto contarlas con maldad.

Querían librarse de mí aunque también controlarme, así que me dieron trabajo en la fábrica de cerámica. No fue fácil, porque buscaban mujeres sufridas pero experimentadas. Aprendí pronto. Podía trabajar horas y horas mientras nos recitaban la historia de los antepasados del Conde, pero yo silbaba otras canciones en mi cabeza. La que te canté a ti desde pequeño, *ruliño*, *Quién teme al lobo feroz*, que sé que aún la silbas. Cuando tengas miedo, sílbala y se va el miedo. O *María Soliña*, la primera versión de mi maqui, cuando estaba más triste. Yo era muy buena con las manos, podía hacer cualquier cosa: un pájaro o un *carallo*.

Era como trabajar con la radio: por turnos, una de las mujeres leía las *Cartas filosóficas* de Voltaire, *El contrato social* de Rousseau, cosas que le gustaban al Conde y a sus antepasados. No me acuerdo de nada. Pero también leíamos el libro familiar: cómo lograron hacer dinero en el siglo XVII con el espermaceti de las ballenas yubartas que entonces había en este mar. O cuando descubrieron a espías franceses e ingleses y los chantajearon. Cómo llenaban de clavazón los barcos del rey y de hierro la boca de los cañones. Cómo pescaron salmones en Terranova, también bacalao. Incluso decían que habían encontrado carbón en unas antiguas galerías de minas romanas. O cuando, momento estelar, descubrieron las grandes reservas de arcilla caolín en nuestra zona y decidieron fabricar tazas y cuencos: «No quieren caldo, pues tendrán mil tazas, y de mi loza», dijo por lo visto el antepasado del Conde (su fundición acababa de sufrir una revuelta popular de cinco mil vecinos: fue cuando atravesaron con un punzón los ojos de un retrato de Goya que un bisabuelo o tatarabuelo o lo que el *demo* sea del Conde tenía escondido en una de sus cuadras). La lluvia era perfecta para los altos hornos, los primeros altos hornos de colada continua que hubo en España. Yo no sé mucho del mundo real, pero sí de lo que no quería saber: me conozco todas estas historias de la familia que me machacó y me dio de comer, porque las escuchaba a diario. Desde entonces, a veces confundo realidad y fantasía: decían que el Conde, cuando era un niño, iba a misa en un caballo de madera articulado.

Pero pagaban bien, porque decían que la abundancia es la calma de la conmoción. Fuera lo que fuese, lo repetían mucho. Así que pude hacerme con una casa antigua y vivir sin ver apenas a nadie. Sola con mi hijo. Trabajaba y volvía a casa. Hasta me compré el primer televisor. En el Valle decían que yo pensaba que estaba casada con el presentador del telediario. «La Tola habla cada día con el presentador. Cree que es su enamorado». Yo les dejaba decir.

Con el tiempo fui más normal, casi invisible. Solo me seguía mirando, así de lejos, Francisco Alegre, sobre todo cuando se retiró de las orquestas y andaba por ahí cantando y bailando: lo hacía siempre cerca de mi casa, como para que lo oyera. Pero luego no se atrevía a mirarme a los ojos. Los demás tampoco me trataban mal. Solo pensaban que era un poco rara. Hasta que tuve la oportunidad de vengarme.

Fue en aquel juicio —que no sé si era un juicio pero que se parecía a los de los juzgados— del Conde. El hijo intentó que declararan loco a su padre (ya ves, qué gracioso para mí, la Tola) y así tener la posibilidad de disponer de su fortuna. Hablaban y hablaban y hablaban de lo que a ellos les importaba, y yo solo podía pensar en lo que me habían hecho a mí. Apretaba los puños, así, fuerte, en la falda y era como si tuviera fiebre, que hasta me dolía la boca. Pensé en largarlo todo: nunca había tenido a un juez delante y pensé en soltarlo todo, en contar lo de la cuadra. No tocaba, el tema era otro, pero podía ser mi oportunidad. Yo desconfío del Conde, pero a quien odio es a su hijo, así que me callé mi secreto y hablé a favor del padre. Dije que pensaba que no estaba loco. Que él vivía en una cabaña porque amaba los montes, y que si las campanas habían sonado días y días era porque nadie había amado así a una esposa (no dije qué pasaba cuando cantaba la canción de «Carolina» para subir a la cama con las criadas). Insistí: nadie tan en su juicio, sabía —dije que lo sabía— que no estaba loco. Yo, que he tenido que aguantar toda la vida que me dijeran que había *toleado*. Pero no pude, no me salió, no me atreví a explicar lo que me había hecho a mí. Y seguí con mi vida. La verdad es que, después de aquello, el Valle me hacía más caso y parecía que la gente cada vez me miraba más normal.

Y todo mejoró cuando mi hijo se casó y tuve mi propia familia. Tus padres, sí, *ruliño*. Sí, ya sé que este año tu padre no podía venir por las pruebas del médico, que ya tuviste tan mala suerte que te tuviera tan viejo, casi de abuelo, con más de sesenta. Dios no quiera que se le adelante el parto a tu madre y mi hijo no esté. Pero contigo y con tu nueva hermanita tengo más de lo que necesito. Y a amigas jóvenes como Caridad. Ella me leyó en el banco de la Caja de Ahorros aquel poema: «De la otra Rosalía», me dijo, aunque no sé por qué. Cada día le pedía que me lo leyera y cerraba los ojos y al final me lo aprendí: «*Fixéronme un leito de toxos e silvas, i en tanto os raposos de sangue maldita, tranquilos nun leito de rosas dormían*». Me ayuda mucho, Caridad, y más desde que se vino a vivir aquí. Nos anima a todas, pero algo le pasa, alguien tiene que animarla a ella. Creo, no se lo digas a nadie, que su novio es idiota.

Todo esto que me dio por pensar en voz alta es por las *zuecas* que me enseñaste antes. Pero no tengas miedo. Si estamos juntos, como si arde todo esto. ¿Te enseñé ya mi nuevo mechero? Se ve que encontraron una bolsa con un montón de mecheros de estos en el Ayuntamiento... Tu padre se puso histérico por teléfono, que siempre tiene miedo de que le prenda fuego a algo importante. Antes el Valle me llamaba la Loca y ahora él piensa que tengo demencia. O que estoy mal de los nervios, dice. Mira, pone TODOS CONTRA EL FUEGO. Me río cada vez que lo veo, y mira que me reí poco en la vida. Te quiero, *ruliño*, vamos a comprar algo de comer, una chuchería, que descansé mucho bailando pero estoy un poco cansada. Te escribo eso mientras te las comes, sí. O, bueno, acabas y te lo digo y ya lo escribes tú, que yo a hablar he aprendido bien con tantas cosas que me han leído, pero para escribir tardo un poco más. Ay, Dios, no mires atrás, que creo que nos está mirando Francisco Alegre, ahí, bailando como un loco, que parece que tenga los pantalones en llamas e intente apagarlos. Me da vergüenza y a la vez me parece gracioso. A ver:

—Dos de garrapiñadas y una manzana de caramelo, sí, pago con esto. Sea tan amable y diga qué le debo. Yo suelo pagar lo que como y lo que bebo.

Las tazas que he hecho toda mi vida, *ruliño*, las que empezamos a hacer en los sesenta, son azul cobalto, rojo y blanco. El azul me recuerda al mar con el que tengo pesadillas, el rojo al fuego o a la tierra encendida, el blanco a lo que sentía cuando tenía miedos de niña. ¿Sabes por qué me gusta esa loza, esa cerámica? Porque es delicada y dura a la vez. Suave y mala de romper. Por mucho que estas tazas sufran, las raspen, las usen, las maltraten, no se rompen ni pierden el color. ¿Están buenas, las almendras? Cómetelas todas, *neno*, todas tuyas. ¿Quieres que vaya a por la escopeta a casa y te consigo un perro de peluche de esos? Que si no le acierto al palillo le apunto al feriante y listo, ¿eh? Tú solo pide, pídeme lo que quieras, que gasté tanto que ya se me acabó el miedo. Ya verás qué bien esta noche. Hasta bailé.

3

A veces soy unas gafas de sol de montura blanca en el baúl de los recuerdos o una trenca de tergal que pasó de la percha del recibidor al baúl de los disfraces. Las canciones son esas prendas de ropa que alguien vistió hace medio siglo y que ahora se pone otro. Quizá entonces eran solemnes y ahora dan risa: viajan en el tiempo con nuevos arreglos.

Por eso esta ranchera la canta ahora el abuelo en la cantina (vibra su barril torácico) y la tararea el niño en los columpios (cosquillas en su jaulita de gorrión). Es curioso que todos escuchen lo mismo, pero a cada uno le duela una cosa distinta: los dientes de leche a punto de romper, las rodillas que fallan en la mediana edad, las estrías en el pezón de las madres de lactantes, la muela podrida, el hígado, el corazón también.

La Orquesta suena cada vez más fuerte y parece que acelera el paso de más capas de edad hacia el prado y, con el paso, las pulsaciones del Valle. A la una menos cuarto, los hombres siguen en la cantina sosteniendo nuevas muestras de orina, aunque ahora ya hablan entre ellos e insisten en invitarse. «Una más y me voy, pero pago yo», dice el Casiguapo, que se quiere ir, como cada año, porque no querría coincidir con el Ambipur, con quien mantiene un duelo de décadas por una parcela. Hace unos días, el primero logró desviar la traída de agua del segundo, para que sus grifos fallaran y así hacer honor a su mote de ambientador (por el tufo insano que suele desprender).

No es probable que Liberto, el rocker que nació en una ciudad en la otra punta del país, en la Ciudad Grande, pueda invitar al Casiguapo, aunque le tocaría. Lo ha intentado cada vez, las cuatro rondas que lleva, imitando todas las maniobras aprendidas en el Valle: llama histriónicamente la atención (bracea como un nadador que jamás hubiera conocido el mar), intenta pagar las copas sobre plano, como los pisos (es decir, cuando aún no las han pedido), o usa la fuerza para someter el brazo contiguo (se forman verdaderos conjuntos escultóricos dignos del Museo Vaticano, cada estatua tendiendo el billete al camarero desde una postura distinta). Pero no hay manera.

«Claro, hombre, invita tú», le dice el Casiguapo a Liberto. Él desconfía, pero no deja pasar la ocasión. Se habla mucho de la elegancia y por lo general se asocia al dinero, pero a veces su mejor anfitrión es el humilde, que la exhibe en los gestos menos aparatosos. Liberto, el rocker de ciudad y en paro (aquí poco canta y en la vida menos pinta, desde que perdió el trabajo como técnico de sonido), paga los dos cubalibres con su único billete de veinte euros. No se lo cree: aletea en su pecho una satisfacción recelosa. Brindan, dan un primer sorbo, vuelven a posar los vasos en la cantina de formica: «Gracias, hombre, luego dicen que sois unos agarrados». Parece que Liberto puede por fin relajarse y mirar orgulloso a Adela, pero no sabe que la partida no ha acabado. Cuando vuelve Julián, el camarero con pintas de hippy beatífico o mendigo presumido (rastas, camisa de lino de cuello mao y sandalias de cuero viejo), el Casiguapo le hace una señal tocándose la nariz. Segundos después, recibe el cambio de la consumición: Liberto no entiende por qué no le han dado las vueltas de los veinte euros a él, hasta que el Casiguapo guarda el cambio, saca un billete de veinte euros y se lo mete en el bolsillo de los tejanos a su compañero de trago. «Ten, Liberto, para que te compres una camisa. Ya pagas tú la próxima. Igual dentro de cien años», le dice. Me gustas mucho, me gustas mucho tú.

Mientras la Orquesta canta canciones pop de hace medio siglo, la barra la ocupan hombres adultos del Valle y los maridos de ciudad de algunas de sus nietas, que intentan mostrar el entusiasmo del converso: varios visten la camiseta de las fiestas de este año, cuya venta sirvió para recaudar fondos para la Orquesta. No es el caso de Liberto, que lleva una vez más esa camiseta de su grupo favorito, cuya espalda (GIRA MUNDIAL 1998-1999) delata por qué se siente como se siente.

Algunos padres de ciudad, hombres de mediana edad a los que ya se les ha muerto alguien de su generación, pero que aún atribuyen pérdidas así a la mala suerte, que las catalogan como excepcionales, atienden a los paisanos venerables, pero en realidad miran de reojo a sus hijas preadolescentes, de trece y catorce años, que ya empiezan a tomar la plaza con sus largas cabelleras de niña, aún peinadas por abuelas y padres. Brillan: parece que guarden el sol o la luna en sus melenas rubias o morenas. Llevan vestidos y tops y pantalones ajustados, el móvil apresado en la goma vibrando una y otra vez con los mensajes de sus amigos mayores, que aún siguen en el botellón de los coches.

—Yo le dije que ella le había dicho que le regalara la pulsera hoy o sería demasiado tarde. Los trenes pasan una vez y luego, en la Ciudad, todo pasa —dice una de ellas, una sabia de catorce años que lleva las enormes gafas de sol de montura blanca de su abuela a modo de diadema.

—Ya vi antes cómo subía a *stories* la foto en los coches, para que viniera. Pero no se entera... —Su amiga Aurora, sobrina de Adela, con el top a topos que lució su tía esa misma noche durante tres veranos seguidos de hace dos décadas. Por culpa de esa prenda de ropa y de esa canción, su tía hoy ha vuelto a mirar a Liberto. Se fijan en chicos que no necesariamente les encantan. En estos primeros bailes a veces viven su historia con quien les pilla más cerca. De esa otra persona podrían no saber resaltar aún un rasgo con verdadero encanto, pero luego se acostumbran, como nos sucede con esa canción que oímos al azar y que nos deja fríos, que es como cualquier otra, pero cuya melodía, después de escucharla varias veces, no solo sabemos reconocer, sino que nos parece nuestra y no entendemos en qué momento nos empezó a gustar tantísimo. Ellos, los niños que ya no son niños pero tampoco jóvenes, llegan con camisetas demasiado grandes. Crecen mucho y a golpes de fiebre, así que regalarles ropa a esta edad es tan complicado como hacer la compra en un país con una inflación severa que puede disparar los precios de un momento a otro. Calzan zapatillas de baloncesto o botas de fútbol que se ponen durante el año para jugar con sus equipos y, aunque vienen de beber martini blanco con limón en los coches, mascan chucherías para amnesiar el olor y porque no quieren renunciar a nada.

—Yo apuesto por la Iria Agarimo, me la pido —dice uno—. Pero para el año que viene. Para este año la Aurora.

—Yo es que creo que por treinta millones se lo traen al Barça. Igual habría que soltar cuarenta para el otro, pero yo el dinero lo quiero en el campo, no en el banco —contesta Alberto, de trece años, con dos euros en el bolsillo.

Los padres en la barra ven a sus hijas que están siendo sometidas a votación por primera vez (en el centro de una emboscada de miradas) y les da una pena tremenda. Me gustas mucho. Porque también por primera vez ven hasta qué punto los que las rondan, esos niños aún obsesionados con los fichajes y los cromos, no dan la talla, como seguramente, asumen, no la daban ellos, sin saberlo. Me gustas mucho. Si por ellos fuera, se pondrían a bailar con ellas toda la noche para que nadie más las pretendiera (incluso se sacarían las oposiciones de policía para detenerlos). Me gustas mucho tú.

Iria Agarimo, por ejemplo, no sabe que la miran y la tasan. Ahora le enseña su peine de oro macizo al Niño de la Bici Roja. Nadie oye qué dicen, salvo yo, claro, que estoy fuera y dentro al mismo tiempo, dentro de ellos. Aún no les duele nada. Gritan mucho para imponerse a la Orquesta.

—A ver, dime el número del mes en que naciste. Por ejemplo, si es enero, el uno. Si es mayo, el cinco. Si es julio, el siete.

—Trece.

—Solo hay doce meses. A ver, dame la mano, contaremos con tus nudillos, como el abuelo.

—Abril.

—Uno... dos... tres... cuatro. Es el cuatro.

—Gracias.

—No des las gracias, hombre. Ahora multiplícalo por dos. Ya lo hago yo, que tardas mucho. Es ocho. Ahora súmale cinco.

—Trece, no me gusta.

—A mí sí me gusta. Además es el que es, no puedo cambiarlo.

Me gustas mucho, me gustas mucho tú.

—Ahora tienes que multiplicarlo por cincuenta.

Hacen las operaciones en uno de los papelitos de la libreta que carga el mensajero. Nadie dijo que fuera fácil examinarse del primer amor. Tarde o temprano serás mío, tuya yo seré.

—Sí, seiscientos cincuenta. Y ahora suma tu edad a esta cifra, a la cifra obtenida, al número resultante.

—Tengo que sumarle trece.

—No, tienes que sumarle once, que tienes la misma edad que yo.

—Pues vale. Espera... —Me gustas mucho tú—. Espera, que me he descontado... —Me gustas mucho tú—. Seiscientos sesenta y uno.

—Y ahora réstale doscientos cincuenta. Espera, lo hago yo con este móvil que me dejó mi hermana un rato. —Su cara se ilumina con la pantalla, mientras teclea con los pulgares de uñas comidas, los nervios del último año y medio en un hogar que se está desmoronando; se la enseña—. La cifra de la izquierda es el mes, y la de la derecha, tu edad.

—Cuatrocientos once... —Su cara se ilumina con el truco y con el recuerdo de la cara iluminada.

—Pero tiene más gracia si lo hago con alguien del que no sé nada o que suma él solo. Si no, cuando lo veo, ya lo sé todo.

—No, no, ¡qué va! Para mí tiene muchísima gracia así... —Muchísima más que con otro, claro—. Pero podemos repetir y sumo yo.

—No, que voy a pedirle dinero a mi abuelo.

Todos esos preadolescentes, incluso los que aparecen durante un rato procedentes del botellón de los coches, sienten cosas que aún no saben nombrar, mientras los adultos manejan etiquetas de frascos vacíos de lo que estas designan. Los primeros buscan a sus padres y abuelos, pero no para bailar: son como animales que aparecen en el claro del bosque para encontrar los restos de comida que dejaron unos humanos de pícnic. Reclaman más dinero, solo dos monedas, solo un billete, no, no hace falta que me acompañes, ya voy yo. Fingen invertirlo en dulces y generan fondos reservados para volver al botellón y pagar por un poco más de alcohol. No es que no quieran a sus padres: los quieren, pero sobre todo los quieren, al menos hoy, lejos.

Todos escenifican un simulacro de su futuro: aún no están de fiesta, solo practican, incluso los de cuatro años, con sus bicis sin pedales y sus vasos de Fanta. Porque los pequeños son ahora los dueños de la pista, borrachos de euforia y ebrios de refresco. Son todo gas.

—Míralo, es que de verdad que me recuerda a ti hace años, a tus primeras borracheras —dice Adela.

Habla con Liberto, su primer y muy rocker novio adolescente, señalando a Max, su hijo de dos años, que acaba de caerse de culo y ríe y luego llora y después señala los focos del palco y grita «¡Rojo!», aunque son azules. La chaqueta de Peppa Pig con los primeros lamparones de leche.

—No sé cómo se tomará tu marido que tu hijo te recuerde tanto, tantísimo, a mí. Ni tu marido ni todas las viejas del banco.

—Hasta las abuelas saben que tú no has tenido hijos. El eterno rocker. Ahí con tus discos...

—Los vendí todos. Podría decir que los vendí cuando arrasó el CD, que quedaría de idiota, pero al menos no de pobre, aunque el caso es que no me cabían en el piso de mierda que tuve que alquilar cuando me dejó mi novia y me echaron de técnico de la sala de conciertos. Me gustaría que inventaran una colonia que oliera a vinilo. Me la pondría justo antes de darle al *play* de YouTube y...

—Y te masturbarías pensando en los tíos con guitarras grandotas de las portadas. Ahí, solazo, arriba y abajo, con la manita en el mástil.

—No, me imaginaría que tengo lo que no tengo. Los discos, digo. Los que vendí.

—Es parte de tu encanto. Cagarla.

—Oye, al menos yo controlaba. Tu hijo no. Ojo a lo que le metes en el biberón.

—Sí, tú controlabas demasiado. Pero míralo, es que es igualito. Anda dando tumbos, como tú. Se fija en todo, incluso en lo que no se tiene que fijar. Luego se pone a abrazarme y a decirme que soy la más guapa, aunque dice «*wapa*», como tú entonces, baboso. Exaltación del amor y la amistad. Me lame la cara. Y luego corre, que es que se piensa que sus pies vuelan, pero le pesa la cabeza: se cae, ríe y llora en el mismo minuto. Y habla un idioma incomprensible, más cerca de una lengua balcánica que del castellano. Muy parecido, de hecho, al que inventabas tú cuando querías cantarme algo en inglés y no tenías ni idea de qué decía la letra de esa canción que te había cambiado la vida. Entonces le entra hambre y empieza a comer cualquier cosa que tiene a mano. Pide un bocadillo de magdalena, por ejemplo, como cuando tú comías galletas con atún. Y acaba dormido en la cama vestido de calle, como tú, con todo manchado de vómito y restos de comida.

—Si me viste en la cama vestido es por algo. Y no siempre vestido.

—Y entonces se despierta al día siguiente... y no se acuerda de nada. ¡Como tú!

«Me gustas mucho —piensa y no dice Liberto—. Me gustas mucho tú». El rocker canta esa canción ligera de folclórica bien fuerte: es cómico verlo tan desesperado.

Adela le ha presentado a su hijo Max, borracho de bibe, hace media hora. No se habrían puesto a hablar a la vista de todos si no fuera porque Adela le prestó a su sobrina, Aurora, el top a topos que vistió la primera noche que se besó con Liberto en el cementerio. Y encima esa canción, la misma que entonces. La nostalgia es mnemotécnica y se dispara con estos detalles. Me gustas mucho tú. Saben que podrán hablar a ratos, pero breves, como sorbos cortos, para no disparar las alarmas, sobre todo las suyas.

Aurora, la sobrina, acaba de volcar media bolsa de pipas en el cuenco de palmas de Alberto. Ellos, como el resto de los niños y preadolescentes de la plaza, están ensayando el futuro, pero no hablan del futuro. Como mucho, del futuro de dentro de media hora.

Todo acaba de empezar, pero las abuelas ya están cansadas de tanto baile: los juanetes laten en la frontera de los zapatos de tacón del mercadillo o en los calzados ergonómicos de farmacia. Engarfian sus dedos artríticos en bolsos de polipiel, sudaderas infantiles y hombros de nietos. Están en los bancos de piedra y podrían hablar del pasado, pero el caso es que no hablan del pasado. En las noches de Fiesta solo se habla del presente y de la muerte. El carrusel de la esquela. La necroporra. Ronda informativa en el tanatorio.

—¿Mañana no es el aniversario del de la Frouseira?

—No, ese fue hace dos semanas, ¿no fuiste? Mañana es otro, pobre, del que murió en la residencia del sitio ese. *Pobriño*, tan lejos de casa. A treinta kilómetros, lo menos. Solo, que ni siquiera hubo funeral.

—Dicen que el Ventura está enfermo.

—Mujer, un poco enfermo siempre estuvo.

—¿Quién lo dice?

—Ay, no te sé.

—¿Y tu marido? ¿Cómo lleva lo suyo?

—¿Qué es «lo suyo»?

—Una cosa, el cura aquel que hablaba tan rápido, ¿está vivo o está muerto?

—No te sé. Y Charlton Heston, qué elegante era, un señor, ¿vivo o muerto?

—¿Elegante? Pero si iba casi desnudo en las películas. Muerto, mujer. Y el padre del carnicero de los martes, ese sí que no lo sé. La mujer, muerta, seguro. El hermano, muerto, que lo atropellaran saliendo de su casa. Pero él, ¿vivo o muerto?

—Habrá que preguntar en el *cabodano* de la de la mercería, que creo que ya hace un año que murió. Se tomara muchas pastillas, sufría de los nervios.

—Yo pensaba que estaba viva. Pobre. Bueno, ya le era hora.

—El que sigue vivo es el Hijo del Conde. Dicen que hoy vendrá a la Fiesta.

—No sé cómo se atreve a venir después de lo que le ha vuelto a hacer a su padre. Aún recuerdo cuando nos llamaran. Yo pensaba que me preguntarían por algún crimen y ¿no van y me preguntan si pensaba que estaba loco?

—Bueno, pero eso fuera cuando vivía en el monte y andaba por ahí desnudo disparando y su hijo creyera que *toleara*.

—Luego lo perdonó, pero la segunda vez no... No sé cómo se atreve a venir al Valle de su padre. Yo esperaría a heredar y entonces vendría. Pero no antes.

—Ya, pero es que el Conde igual murió, ¿no? Y por eso viene.

—El Conde no es malo. Es difícil no ser malo siendo rico.

—A este no lo perdonaría ni muerto. Y si muriera tocarían las campanas, ¿o no te acuerdas cuando muriera la mujer, que sonaran las campanas durante tres semanas que casi me vuelvo loca?

—Es que quería mucho a la mujer. Todo lo demás viene de eso.

—Quería a mucho a las mujeres, así, en general.

—Imagina ahora que se le murieron todos los suyos. Los de su sangre.

—Yo no digo nada, pero... —Y procede a decirlo todo.

Exhiben la presunción del vivo sobre el muerto como si ser de los primeros no fuera una coyuntura, sino un mérito. Todo el pueblo es sospechoso de tener algo o de tener algo con alguien. De alguna enfermedad o deseo, o de las dos cosas. No dicen, por ejemplo, que el que murió en la residencia de ese sitio años atrás era imparable, hercúleo y apolíneo, y que se subía al Gran Carballo para trenzar las cuerdas y colocaba casi él solo los banderines y ajustaba las bombillas que titilaban. Y que les gustaba mucho, hace sesenta años, a todas, a todas ellas. Solo se habla de que murió hace un año: la muerte nos iguala a todos, como fichas de parchís o de ajedrez que ya han sido comidas por las dinámicas del juego.

Algunos abuelos se han reunido con sus mujeres y ahora miran desde los bancos, ellas con las rebecas en los hombros, solo el primer botón cerrado a la altura del cuello. Ellos no tienen frío, dicen, así que llevan el jersey al hombro, aunque su masculinidad se ve retocada porque cargan con las chaquetas de chándal de dibujos animados, como esa de Peppa Pig que lleva Jerónimo, padre de Adela y abuelo de Max, sobre las rodillas. También tienen en las rodillas, a caballito, a alguno de los bebés que ya se frota los ojos con desgana, y miran cómo bailan los padres primerizos, jóvenes o viejos según quién los mire, de unos treinta y pico o cuarenta años en el carnet: ellas no reconocen su cuerpo después del parto, aunque la diferencia sea mínima; ellos, bíceps musculados y barrigas cerveceras, de levantar mucho niño y también mucha lata para relajarse cuando el pequeño duerme. Beben todos, ellos y ellas (las que ya no dan el pecho), como les ha acostumbrado a beber una paternidad y maternidad de mucho compromiso continuo, poca conciliación (en especial desde que teletrabajan) y solo algún momento libre: rápido. Beben como soldados en una ciudad ocupada: rápido, rápido. También con el mismo alivio y sed: rápido, rápido, rápido.

—¿Tienes un piti? Hace un año que no fumo, que no fumo delante del niño, más bien —dice Adela, de treinta y seis—. Mi marido está en casa, porque tenía una *call* con un cliente americano, así que ha tenido que irse un rato.

—¿Una col? ¿Tiene una col? —se mofa Liberto del inglés que jamás supo hablar, aunque las canciones en inglés, quizá precisamente por eso, porque la ignorancia dejaba espacio a la imaginación, le cambiaran la vida.

—Una videollamada, patán.

Adela tiene al niño aparcado en el regazo de Rosario, su madre, así que siguen hablando. Paseando en tu jardín, mil mariposas.

—Ten, el piti. —Lo saca de un paquete de Camel blando, el mismo que fuma desde que era un crío—. ¿Quieres que vayamos detrás de la Iglesia, para que no te vea? —contesta Liberto.

—Ya te he dicho que se ha ido a casa un rato.

—No, me refería a tu hijo, no a tu marido.

Comenzaron a decir cosas hermosas.

Y de repente no están ahí, sino allá: veinte años antes, con quince o dieciséis, cuando se besaron por primera vez esta misma noche, otra noche, otro año, hace un minuto. Primero bailaron un vals, el de la canción, el de las mariposas: dos chavales de quince, como en la sala de los espejos de un palacio austrohúngaro, vigilados por la mirada de toda la corte. La más bella de las mil besó una rosa. Bajo el escrutinio de padres y madres y curas y envidiosos. Y después se fue hacia ti, maravillosa.

Yo lo sé porque estuve allí. No solo estuve allí, sino que fui culpable de que se atrevieran: subí el volumen de su emoción y de su deseo. Dime si tú, hoy, quieres bailar con el son, del vals de las mariposas, conmigo. Luego se escondieron de sus padres para compartir un primer pitillo detrás de la Iglesia y una primera larguísima conversación sobre que se sentían ya mayores y un vino con refresco de cola sabor cereza (novedad) y un primer beso (los bajos de la Orquesta de fondo, el bombo de la batería en el corazón, encabritado, como alguien con mucha hambre aporreando la puerta).

—Si quieres, te consigo un peluche. No me salió mal aquel día —dice Liberto.

—Consígueme fuego y vamos.

¿Están en la noche de hace veinte años o están en esta? Porque el caso es que se sienten igual. O parecido: como una misma canción en una versión diferente, con nuevos músicos más infalibles y técnicos, pero con mucho menos encanto y emoción. A él le duele un poco la barriga y esta noche le creció bastante la barba (siempre le pasa cuando bebe mucho y despierta con resaca), y a ella la nuca, de levantar al pequeño tantas veces mientras ayuda a su madre en la cocina. Lo sé porque estoy fuera y dentro de ellos. Porque los conozco desde que se conocieron.

—Claro, llevo fuego, mira: TODOS CONTRA EL FUEGO. Apareció en el Ayuntamiento una bolsa entera de estos mecheros, de los que regalaron en aquella campaña del Gobierno contra los incendios hace un montón de años. Cuando no éramos viejos.

—¿Y aún enciende?

—Mira... —Y la llama casi les quema las pestañas.

No lo saben, pero en el suelo de detrás de la Iglesia aún resiste la lata aplastada de aquel refresco de cereza que ya no se fabrica. La pisaron tanto que quedó incrustada en la roca, sobre la que luego crecieron malas hierbas. Ahí sigue, como un dibujo animado arrollado por un tren, como un trilobite desorientado, como un insecto conservado en una bola de ámbar. Fuera de tiempo, difícil de revivir, imposible de hacer desaparecer, con los colores más apagados del mundo.

La plaza se ha rejuvenecido con niños y prepúberes, pero los adolescentes y jóvenes siguen bebiendo en los coches, al ritmo de trote a cámara lenta que sale de sus altavoces portátiles. Mezclan colores imposibles y todo les sabe a gloria, porque lo que están bebiendo es noche y primera vez. Vuelven las niñas y los niños que han reservado dinero de la compra de chucherías, entre ellos Aurora y Alberto. De momento son público, público que a veces no entiende y que siempre sonríe, como sonríe alguien que aún está aprendiendo un idioma extranjero. De lejos, la Orquesta, con dinero y sin dinero, hago siempre lo que quiero, una ranchera por si algún abuelo se anima aún a bailar con la persona con la que comparte almohada desde hace un millón de años. Aquí, ritmos gruesos y lentos, golpes cadenciosos de sexo solvente para los jóvenes. Llegó la mami, la reina, la dura, una Bugatti, canta Aurora, de trece años. El mundo 'ta loco con este *body*, la mira Alberto, de casi catorce.

Entre el resto de los jóvenes, aún figura Caridad Villaronte, que hoy se ha puesto unas mallas negras y la camiseta de las fiestas del pueblo, de dos tallas más, porque no le apetece que la miren: siempre fue la Muñeca del pueblo, la guapa del Valle, y no quiere que se pasen la noche calibrando si aún lo es o detectando marchiteces. Ha estrenado unas Converse All Star de color blanco, eso sí, porque incluso para ella es día de Fiesta. En realidad, tiene apenas dos o tres años menos que los padres primerizos que ahora se desmelenan en la verbena, pero no ha tenido hijos, así que sigue siendo oficialmente joven y aún se hace selfis con su grupo de amigos, calcando rituales del año anterior. Sonríe por fuera, pero está muy nublada por dentro. Es un emoji que se parte de la risa y que se pulsa rápido para no tener que aceptar que se está triste con una frase demasiado larga, tecleada letra a letra con los pulgares. Es más fácil mentir con el móvil que aquí.

—Joder, pava, estás rarísima esta noche. Tú lo que tienes que hacer es un Interrail, no veas la de gente que conoces... Además está lleno de pipiolos, te haces al que quieras. Llegas al tren y miras un par de veces y en la siguiente ciudad, en el albergue, pues...

—Ya.

—No sé si sabes que el de Fazouro se lio con la de Argañín el otro día. Y justo estaban ahí con la lengua tornillo cuando... se presentó su novia de la Ciudad.

—Joder, un clásico.

—Sí, a mí también me pasó un año...

—Sí, con mi ex.

—Por cierto, ¿sabes dónde está el Ton Rialto? Nos tenía que traer algo, ya sabes. Algo importante.

A veces soy ropa. Ropa antigua y olvidada del abuelo que se pone el nieto. Mirad a ese niño de cinco años, enarbolando un rifle rojo de plástico, apuntando al cielo como si quisiera dispararle para abrir en él una segunda luna, gritando eufórico con una sudadera de Caja Rural. Pero sigo siendo el rey. Y mirad a su abuelo, el Casiguapo, que de momento no se irá, que se quedará una más, pero que está más bien pocho. ¿Por qué? ¿Qué le pasa, si todo es Fiesta y guirnalda de luces y estribillos conocidos? Pues porque mira a su nieto y no ve solo a su nieto: se ve a él, cantando esa misma canción hace cincuenta años, tocada aquella vez por esa orquesta de tres, sin guitarra todavía (las guitarras eran de los conjuntos de rock), tan gracioso aquel trío encima de la cubierta de un camión de mercancías. Aún no existía la corriente continua, así que cuando encendían los instrumentos, si el cantante se acercaba al micrófono, se atenuaba la luz de las bombillas del prado de la Iglesia, como si lo iluminaran solo velas o solo estrellas, que son las velas del cielo.

Con dinero y sin dinero, hago siempre lo que quiero. Mira a su nieto y se ve en el pasado, su nieto lo mira y no se ve en el futuro. Por eso el pequeño está solo alegre y él está alegre y está triste. Y rabioso, porque podría aparecer el Ambipur, el cabrón que siempre mueve los marcos de la parcela para cultivar un trozo que no es suyo. Lo que no sabe el Casiguapo es que en este preciso instante el Ambipur aprovecha que él no está para cargar una a una todas las bombonas de butano y cortar todos los cables del cuadro de luces del garaje que él dejó abierto. El Casiguapo no lo sabe, no, pero mira a su nieto y le da pena y alivio porque él no tiene problemas como el suyo, que hoy podría acabar a palos con un vecino en plena Fiesta. Pero invita a otra ronda. Y, cuando la acaba, va al centro del prado y, sin pedir permiso al nieto, que hace una coreografía en círculo con sus amigos, lo coge por la cintura, lo levanta y le da un abrazo y un beso con olor a ginebra. Sus amigos, en la cantina, se miran con cara de «ya sabéis cómo es». Él vuelve pensando en que le habría encantado que le dieran ese abrazo una noche igualita a la de hoy, pero hace bastante más de medio siglo, después de acabar sangrando por su primera pelea infantil con el Ambipur, apenas un par de años después de que los maquis (o esos que ya no eran maquis, porque la Historia decía a esas alturas que ya no tenía sentido su guerrilla y solo permitía su resistencia) mataran a su padre y ardiera su casa entera. Además de regentar la taberna, el padre del Casiguapo era pirotécnico: en las cuadras, fabricaba cohetes y petardos que vendía en todas las fiestas. Eso los salvó, porque el estruendo avisó a todos los vecinos de la Fiesta, que acudieron a sofocar el incendio dirigidos por el Conde: pudieron apagar el fuego, pero los maquis se habían esfumado. El padre del Ambipur no fue, y de ahí aquella primera pelea.

El cantante de la Orquesta odia especialmente esta ranchera, pero la adorna a gritos de «Esta noche va a ser inolvidable» y «Esas palmas de los de delante» y «Las manos de un lado a otro», y nadie le sigue aún, salvo los críos, y piensa en cuando pasa los inviernos en la Ciudad sin dinero, fuera de la temporada estival de las orquestas, dando clases particulares de canto a señoras. Y se imagina cómo le iría en la vida si tuviera que exhibir también en invierno esta especie de entusiasmo imbécil y veraniego: entrar a mear gritando «Vamos, esta es la mejor de todas» o empezar a dar palmas en la cola de la Seguridad Social, donde se da de baja y de alta de autónomos porque no le da para la cuota mensual, al grito de «Con dinero y sin dinero, hago siempre lo que quiero». «¡Esta noche es eterna!», diría, a oscuras, en el ascensor estropeado, varado entre dos pisos un miércoles de marzo.

La bicicleta roja de nuestro mensajero sigue haciendo círculos por la plaza. Entrega una hoja de su libretita y un boli y cada uno apunta el mensaje: qué quiere que diga por el micro el cantante, hacia el final de la noche. El mensaje será anónimo, pero aquí todos se conocen, así que no será difícil adivinar el autor. El más aplaudido se llevará el premio, aunque nadie sabe a ciencia cierta (tampoco importa) cuál es el premio (quizá son los aplausos, tal y como el tesoro es el mapa del tesoro). Ahora el mensajero se está tomando un respiro, y una Fanta de limón (le encanta mascar los cubitos ácidos), mientras mira la Orquesta. Solo entonces, se le acerca un desconocido por detrás y le dice:

—Ya sé que fuiste tú quien le cortó las orejas al perro del cura.

Y se va. Lo ha escuchado el Niño de la Bici Roja y también Ventura Rubal, que querría decirle al desconocido si sabe que a los forasteros, en esta Fiesta, según una tradición antigua que él solo ha visto una decena de veces, los tiran al río. «Mira Ventura, pobre, dicen que hace dos meses...», insinúa una abuela del coro, que lo mira desde el banco de piedra. ¿Está vivo o está muerto? Yo no digo nada, pero...

—¿Quieres venir conmigo al coche? Así te deja en paz este imbécil. Que te enseño algo y me ayudas a lo más importante que he hecho en toda mi vida... —le dice Ventura Rubal, de setenta y un años, camionero de la Danone jubilado, más delgadísimo que nunca y genuinamente contento por una vez en su vida porque hace unas horas, a mediodía, ganó el concurso a vehículo mejor adornado de las fiestas—. Nada, es ir un momentito al garaje y me ayudas a cambiarme de ropa. Es muy importante para mí. A cambio, escribo el mensaje este y te doy algo de dinero, si quieres. Será solo un momento. Necesito hacer esto.

La noche ha cerrado todos los caminos y, aun así, o quizá por eso, Ventura y el Niño de la Bici Roja caminan muy (demasiado, en opinión de algunos que los ven alejarse) juntos.

III

Son raras, las fiestas: los listos no parecen listos, pero los tontos parecen más tontos. Y los hijos de puta, más hijos de puta, como ese que se ha acercado a hablar contigo y como muchos que han hablado de mí toda la vida. La gente triste disimula de pena, así que parece más triste aún, y los que suelen estar contentos, pues más o menos son normales, porque se supone que tienen que estarlo. Casi todo parece normal, pero casi todo. Yo qué sé qué es normal. O qué piensan ellos que es normal. Solo sé quién es subnormal, como el que intentaba meterte miedo. Y también sé que lo he pasado muy mal en las fiestas, que es cuando es obligatorio pasarlo bien. Las fiestas son como no querer nadar y que te tiren a la piscina vestido. O como no saber nadar y que te tiren a la piscina totalmente desnudo. Pero hoy todo va a cambiar. De hecho ya empezó a cambiar.

Ven, por aquí, sin miedo, está un poco oscuro.

Hoy será diferente, porque todo ha empezado bien. Me ha bendecido un cura y he ganado un concurso. Esta mañana, ya te habrás enterado, he ganado en la procesión de los chóferes. Mi camión era el mejor adornado: premio a la buena ornamentación floral. Le han puesto el agua bautismal (al camión, no a mí: yo no tengo remedio), me han dado un jamón y he recibido un aplauso. Gracias, gracias.

A ver si algún día te puedo dar una vuelta en camión. Yo fui por primera vez cuando tenía tu edad, creo que era 1965, pero solo a mirar. ¿Era 1965? No lo sé, tengo más de setenta años, y no es que me olvide de días, es que a veces me equivoco de década. Eso es lo que hacía entonces: mirar. Todos los camiones de la zona, y algunos de otras, se ponen en fila. Antes los han adornado con flores y globos y fotografías. Son como una *fraga* en movimiento, como una serpiente de flores gigantesca, que va por las carreteras dando bocinazos y atrapando aplausos. Luego, en la Iglesia, a la hora del vermú, el cura va bendiciendo los camiones como si fueran animales o bebitos, y al final el Valle vota a su favorito. Recuerdo que aquel primer día amenizó la sesión matinal la Orquesta Satélite, el gran debut de Francisco Alegre como vocalista, con esa americana rara que le cosiera yo con tiras de una cortina de cuentas de aluminio que mangáramos de la panadería de otro pueblo. Él ya era entonces Francisco Alegre y estaba exactamente igual de alegre que hoy, ni más ni menos, aunque quizá un poco más ese mediodía: siempre me cayó bien, porque era el único que hablaba bien de tu abuela y porque siempre andaba en la luna, soñando con ser lo que no le tocaba, un gran cantante, y porque ponía todo su empeño en ello: se iba en coche de línea (¡una vez incluso a pie!) al puerto a donde llegaban los buques de América, el Montserrat y el Begoña, porque había encargado que le trajeran discos de ritmos tropicales que había pedido a paisanos del pueblo que habían emigrado a Cuba o a Venezuela. «Estamos en el centro del mundo —me decía—, del viejo y del nuevo. Gaitas y marimbas», aunque los dos éramos conscientes de que aquí nos sentíamos fuera de sitio, pero él sabía engañarse mejor que yo, y por eso él estaba siempre alegre y yo no. «Seremos tontos, Ventura —me decía—, pero si viene un coche nos apartamos y al menos sabemos lo que nos gusta, ya me entiendes, que a mí no me engañas». Ese día fue el único que estuve casi tan alegre como él. Yo nunca había ganado ese concurso. Hoy lo he hecho. Igual porque pensaban que conducía otro.

El Conde debe de pensar que esta Fiesta es por él, porque se llama Cristóbal. Pero en realidad es de los camioneros, de los chóferes. Porque es su patrón y porque estas fiestas no son de los condes ni de los curas, aunque sean los protagonistas, sino de la gente y de los camiones. Supongo que por eso siempre se ha celebrado al final de verano, y no a principios de mes, cuando cae el santo. En realidad, se cambió la fecha porque las orquestas eran más baratas esta semana. Mover el santoral por el dinero: otra cosa rara de este Valle tan y tan normal y tan religioso.

Pasa por aquí, sí, aparta esas cosas, ahora abro el coche y te enseño lo que hemos venido a hacer. Mira, aún tengo aquellos casetes. Y funciona, sube el volumen. La verdad es que llevo un montón de años adornando mi camión. Durante el resto de los meses, como mucho, ponía una Virgen en el retrovisor, un muñequito en el salpicadero o una flor al lado del cambio de marchas. A veces, un peluche en el radiador. Tenía que disimular. Pero, cuando llega este día, puedo dedicarme a poner flores en un camión sin parecer sospechoso. Cuantas más, mejor. Está bien ser normal una vez al año. Siéntate, aquí tengo una nevera con cervezas y refrescos. ¿Otra Fanta? Toma, de limón. Una noche es una noche, mi gran noche.

Antes lo hacía de otra forma. Cuando yo era pequeño, más pequeño que tú, hacía lo mismo con las vírgenes y las santas de la Iglesia. Las vestía. En el campo de la feria no me dejaban jugar al fútbol, solo de portero, y me tiraban muy fuerte la pelota aquella de escayola y trapo. Y con las niñas era aburrido estar, casi siempre en casa. Así que me iba a donde el cura y vestía imágenes. Eran mis muñecas. Me llamaban el Curita, sí, pero nadie sospechaba. Cuando no llovía, como este año —que es que no ha llovido nada y están ardiendo mil cosas cerca y si nos descuidamos arderá también el Valle—, era yo el que me encargaba de tirar cubos de agua a la talla de santa Bárbara hasta que nos hacía caso y nos mandaba una tormenta. El cura estaba encantado de tenerme por ahí porque le limpiaba la ermita y recogía el dinero, como haces tú con los mensajes. Pero un día pasó algo que prefiero no explicarte, aún eres pequeño, y no volví a ir. Es curioso, lo de los curas: creen que todo es suyo. Y lo era, antes. Me acuerdo cuando delataban a los vecinos que se iban a confesar y contaban que habían llevado comida a un huido, a un maqui o a una mujer que algún demonio había dejado embarazada. Porque todo era de los curas, incluso el perdón y la ley. Lo eran también las mejores casas, pero lo era sobre todo el tiempo: ellos, con las campanas, eran el reloj. Solo moría alguien si ellos lo anunciaban, como aquella vez que murió la mujer del Conde y sonaron durante días. Y solo era mediodía si ellos lo decidían. Solo nacía un niño si ellos lo registraban o se casaba una pareja si ellos los dejaban. Yo quería estudiar, para irme lejos. Pero el cura me pilló meándole la puerta a la ermita. Y, como ya estaba cabreado por lo otro, consiguió que no me dieran la beca.

Me quería ir y no quería irme, porque mi padre se quedaba solo. Y con un hijo muy pequeño, Ramón, el papá de Ton, sí. Es curioso, porque cuando se te muere el padre esperan que el hijo mayor haga de padre, pero si se te muere la madre no pasa lo mismo. Mi madre (se llamaba Angustias; qué humoristas mis abuelos: Placeres y Angustias) murió cuando dio a luz a Ramón. Pasó en casa, en la habitación de matrimonio, y te juro que cuando el médico salió con el niño dijo: «Tenía que salvar a uno de los dos, era a uno o a otro. Felicidades». Mi padre estaba tan helado que me pusieron encima a ese bebé que lloraba con el cuerpo azul y lleno de mocos, como si lo supiera todo. Pero la única mujer que yo he tenido verdaderamente cerca es Placeres, tu abuela. Y menos mal, porque solo ella me entendía. A ella la llamaban la Loca y decían, se rumoreaba, que se acostaba con los maquis que estaban escondidos en el monte. Había hasta quien decía que había hecho *zorza* con la carne de uno de ellos. Pero solo ella me entendía, porque entendía que nada era fácil, que es lo único que hay que comprender para no acabar siendo un hijo de la gran puta.

Me acuerdo de que a veces se dejaba ver por el río, lavando ropa con sangre. No sé si era la regla o era otra cosa, pero los vecinos se reían de ella, pero con una risa nerviosa, porque les daba miedo que fuera de verdad medio bruja o que estuviera tan cabreada que pudiera hacer algo. Quemar algo, por ejemplo. Están locos, los normales. A mí, en cambio, me salvó la vida, cuando una vez se tumbó conmigo en la cama, durante la siesta, y me dijo: «Lo sé todo, y me vas a tener siempre. Nunca nos pillarán».

Hubo un tiempo que fingí que me interesaba Soledad. Sí, Soledad, alucina: ¡todos tenemos un pasado! Incluso ella, ¿eh? Ahí donde la ves, en los ochenta tuvo sus aventuras nocturnas en la Capital: miss Pandereta, la llamaban. Hasta tu edad, más o menos, era fácil disimular. O un poco más. Una vez le habían regalado un esmalte de uñas de color rojo, algo muy raro, porque aquí no lo llevaba nadie. Como a ella no le gustaba, un día jugando, en el río, me pintó las uñas de los pies a mí. Eso fue días antes de la Fiesta, pero cuando llegó la verbena yo aún las llevaba rojas. Entonces, en esa Fiesta, se celebraron unos juegos de agua para niños y adolescentes. Una batalla de globos de agua y carreras descalzos por caminos de agujas de pino y esas cosas. Y yo tenía que participar, porque me obligaban, y llegaba mi turno y sabía que cuando me quitara los zapatos todo el mundo lo vería. Todos verían mis uñas rojas. Pero yo quería jugar, porque no me negaba a que tuvieran siempre la razón, y porque quería impresionar a tu abuela, que viera que podía. Cuando llegó mi turno, no pude quitarme los zapatos. Aquel día hui al monte, me quedé por la noche, escuchando la Orquesta allá lejos, y prendí un fuego. Igual te han hablado de aquel incendio, aunque nadie sospechó de mí. Solo de Placeres, de la que siempre decían que andaba en el monte jodiendo con maquis y prendiendo fuego a todo, pero no se atrevieron a decirle nada y al final pensaron que había sido cosa del Casiguapo y el Ambipur, que llevan décadas peleándose por lo mismo y ya ni recuerdan por qué. Ellos piensan que es por una tierra, pero se pelean por otro fuego, el de la casa de uno, por cómo eran sus padres.

Pero Soledad pronto se fue a la Capital, donde se quedó más de una década, y me dejó aquí y yo no tenía cómo escapar. Así que vendimos una madera y me saqué el carnet. Esa sería mi manera de irme. Tú vas siempre en la bici, me entenderás. Me acuerdo de una historia que me explicaron. De uno que se fue pronto a la Raya seca, a la frontera con Portugal, en los años duros de la posguerra, cuando no podías hacer eso. Por lo visto se dedicaba al estraperlo, pasaba cosas de contrabando de un país a otro, siempre en bici. Llevaba un par de sacos y, en la frontera, los guardias lo paraban y le registraban los sacos. Solo había carbón. Y lo dejaban pasar. De vuelta, volvía a aparecer con unos sacos: carbón. Siempre carbón, como un minero aplicado o un rey mago y malo. Ellos no sabían ya qué hacer. Veían algo sospechoso, pero no tenían pruebas. Lo registraban, buscaban piedras preciosas o relojes o comida. Carbón. Pasaron meses y años. Lo sabían y no lo sabían. No podían explicarlo. ¿Sabes con qué hacía contrabando? ¿Caes en qué era lo que compraba y vendía allí y aquí? Exacto, bicicletas. Justo en lo que iba montado. Lo que estaba más a la vista.

Pues yo lo mismo, pero con un camión. El camión me sirvió para irme del Valle, sin abandonarlo, para volver a aparecer manejando un trasto gigante y viril. Bocinas nada más enfilar la cuesta. Compadreo machote en la taberna. El camión en la plaza: es del Curita, que por fin se ha hecho todo un hombre. A veces subían otros paisanos. Les gustaba que los llevara aquí y allá. Lo que no sabían, claro, es que el camión era mi bici de contrabando. Porque era lo que me permitía ir a otros sitios donde no me conocían: ciudades, pueblos remotos, estaciones de servicio donde todos teníamos que pasar la noche y el aburrimiento apretaba, porque era justo en el camión, cuando había vaciado la carga, donde ponía literas o colchones y donde, después de ir a algún bar de estos especiales de la Ciudad, o de detectar las señales en los lavabos de una gasolinera, me aliviaba por fin con otra persona, me sacudía toda la mierda que había vivido, todo el dolor y todo lo que había callado, lo soltaba ahí.

O cuando descubría un nuevo mundo, pero de verdad nuevo, con pájaros que no sabía ni que existían, en las Ramblas de la Ciudad Grande, al otro lado del país. Conocí al pintor sevillano famoso, porque tenía una Virgen de la Asunción en el balcón de su piso de la plaza Real, así que nos pusimos a charlar en el Glaciar y, a la segunda cerveza, congeniamos hablando de cómo de niños usábamos las estatuillas de las iglesias como muñecas. Cuando no tenía ruta, lo acompañaba a pintar con brocha gorda: antes de pintar una pared de blanco solía dibujar debajo algún *carallo* o un ángel empalmado o una Virgen con una boca así, de muñeca hinchable.

«Yo soy un pajarillo. He venido al mundo para vivir y soñar, no para arreglarlo», decía. Pero lo arreglaba. Cuando hacía de las suyas por las calles, yo me limitaba a mirar: una vez, a finales de los setenta, se marcó un desfile por las Ramblas vestido de mujer, del brazo de dos amigos suyos, aquel tipo con bigote que hacía tebeos y el otro. Cómo me impactó aquello, tanto que no lograba ni entenderlo: el orgullo y el desafío y el paso firme vestido de mujer hasta que los urbanos vinieron al Café de la Ópera y los arrestaron y se lio la de Dios, con botellas de cerveza y sillas por los aires. Una revolución. «¡Soy la Pasionaria de los mariquitas!», gritaba. Aquel día acabé escondido en el baño del café, pero no he dejado de pensar en ese desfile hasta hoy.

Luego me invitaban a pisos llenos de humo y páginas de viñetas recién dibujadas tiradas por el suelo y les hacía una gracia tremenda que viniera de donde venía y yo les daba yogures con azúcar del camión para cuando les bajaba la risa y les subía el hambre. Yo soy un personaje de cómic, lo creas o no, me dibujaron en una historieta. Llegaba con el camión lleno de yogures y el del bigote decía: «Mira, el Macedonio», porque me llamaban Macedonio, por los yogures de macedonia y porque parecía de ese país, de lo despistado que andaba. «Y porque eres muy dulce, quillo», me dijo el pintor un día. Aún estábamos en dictadura, pero ellos ya vivían en un futuro que se habían inventado. Un futuro sucio y libre y radiante que dibujaban. Yo lo vivía, a mi manera, pero solo en habitaciones o en el camión, nunca en público. Te hará gracia, pero en el momento de placer máximo siempre gritaba «Explota, explótame, expló». Porque luego volvía al Valle y la canturreaba también cuando paseaba por ahí o entraba, muy de vez en cuando, en la taberna. Mira, es esta canción del casete de la cantante italiana, la primera de la cara B.

Hice muchos kilómetros, alejándome y volviendo. Una y otra vez. Hasta me hice con mi propio camión en propiedad, para no tener jefes. Cuando me jubilé, no volví a conducir. No podía ni tocar el volante: me quemaba, como cuando aparcas un rato al sol y te vuelves a meter en el coche. Años empalmando turnos y noches y días en la misma carretera. Las carreteras, sean mejores o peores, son como las noches, también mejores o peores: la misma siempre. De hecho, cuando cobré el primer subsidio pinché las ruedas del Renault y lo dejé ahí tirado, con el depósito de gasolina lleno. Tenía un amigo en la Ciudad y me gasté el dinero de la licencia del camión en taxis: me venían a buscar, me llevaban y me devolvían aquí. Mis escapadas. No quería dejar sola a tu abuela, bastante sola ha estado, y yo sé de qué va eso de estar solo. Además, puedes sacarme del Valle, pero es imposible que saques al Valle de mí.

Pero hoy es diferente, hoy hasta el puto cura (bueno, es de otra parroquia, porque hay tan pocos curas que los pueblos tienen que compartirlos: mira en qué han quedado, que se jodan) ha bendecido mis flores y he ganado el concurso. Yo he puesto las flores, yo he inflado los globos, y mira si he tosido, que pensaba que sacaba los pulmones por la boca, yo he conducido con una sonrisa de «jodeos todos».

Quizá esta noche sea la última noche, o al menos mi última Fiesta, así que quiero hacer algo. Deja la limonada, que te lo enseño. Mira, es bonito, ¿no? Es un vestido de lentejuelas precioso. Lo compré en la Ciudad hace ahora treinta años, espero que me quepa, aunque he adelgazado muchísimo los últimos meses, por los tratamientos en el hospital y eso, que son un secreto, tan secreto como todo en mi vida, así que sí. Y unos pendientes de aro. Mira, ¿me quedan bien?

Yo de pequeño no tuve amigos, por eso igual te he traído, tienes la edad de la época en la que me sentí más solo, más fuera de todo. Estaba Soledad, claro, pero cuenta poco. Pero amigo de verdad solo tuve uno, cuando era más pequeño. Él era algo mayor. Aunque era el Hijo del Conde, nos llevábamos bien. Él pasaba por alto todos esos detallitos que escamaban y cabreaban tantísimo, como si les fuera la vida y tuvieran que contestar con chistes a todo lo que yo hacía: cuando soplaba en la fuente para apartar las hojas antes de beber o cuando ponía cara de asco si las moscas cubrían de negro el requesón blanco (aún no lo como). El Curita.

Pescábamos en el río, nos quedábamos mirando el mar como gilipollas porque sabíamos un montón de leyendas de su familia, como la de aquel barco que naufragó y que iba cargado de acordeones. «¿No los escuchas?», le decía. «No». «¿Contamos las olas?», le pedía. «¿Para qué?». «No sé, para matar el tiempo, porque da gusto». «Qué más da, ¡pero si son todas iguales!». Entonces me contaba que le habían dicho que había ballenas, que su familia se había hecho rica con ellas siglos atrás: ahí, como idiotas, mirando si veíamos una ballena y yo mirándolo a él mirar si había ballenas, muy concentrados. Cazábamos berberechos en la ría, cogíamos *carabullos* y piñas y montábamos hogueras en el monte. Mi padre estaba casi orgulloso de que fuera con él, porque no se olía nada, pero Placeres se ponía histérica cada vez que se enteraba de que habíamos estado juntos. Me lo prohibía. Pero quien podía prohibir o no era el Conde, no ella.

El Hijo del Conde se hacía el duro conmigo, a veces hasta me entendía. Me acuerdo del mejor día. Habíamos llevado merienda en las cestas de mimbre: queso de tetilla, jamón y cantimploras llenas de agua. Hasta le había robado un frasco de colonia que había rellenado con orujo. Recuerdo que el cielo era del color de los melocotones en almíbar y que el río bajaba como con prisa; no como si huyera, sino más bien con la excitación de quien corre al encuentro de una persona o una noticia. Picaron varias truchas y nos reímos. Nos explicamos cosas, de lo que se podía hablar. Me contó lo de los árboles voladores, los que plantaba un pariente que andaba por el mundo. Se llamaban abetos Douglas y por lo visto se lanzaban con avionetas en las altas montañas de Oregón, en América. Caían como bombas y se hundían en la nieve, porque llevaban un peso de piedra, que les permitía caer un poco más recto y hundirse más. El caso es que como no se plantaban a pie, sino que se tiraban como en un bombardeo, algunos prendían en lugares inaccesibles, donde nadie quería ni podía llegar. Ahí estaba el abeto Douglas, solo, alejado de todo, sufriendo quieto inviernos con un frío horrible, rodeado de nieve. «Así me siento a veces. Como si me hubieran tirado de una avioneta y me hubiera tocado un sitio que no es el mío. Sin raíces. Mi primo no sabe ni quién es su padre, pero es que yo ya no recuerdo ni la cara de mi madre», le dije un día en el monte. Estábamos de pícnic: bebió vino del cáliz de Margadelos que le había robado al cura y cambió de tema.

Yo entonces leía novelitas de quiosco, de estas del Oeste. No podía hacer otra cosa, así que las devoraba. En el bar, me las dejaban a cambio de llevarles los cascos de las botellas de Orangina que encontraba por ahí. Los niños querían ser ellos, vaqueros. Yo las leía de otra forma. Veía a esos vaqueros barbudos, con sombrero y cuero y botas de punta y olor a sudor y a whisky de otra forma. Quería ser como ellos, pero no ser como ellos. Quería estar con ellos. En Oregón, América, por ejemplo, donde nadie me conocería. No llegué tan lejos, pero al menos tuve el camión y a mis amigos artistas de la Ciudad Grande.

Éramos amigos, sí, pero yo sabía que el Hijo del Conde mandaba. ¿Sabes lo que hacía? ¿Quieres que te lo haga? Me cogía de los huevos y me gritaba al oído: «Tose». Y yo tenía que toser. Tranquilo, que a ti no te hago eso. Y cuando no era toser, era prometer algo. «Hasta que no lo jures, no te los suelto». Prometer algo como, por ejemplo, «No se lo diré a nadie, ni al cura». Una vez alguien insinuó algo en el pueblo, creo que fue la madre del Casiguapo, y esa misma tarde me dio una paliza en el río. Primero me mazó a hostias y luego me tiró vestido. Poco después lo mandaron a Inglaterra por segunda vez. Es fácil escapar si tienes dinero. Todo es fácil, hasta desaparecer, hasta no tener cuerpo. Más adelante, me llamaron a declarar en un juzgado. En esa sala de vistas, donde estaban el Conde y él ahí sentados, me entraron unas ganas enormes de decir todo lo que me había hecho, todo lo bueno y todo lo malo. Pero ellos hablaban de otra cosa. El cabrón quería quedarse con el dinero de su padre y pretendía que dijéramos que se había vuelto loco. Hay que ser muy demonio para traicionar a un padre y muy idiota para pensar que puedes ganar a un Conde. «Siéntese bien», me dijo el juez con el mismo soniquete que usaban los que me llamaban Curita, porque yo tenía las piernas cruzadas. Lo hice y le dije algo así como que todos estamos un poco locos, pero que el Conde solo estaba triste, no loco. El juez me dijo que no me pusiera tan filósofo y que abandonara la sala. Así que me fui. El Hijo del Conde se quedó bien jodido. Creo que pensaba que aún le debía algo por haber sido amigos y que testificaría a su favor. Los soberbios son psicópatas.

¿Me quedan bien los pendientes? Abróchame el vestido, anda, hazme el favor. Y coge aquellos zapatos, que luego vamos al camión. No sé si te sientes bien o mal, o si eres normal o diferente. Si te gustan los vaqueros o los astronautas o las princesas. Sé que tu padre tampoco me lo diría. Porque él es de este pueblo, todo un machote, y aquí nadie se fía. Pero te explico todo esto, o casi todo, por algo muy sencillo. Aquí estoy, y hoy voy a hacer esto para que tomes nota. Y porque no puedo no hacerlo. Una vez que lo haga, por mí como si arde todo: razones tendría para quemarlo, por todas las fiestas en las que no he podido bailar, cuando he mirado a los maridos desde el banco de piedra, cuando ha sonado alguna canción que bailaba en mi cuarto o que cantaba en la cabina del camión y que, en el prado de la Iglesia, tenía que pasar por alto, cuando me han hecho sentir solo. Especialmente solo cuanta más gente había. Especialmente triste el día de la Fiesta. Más solo cuanto mejor era la Orquesta. Cuando inventaron los voltímetros que permitían regular la tensión para que no ardiera el circuito, la música sonaba más fuerte, así que era aún más difícil fingir que no la oías. Tonto, muy tonto, por sufrir tanto. Y ni siquiera sé por qué. Aún no lo entiendo.

¿Estoy guapa? Cada vez que te humillen o te digan algo, piensa en mí, piensa en tu tío. Yo ya no pensaba que llegarías, porque tu padre te tuvo con más de cincuenta años. Placeres lo tuvo a él a los dieciocho. Placeres tenía una hermana llamada Angustias, todas las que yo heredé. Nada encaja. Pero aquí estás, lo más cerca de un hijo. Así que piensa en mí, en el que te enseñó a pescar y a sumar, con el que dormías las siestas en verano y el que hacía trampas a la brisca cuando jugábamos contra tu padre y Placeres (la abuela siempre hizo más aún: hacerle trampas a una tramposa no es hacer trampas), en «los huevos que le va a echar hoy», «huevazos», como dirían ellos, cuando aparezca dándole a la bocina de un camión hasta arriba de flores y cuando tú grites, porque cuando me veas aparecer con el camión tienes que gritar: «Con vosotros, Ventura, la reina del Valle y de la Fiesta» y baje yo con este vestido y me pasee lentamente, a paso de pasodoble, hasta la cantina. Si te apetece, si te parece bonito, aplaude. Falta un rato, porque quiero que estén todos. Que lo vean todos. Dame un abrazo, va. Será un premio si me aplaudes, al menos tú. Bueno, y si no me aplaude en la cara nadie, pero no creo. No creo, ya.

4

Ahora, y ahora es a la una y media de la madrugada, disparo en los pies y subo el volumen del latido de cuarentones (de esos que ya necesitan gafas para mirar el móvil o la carta, a los que esto no les gustaba y luego les gustaba irónicamente y ahora les gusta) que se dieron el primer beso con esta canción. Que recaen en ese primer virus. Y no lo quita la aspirina, es un amor que contamina. Algunos miran a los niños y comparten barra con los viejos, los únicos que saben que todos estos ritmos cálidos y luminosos llegaron a esta tierra fría y nublada no por las ondas del aire, sino por las olas del mar. «Es un amor que contamina», canta Francisco Alegre, con el vaso de tubo como micrófono, mirando de reojo a Placeres Fiallega, quizá recordando cuando él recogía aquellos discos en los transatlánticos.

«Era mejor la Orquesta del año pasado», insiste el Casiguapo, que aún no se ha ido, aunque ha anunciado su salida, como un actor amnésico, hasta en siete ocasiones. Se lo dice a Cosme Ferreira, el perito agrícola retirado con el que está discutiendo sus problemas con el Ambipur. Cosme ha visto cómo dos vecinos se arruinaban en pleitos millonarios por un pellizco de terreno que valía dos pesetas: «Los cuartos y los cojones, para las ocasiones», decían ellos. «Sí, quizá es peor, pero es la mejor de la de todos los pueblos de este verano. Tendríamos que orientar los altavoces para que la escucharan los de las otras parroquias», contesta Cosme, que durante sus años de pacificador forestal recibió el nombre de Sheriff, mientras se pelea con la memoria para recordar la sucesión de números de la que depende su futuro: la contraseña de su monedero virtual lleno de criptomonedas.

La Orquesta, como todo, siempre es mejor la del año pasado, de modo que podemos deducir que un dúo con teclado encima del palco de piedra o un trío (cantante, acordeón, tambor) sobre un camión o incluso cinco gaiteros borrachos importunando la ingesta de empanada o hasta el Francisco Alegre niño berreando con su combo de vacas idiotas en el prado son mejores que esto. Grandes conjuntos musicales cuando los dinosaurios, hace sesenta y cinco millones de años, dominaban el Valle. Todo es mejor en el pasado, porque no estás ahí, tal y como un sitio siempre es más bonito, y menos peligroso, en el momento de irte. Siempre se leía más antes, incluso cuando el país no estaba alfabetizado, hasta cuando no existía el alfabeto griego, multitudinarios clubes de lectura en Altamira. El Valle siempre era más verde antes, aunque esto último es cierto.

El Casiguapo no solo ha abandonado el propósito de irse el primero de la Fiesta, sino que, resuelto eso, ha decidido que ningún otro sea el primero, que nadie se vaya. «Invito yo hasta que acabe la canción», dice reverdeciendo la befa del Conde, cuando bajaba a la taberna a mezclarse con el pueblo, y siete paisanos piden un cubalibre. Asiente desde el otro lado de la barra también Julián, el joven camarero hippy que le tiende una copa al hijo del falangista (a pesar de tenerle pelusa: nadie ha leído tanto en el Valle sobre esa época de huidos al monte y camisas azules en el llano) y justo después le envía un mensaje a su amigo Ton Rialto: «¿Dónde hostias estás?». «Pero hay que beberlo de un trago, antes de que acabe, o pagas tú la siguiente», añade el Casiguapo. Suerte que la canción es larga, así que algunos aprovechan, como Liberto, tan arruinado como su camiseta de la GIRA MUNDIAL 1998-1999. En pago por su invitación, charla con el Casiguapo, que después de unas rondas ya está alardeando temerariamente de haber sido él quien le cortó el agua al Ambipur.

—La clave para que una canción sea buena —dice Liberto—, y no digo exitosa, sino buena, no es que la reconozcas o la cantes cuando suena. El mérito, y por eso Mozart y por eso los Beatles y por eso los Ramones, es que se te meta dentro y la recuerdes y la cantes en cualquier sitio, cuando no la estás escuchando.

—Como yo, que no te estoy escuchando. Bebe, Liberto, anda. Y aprende del Francisco Alegre, que lo está dando todo cantándola, míralo, sin darle tanto al tarro.

Pero Liberto en realidad a quien mira es a Adela, que se acaba de reunir con su marido, y en quien pensaba cuando ha pontificado eso sobre las canciones era en ella, porque no tiene mérito alguno que se enamorara cuando compartían veranos de adolescencia, sino que haya pensado en ella cada invierno, todos estos febreros sin tenerla delante ni oírla ni verla, desde entonces.

—Por eso es buena, esa es la prueba —añade.

El rocker, en realidad, odia esta música y echa de menos sus discos (sobre tontadas como esa, sobre la necesidad de sentirse especial por escuchar música distinta, ha levantado su personalidad y ha padecido su biografía). Odia esta música porque no le gusta, pero sobre todo porque querría bailarla con Adela, que sigue con su marido al lado de la mesa de sonido. La barra ya es anfitriona de nuevas edades, incluso de nuevos sexos, pero la primera mujer en llegar ha sido Soledad Díaz, en un nuevo intento de ser admitida en algún corro.

—Liberto, cielo, ¿a ti te expliqué que a mi familia le salvó la vida una borrachera? —dice la mujer conocida jocosamente como la Alcaldesa, porque ningún vecino le concedería no ya un voto, sino tampoco una palabra.

—Al Froilán se la salva cada noche, Soledad, menos mal que sabe esperar a que se la salve —contesta Liberto, que vuelve a mirar a Adela y la ve con treinta y siete y con dieciséis años.

—No lo tomes a broma, bombón, que yo a la familia del Casiguapo la respeto mucho. Sobre todo a su padre, un tipo que se vestía por los pies: mejor nos habría ido si más gente en el Valle hubiera sido tan valiente y tan emprendedora como él —dice, en referencia a la taberna montada con el dinero saqueado en la guerra y a su segunda ocupación como cohetero.

—Toma una, mujer, que yo invito —dice el Casiguapo, cuyo padre le inspiraba más miedo que amor y menos que vergüenza.

—Pero te voy a hablar del mío, bombón: esa vez no bebía yo, sino mi padre —dice Soledad, que hace demasiado rato que tintinea los hielos en el vaso vacío, justo antes de que se lo llene Julián por cortesía del Casiguapo—. Yo tenía tres años y acabábamos de volver de Cuba para pasar unos días aquí... Total, que mi padre sale por ahí de vinos. Nada, que uno lleva a otro y a otro más. Es curioso lo de los vinos, ¿eh? Te los van poniendo en copas pero en realidad es como estar bebiendo de una fuente, da como pena sacar la boca y que se eche a perder. ¿Verdad, Casiguapo? Di que sí, cielo: nosotros nos entendemos. Total, que mi padre se va quedando y cambiando de bar y de copa. Y mira que no podía, ¿eh? Que se tenía que ir pronto para casa, porque yo era aún pequeña y tenía que ayudar a poner la mesa.

—Que se tenía que marchar, vaya —dice el Casiguapo, muy empático y sin pinta de marcharse.

—Como tú hoy, Casiguapo —dice Liberto, porque algo hay que decir, sobre todo si quiere seguir bebiendo gratis y así esconderle al pueblo, y a Adela, que no tiene un duro.

—Exacto. Pero, cuando ya iba muy perjudicado, un paisano le intenta vender tres casas de la costa y unas parcelas. Como si le hubiera intentado vender a su perro. Le dice que sí. Se las compra. Porque el tipo decía que se iba y, si compraba, pues celebraban el acuerdo.

—Claro, y alargaba la noche. —La conexión con el relato del Casiguapo es casi paranormal.

—Pues al día siguiente, está en el bar otra vez, antes de comer, que yo iba con él —Soledad va a alargar la anécdota, porque por fin la escucha alguien— y se le presenta el paisano. Pienso que le sonaba la cara, pero tampoco creas que podía decir su nombre. Y le dice que escrituren el pacto. Mi padre pregunta al camarero y le dice que sí, que compró, cuando llevaba una *chea* brutal. La verdad es que tenía mucho dinero, hasta para malgastarlo o para explicarle al pueblo que lo tenía. Como a mi padre no le gustaba pasar por borracho, porque él bebía pero no se emborrachaba...

—Como yo —asiente el Casiguapo.

—Sí, y no te repites, sino que insistes... —afirma Liberto.

—Exacto —dice Soledad, regalando la razón a todo el que le preste oídos—. Y se olvida un poco de que las tiene durante unos meses. Y, pam, poco después entran los barbudos en La Habana, nos expropian la finca y la casa y el hotelillo que tenía allí y cuatro cosas más. Se queda sin nada. Cuando otro día le va a llorar al camarero, le dice: «¿Pero no te acuerdas que compraste tres casas en la costa y unas cuantas tierras en el Valle?».

—Increíble...

—Me salvó, señores, esa última copa de vino de mi padre me salvó. Él murió de cirrosis poco después. Pero yo aprendí la moraleja. Así que haced el favor de hacer caso al Casiguapo y tomaos otra.

—Amén —asiente el Casiguapo—. Nunca la última, siempre la penúltima.

Soledad, eufórica por haber sido escuchada unos minutos, abandona la escena para que nadie la estropee.

—Se lo inventa todo. Lo hace desde pequeña, hacerse la rica en un pueblo donde todos la conocen. Su padre volvió sin nada de Cuba —le dice el Casiguapo a Liberto.

—Bueno, volvió con una historia. Supongo que hace que se sienta mejor.

—No lo sé. Esa es más facha que mi padre.

—¿Pero no dicen que fue muy moderna en la Capital, en los ochenta?

—No te sé. Le harían aún menos caso que aquí. O igual más, porque no la conocían.

Soledad intenta ahora hablar con el técnico de sonido de la Orquesta, que no levanta los ojos del mar de botones. Liberto la ve, porque en realidad observa el culo de Adela (entorna los ojos, como ante un lienzo en el Museo del Prado), justo al lado, que habla de espaldas con su marido. Él ya ha regresado, tras rematar su videoconferencia de trabajo con Estados Unidos. Eso dice. Liberto cree que se las inventa, esas cols, que se pone a hablar con una amante o a jugar al solitario o a cascársela en el lavabo. Eso sí, ha llegado tarde pero con la camiseta oficial de las fiestas de este año, como para mostrar la adhesión a la causa del forastero. Va al gimnasio. Tiene una de esas complexiones trabajadas, que se cree gorila y parece un pollo: pecho y barriga abombada, pantalones pitillo ceñidos a piernas de alambre. La camiseta le queda pequeña. «Le hace tetas», le dice Liberto al Casiguapo, que asiente sin saber a qué se refiere, pero que las busca entre las mujeres del prado.

Liberto acepta la penúltima copa y luego se despide de su compañero de barra («Cuidado, que igual vuelves y ya no estoy, ¿eh? Que este año me quedo poco. Que no quiero encontrarme con indeseables») y se pone a mirar la Orquesta, meneando muy sutil y cómicamente el trasero, a un metro y medio de Adela. Jamás dirá que está desesperado, pero esta es su manera de demostrárselo. Y me inyectaron suero de colores, y me sacaron la radiografía, y me diagnosticaron mal de amores, al ver mi corazón cómo latía.

Es el momento del cruce de miradas, cuando el alcohol ha aflojado los nudos de la mesura pero aún no ha desatado los lazos, en la vigilia de la euforia y la resaca de la prudencia: cuando van contentos, pero saben que existe la desgracia. Los banderines de fiesta que anudara en su día tantas veces aquel muerto del que hablaban hoy las viejas y del que nadie se acuerda ahora mismo se agitan como hojas policromas de un gran carballo psicodélico, y esas fugas radiales de bombillas y triángulos de plástico de colores hacia el perímetro de la plaza marcan cruces de miradas tácitas trufadas de afectos, prejuicios y sobreentendidos. El viento trae un rumor de expectativas y renuncias, que se agitan como estas banderitas, sin que nadie repare en ellas.

Cosme Ferreira, también liberado de las rondas gratis del Casiguapo, mira ahora a su exmujer, que ha venido vestida con sus mallas estampadas de tigre, su pelo oxigenado, sus enormes aros en las orejas (y toda esa bisutería: cuando entra en una habitación, suena un *dingalín* como de cortina de cuentas de metal) y con «ese amigo del trabajo de su hermana». Haberlo inventariado en su cabeza como «maricón» no anula la sospecha de que están juntos. Ella se llama Carolina Agarimo: de novios, en fiestas como esta, cuando ella era la más pretendida por todos, Cosme Ferreira le cantaba la canción «*Bailaches, Carolina, bailei co meu amor*». Tanto la quería que hasta dejó que sus dos hijas llevaran su apellido, que significa «regalo». Ella es la peluquera del Valle, así que fue poco prudente por parte de él pensar que podría serle infiel a alguien que ejerce un oficio que permite estar al minuto de todos los chismes del pueblo. Se enteró ella antes de que él se enterara de que se había enterado, aunque aquel día que insistió en cortarle el pelo ya lo intuía. Carolina se regodeó durante casi una hora: detrás de él, con las tijeras en la mano, frente a una pared sin espejo. Él sospechaba cualquier arranque de rabia de esa persona con un arma homicida, soltando indirectas mientras le recortaba solo la parte derecha del cráneo. No se las clavó, claro, pero sí le dejó la mitad casi al rape y la otra con el cabello largo: «Puedes levantarte e irte. También de casa», le dijo. Él se paseó por el Valle de esa guisa durante días (no se veía nada igual desde los desfiles con medio bigote del padre del Ambipur) hasta que su nueva pareja fue a rescatarlo en coche.

Ahora Carolina Agarimo no contesta los mensajes de Cosme ni le devuelve, en este momento, la mirada, la suya puesta en las hijas de los dos. Las dos están hartas de tantos meses de silencios, de gritos, de nuevos silencios de sus padres. Iria, que acaricia el pelo rosa que le tiñó su madre a la muñeca hace cuatro años, se ha despedido de su hermana Berta Agarimo, de casi catorce años, que se pasa el pelo por detrás de la oreja, la frente franca gracias a las gafas de montura blanca que la libran del flequillo, para escuchar algo interesantísimo que le está contando Manuel, el hermano pequeño de Ton Rialto. Ella lleva una camisa anudada por encima del ombligo estampada de cerezas y unas bermudas tejanas cortadas con navaja, tapados por detrás por la chaqueta de chándal anudada a la cintura, y una pistola de plástico que le acaban de dejar; él, sus zapas de baloncesto, su camiseta de rapero, su gorra de la NBA, indispensable bajo el sol de esta noche (ha dudado si venir con gafas de sol: cuando lo ensayaba frente al espejo del baño, su madre ha entrado y le ha quitado la idea de la cabeza, aunque no la gorra). Lo que sé yo —porque estoy dentro y fuera, pero no el uno del otro ni los padres de Berta, ni la mamá de Manuel— es que lleva dos calzoncillos, uno encima de otro, para evitar sorpresas aparatosas, y que ella, en esa escopeta de plástico de agua lleva vodka con limón. Hace apenas diez minutos, en los coches aparcados con los maleteros llenos de alcohol, disparó en la boca de amigas, conocidas y chicos del pueblo de al lado, para luego encañonarse, apretar el gatillo y llenar de cubata la carcajada. Una de las víctimas ha sido su amiga Aurora, la sobrina de Adela, con la que se han informado del estado de sus negociaciones: hoy ambas han decidido que se van a besar con Manuel y Alberto. Han hecho una promesa y a esa edad las promesas se hacen en pareja (como los planes de armisticio o las necesidades en el baño), y además no solo se hacen sino que se cumplen. Del éxito de una puede depender el desenlace de la otra: podrían o no hacerlo por pena o solidaridad, o, lo mejor, para luego contárselo la una a la otra.

Mientras Aurora le dice a Alberto: «La verdad es que hace muchísimo calor hoy. ¿Sabes que Berta hoy acaba con Manuel?», Berta le dice a Manuel: «No te lo creerás, pero tengo la sospecha de que Aurora hoy va a ir a por Alberto. ¿Tú sabes algo? Qué calor hace, ¿no? ¿Quieres otro disparo?».

El hermano de Ton Rialto acepta el tiro y le pide a Berta que se saquen un selfi. Lo hacen: ella posando con la metralleta como una Leila Jaled adolescente, él como el secuestrador prendado de la víctima. Lo sube a sus redes sociales por prevención: si lo de esta noche no funciona, al menos sus amigos de la Ciudad imaginarán que sí. ¿Son estas fotos adolescentes trofeos o propósitos? Al fin y al cabo, mucha gente piensa que las pinturas prehistóricas, con sus grandes mamíferos y sus cavernícolas con lanzas, eran la prueba de una gesta, cuando en realidad formulaban un deseo. No eran un retrato, sino una imagen propiciatoria: si pintaban bisontes, quizá aparecieran para comérselos o abrigarse con sus pieles.

Hablan Manuel Rialto y Berta Agarimo, y no de inanes reflexiones sobre el pasado como esta, sino de lo que les pasa ahora: del hermano mayor, que aún no ha llegado, aunque todos lo esperan. Y no ha llegado Ton Rialto porque en ese preciso instante ha parado en el hospital más cercano y está gritando: «Yo estoy bien, estoy de puta madre, pero podéis mirarme si queréis». Lo sé porque estoy también ahí, en el hilo musical de la sala de espera (suena *El cóndor pasa*). Justo después contesta a su amigo Julián, el camarero hippy, con el emoji de niño corriendo y de pulgar en alto (con las prisas, se le ha colado el del hoyo en medio de los dos, pero no se ha dado cuenta).

Lo que no saben ni unos ni otros es que Adela mira a su sobrina Aurora y Cosme mira a su hija Berta, y si las jóvenes comparten una misión romántica, hay una tristeza común, como de mazapán en el pecho y colirio abrasivo en los ojos, entre los mayores, que intentan negociar con la envidia, la renuncia y los problemas reales. Los problemas de verdad, piensan. Las dificultades adultas, que se escriben en otro idioma, que los adolescentes, claro, no entienden.

El mal tiempo, en verano, es un cabreo pasajero. Y los problemas juveniles son chubascos en un mes por lo general radiante. Y los seres humanos pasan, así, como pasan las nubes de agosto.

Cosme aprieta en estos momentos los dientes, mira a su exmujer (la ve como a un tigre o un guepardo) e intenta con todas sus fuerzas recordar un número, esa cifra larguísima que ha olvidado y que le salvaría la vida. Luego saca su fajo envuelto por el billete de diez mil pesetas, para pagar con uno de los pocos de cinco euros su siguiente vaso: siempre lleva ese billetazo azul con la efigie del rey, ahora caído en desgracia, porque se lo regaló su padre, que, como él, siempre envolvía el fajo de billetes chicos con el más gordo, para aparentar opulencia incluso en las peores circunstancias.

Adela, en cambio, mira ahora a Liberto, aún con una de esas camisetas negras con el nombre del grupo en verde fosforito, cada vez más gastada, como él, que justo en este momento no la mira, porque la miraba demasiado hace dos segundos. Él pensaba entonces y ahora en las tetas que mordió en las escaleras de la Iglesia veinte años atrás, aunque no sospecha que las de ella acaban de superar una mastitis y justo en este instante siente pinchazos en los pezones irritados que no le impiden pensar también en aquella noche, en cómo coló sus manos por debajo de la camiseta de los conciertos y recorrió esa espalda de nadador vago para al final bajar y acabar en el culo. Cuando te miro y tú me miras.

Berta Agarimo, ajena a tanta pasión caducada, ha ido ahora a ver a su abuelo, el artesano que viste a muñecas y fabrica sonajeros. Le ha dado su pequeña escopeta, ya vacía, y le ha pedido que le guarde la chaqueta de chándal. Entonces, le pide hacerse un selfi. El abuelo entorna los ojos porque este verano no ha quedado un beso entre ellos por fotografiar. Cada beso en un selfi, ni uno desperdiciado. Él (le gusta el olor a coco de su nieta mayor, a veces en invierno piensa en esa colonia y se emociona un poco) ya pone sonrisa de político en campaña, aunque en realidad por sus niñas defendería con su cuerpo cualquier causa que no entendiese. «Mi abu, que me enseñó a querer», teclea ella antes de enseñársela a sus 4.143 seguidores. He estado en la casa familiar, porque es una familia de pescadores, y desde hace generaciones cantan los mismos himnos del mar en las sobremesas, y solo se han hecho en esa vida unas catorce fotos, enmarcadas ahora en plata y cerámica y madera, esas caras resignadas que esperan al clic para salir. Le ha hecho más fotos su nieta este verano que el resto de la humanidad en toda su vida.

—El hijo del del pan de los martes, ¿está vivo o está muerto? —le pregunta una amiga al abuelo justo después del clic en el iPhone de Berta—. Yo no digo nada, pero.

Pero Berta no es la única. Los adolescentes, que ya han llegado del botellón para expropiar la euforia y la atención del resto de las generaciones y acapararla al menos un rato, se hacen continuamente fotografías con sus abuelos, como si temieran que les quedara poco, y los muestran en sus redes como animales exóticos. Alguna incluso abre el bolso de la yaya y extrae el DNI para sacar una foto a esos nombres duros de mujeres dulces (Socorro, Dolores, Angustias) o a una receta del médico («Si me falta, lo pierdo todo», teclean). Otros acaban esa escenificación de amor, tan exhibicionista como a menudo sincera, pidiendo «un poco de dinero más» («Mi abuela: se llama Generosa, pero no suelta dinero hoy y son fiestas, ¿eh?», teclean). Una no sabe si teclean para sentirlo o si lo sienten y por eso teclean.

Julián, el mejor amigo de Ton Rialto, que no puede socorrerlo hoy en su aventura, pero que le consiguió la furgoneta del panadero para su misión, tiene media hora libre de turno en la barra, así que abraza también a su abuela en el banco de piedra después de bailar unos segundos con ella. Y no lo quita la aspirina, ay, suero con penicilina.

—¿Ya tomaste la pastilla, yaya?

—Ay, no, olvidé.

—Dame el bolso, toca la roja.

—Gracias.

—Espera, que yo también tengo que tomar una para la tos.

Y saca de su riñonera una pastilla de éxtasis de las que compró hace dos horas a un forastero en los coches del botellón. Comparte un botellín de agua con su abuela. Vuelve a abrazarla y le insiste a su abuelo para que la saque a bailar una pieza, que él en breve tiene que volver a la barra. Julián es un buen exponente de esa generación que trata con más benevolencia al ayer que al hoy, que mira al pasado y se enfada con la inercia de un presente que podría aniquilar la idea de un futuro habitable: reivindica los trabajos comunitarios que se hacían hasta hace bien poco en esta región (vecinos ayudándose desinteresadamente para trabajar la tierra) y, por ejemplo, suele contar a quien le escuche su idea del Monte Eterno: recibir fondos públicos para plantar un montón de árboles distintos y dejarlos crecer hasta el infinito, sin que intervenga la mano humana. De hecho, después de estudiar en Guatemala, volvió para vivir en el pueblo y lo ha logrado gracias a un doble oficio, camarero ocasional y titiritero en ferias y mercados. Por eso le gustan tanto las verbenas, con sus comisiones de fiestas formadas por paisanos, al margen del Ayuntamiento, que sellan acuerdos con orujos y firmas en servilletas; también por lo que tienen de encuentro popular: «No hay nada más punk y *do it yourself* que estas fiestas, yaya». Ahora mira el móvil y no entiende el mensaje de su amigo Ton. Tampoco a su abuelo, con el que tantas veces ha discutido sobre los años de la guerra, intentando leerle discursos comunistas de libros que aquel no quería escuchar. «¿Por qué os callasteis tanto entonces?», le preguntó un día. «¿Y por qué no te callas tú ahora?», contestó él.

Iria Agarimo, que aún no tiene móvil propio, se ha sentado justo al lado de Placeres Fiallega, la abuela del Niño de la Bici Roja, en ese largo banco de piedra, para decirle:

—A tu nieto le cuesta un poco. Pero me gusta lo que está haciendo con los mensajes. Es bonito.

—Sí, si lo vieras hace meses de casa en casa recolectando donaciones para pagar la Orquesta... Este acaba de alcalde, si vuelve. No creo que yo lo vea, pero lo quiere todo el mundo. Igual les da pena que justo le tenga que llegar una hermanita, que ya fue raro que él llegara tan tarde, pero es que a ella ya no la esperaba ni Dios. Mi hijo, siempre tarde, a ver cómo le va ahora, que está con esas pruebas... O igual a mi nieto lo quieren porque escucha todo el rato y habla poco: no suelta prenda. O porque tardó mucho en hablar, porque era un poco sordo, hasta que le pusieron el aparatito. Pero es muy listo. Yo creo que es superdotado.

—Bueno, le cuesta sumar. A mí me gusta hacerle juegos. Se pone nervioso. A ver, Placeres, diga el número cinco.

—Cinco. —Y piensa, muy por fuera de su personaje obligatoriamente adorable, porque todos los abuelos en una Fiesta tienen que ceñirse a ese papel de calma dorada: «Por el culo te la hinco». Lo sé porque estoy fuera y dentro de ella.

—Ahora, cincuenta y cinco.

—Cincuenta y cinco.

—Quinientos cincuenta y cinco.

—Quinientos cincuenta y cinco.

—Cinco mil quinientos cincuenta y cinco.

—Ya me pierdo... ¿Cuánto dura esto? Cinco mil quinientos cincuenta y cinco.

—Cincuenta y cinco mil quinientos cincuenta y cinco...

—Cincuenta y cinco mil quinientos cincuenta y cinco...

—Quinientos cincuenta y cinco mil quinientos cincuenta y cinco...

—Quinientos cincuenta y cinco mil quinientos cincuenta y cinco...

— ¡Ahora diga una fruta!

—Melocotón.

—¡Era pera! ¡Todo el mundo dice «pera»!

—Pero a mí me gustan los melocotones... —Y piensa en las frutas que comía en su infancia: «Pero si aquí se dan los melocotones, no las peras, cómo iba a decir pera, ahora me sabe mal por ella».

La Orquesta se ha convertido en una pastelería que oferta merengues y cremas pasteleras. Todo canciones románticas demasiado aceleradas, como de sexo con prisa o con todo perdido o sin nada que perder. Tengo el alma en pedazos. Cosme mira a su exmujer. Ya no aguanto esta pena. Caridad Villaronte llega al prado de la Iglesia, que mancilla al fin un poco sus blanquísimas Converse All Star recién estrenadas, cogida del brazo de una amiga de la infancia que le habla de la hipoteca a plazo fijo del piso que acaba de comprar en la Ciudad y de la boda de hace tres años. Tanto tiempo sin verte. Caridad mira a Aurora y luego a Berta: quizá ellas sean las nuevas muñecas del Valle. Se pisa alternamente una Converse con la otra y siente una envidia pequeñita y densa, un guijarro negro envuelto en el celofán del alivio. Es como una condena. Adela mira de reojo (a este paso, acabará bizca) a Liberto bailando solo muy cerca de ella: daría todos sus anillos por beberse el líquido del vaso de ese cubata que él enarbola. Es como una condena. El Casiguapo pide una más en la barra, de nuevo atendida por Julián, justo cuando el Ambipur abandona la casa de su enemigo y se dirige a la suya, para dejar las cosas, darse un agua (en un barreño, por culpa del sabotaje) y venir hacia la Fiesta.

«Tengo el alma en pedazos», grita el hijo de cuatro años de Miguel, el escritor, que antes ha hablado un buen rato con Iria, pero que ahora baila haciendo el robotito. «Ya no aguanto esta pena, tanto tiempo sin verte es como una condena». A Miguel le dice su pareja que un día le meterán una hostia por quedarse mirando a la gente. No puede evitarlo. Hace un rato, empezó a charlar con el Niño de la Bici Roja. Luego estuvo de cháchara con Francisco Alegre y con el Casiguapo, que le contó que le había cortado el agua al Ambipur, pero cuando acabó de explicarle la última historia Miguel detuvo la conversación en seco para decir que tenía que mear: fingió que se aliviaba en uno de los coches aparcados en la cuneta, aunque en realidad estaba tomando notas con el móvil.

Miguel mira a los niños y se siente un anciano. Mira a los ancianos y se siente un niño. Mira a los de su edad y no se reconoce. Podría ahora mismo ponerse a correr con esa parvada infantil que se dirige a los toboganes o podría hablar de fichajes con esos adolescentes o podría sentarse con los abuelos y decir «Esta Orquesta es peor que la del año pasado», pero solo le cuesta hablar con los de su franja sobre hipotecas y primeras muertes de amigos. Huele y escucha y mira y toca y se ensaliva el pulgar para quitar un resto de comida (nada le hace sentirse más vivo y mortal que ese gesto) en la comisura de la boca de su hija pequeña, de dos años, que sostiene en alto para bailar con ella. Ese toro enamorado de la luna. La aprieta para que ese olor a leche agria y Nenuco lo reconcilie con el papel que le ha tocado en esta obra, el de padre de bíceps fuertes y barriga cervecera, para entonces mirar otra vez al Niño de la Bici Roja, que va de aquí para allá tendiendo la libreta y recogiendo los mensajes. Le recuerda muchísimo a él. Todo le recuerda a él (y por eso escribe). Hasta el olor de almendra garrapiñada o la abuela que saca el clínex de la tira del sujetador. O Alberto, comprando una pulsera de hilo de colores que probablemente le regalará en un rato a Aurora, la sobrina de Adela con el top a topos de su tía, con las ganas de Adela de besar a quien le gusta, con veinte años menos que Adela, con mucho menos que perder que ella. La luna es el arco de uña recién cortada del pulgar de un gigante que se las come, porque está nervioso por todo lo que pasa aquí sin que nadie parezca darse cuenta.

La luna se está peinando, en los espejos del río. «Ni se te ocurra quemar el monte del Conde, que te conozco», le acaba de decir el Forastero raro al Niño de la Bici Roja, que por mucho que se mueva siempre acaba recibiendo una de las frases de ese intruso tan sospechoso, con la pala delantera de oro y sin pulgar izquierdo. Miguel no sabe interpretar la expresión del rostro del niño, aunque en él adivina una mezcla de miedo, de un miedo que el niño, porque es un niño todavía, aún llama misterio: sus dientes mascan un cubito de hielo y sus labios silban, yo sé que silban, *Quién teme al lobo feroz*, pero Miguel no escucha la melodía a esa distancia. Ahora es Soledad Díaz, una de esas mujeres que apaga conversaciones y vacía habitaciones como un mal chiste, quien, quizá por continuar con la racha de ser escuchada que desprecintó hace muy poco en la barra, le pide que la acompañe si quiere seguir hablando y que le escriba el mensaje para la rifa. Cuando llega la alegre mañana y la luna se escapa del río.

Los niños, aún más ebrios de refresco de limón y de naranja, corren y se caen y se levantan y ensayan coreografías en el prado de la Iglesia. Con sus camisetas de colores, parecen fichas de un juego de mesa. Bailan en ese milímetro exacto, en ese suspiro, que deslinda la excitación del sueño y la risa del llanto. Son enanos borrachos, como diría Adela de su propio hijo. Ahora una conga encabezada por Francisco Alegre, a la que momentáneamente se suman Soledad Díaz (la conga se rompe cada vez que ella es uno de sus engarces) y el resto de los críos. La cierra el Casiguapo. No busquéis a Ventura Rubal, porque aún no ha llegado su momento. Ni al Ambipur, que ahora cierra la puerta de su casa (vive lejos) para inventarse caminos del monte, clausurados por la noche, que lo traigan a pie hasta aquí. Ese toro enamorado de la luna. Ni a Cosme Ferreira, que pide otro chupito de whisky para intentar recordar un número, el número del que depende su futuro, y para soportar ver a su exmujer con aquel hombre y a su hija mayor con aquel crío. Ni al Conde, encastillado en su poder y en sus últimas horas. Cuando la conga pasa por la boca del sendero lleno de coches, Soledad se desmarca y reclama al Niño de la Bici Roja. Que abandona por la noche la manada.

—Acompáñame detrás de esos coches. Tú vigilas. Y hablamos de lo que quieras y te escribo el mensaje ese que pides.

La brisa barre algunos vasos de plástico y baraja algunas hojas de pino con otras de eucalipto. A resguardo de la serpiente de autos, Soledad se baja los pantalones y las bragas para acuclillarse detrás de ese Ford Fiesta. Los romeros de los montes le besan la frente. Suspira. Las estrellas de los cielos la bañan de plata. El niño, apoyado con la mano en el capó del coche y girando hacia atrás los pedales de su bici roja, hace guardia: vigila y silba. Abanicos de colores parecen sus patas. Y yo estoy en la Orquesta y en su boca y en el bocinazo que suena tras la ráfaga de luces de la furgoneta del panadero, manejada por Ton Rialto, que acaba de derrapar en la curva.

IV

Nunca discutas con un imbécil. Tendrás que ponerte a su altura, y allí él tendrá muchísima más experiencia. Lo que yo te diga, cielo.

¿Pasa alguien o no? Vale, pues allá voy.

No sabes cómo echaba de menos esto, bombón. Estamos ahí en la Ciudad, encajonados, meando en sitios pequeños. Y te lo digo yo, que viví la edad de oro de la Capital, en los ochenta. ¿Pero tú crees que es natural? ¿Ves a una vaca o a un zorro hacer sus cosas en un cuartucho? Pues nosotros lo mismo. El hombre es un lobo para el hombre. La mujer es una zorra para el hombre. A veces me lío, es que he bebido un poco. Por cierto, ahí va el tabaco, enciéndeme uno mientras acabo. Ya nadie fuma de esto. Tabaco negro del bueno. Me recuerda a mi padre cuando se me acercaba: olía a esto y a colonia fuerte. Uno es de los olores que reconoce. Ya, es un poco raro que diga eso mientras hago esto. Ya voy, ya, espera, es que a veces me cuesta. Desde que cumplí los sesenta, hace *bastantes* años —no muchos, sino *bastantes*— que todo me cuesta un poco más. Ya lo entenderás, caballerete.

Cuánto añoraba esto en la Ciudad. Menos mal que lo he dejado todo, después del juicio y del talego, claro. ¿Sabes lo que me gusta de esto? Sí, aparte de no usar el váter, si no te apetece. Bueno, es que es lo mismo: vivir en armonía con la naturaleza. Y pues que la gente es normal. No pasa nada, así que no pasa nada malo. No hay gente rara, siempre quejándose de todo. Aquí se resiste lo que caiga. Te ofrecen lo que tienen. Son felices con poco. Sonríen. No hay cosas raras, de esas. La gente tiene lo que tiene y sabe lo que hay. No se come la cabeza.

Es curioso porque han llegado a eso por la mera intuición. Saben, por ejemplo, que es infeliz quien intenta controlar lo que no puede controlar. O sea, en realidad sufres por lo que deseas, por tu forma de pensar, porque no conoces tus límites. Tú sabes que a mí aquí me llaman la Alcaldesa, ¿no? Sí, bueno, de cuando me presenté a las elecciones del Valle y perdí. Creo que me presenté demasiado pronto. Aún no estaban preparados para escuchar lo que les decía. Ellos lo acaban entendiendo todo, pero a veces tardan. No les guardo rencor. Tenemos que buscar la verdad y la justicia en un mundo de mentirosos y perversos. Y de buena gente un poco paleta.

A mí me hicieron muy bien aquellos años en la Capital, para entender que había otras muchas vidas, pero que a mí me gustaba esta. Vi cómo cambiaba todo y me fijé tanto que cambié hasta yo. Llegué allí con la democracia y con una carta de recomendación del Conde, para cuidar a los hijos de una familia bien que él conocía. Fue un favor, aunque ahora sé que su hijo le insistió mucho en que fuera, para que me alejara de Ventura. En esa maleta metí dos vestidos de domingo, dos chorizos y una navaja, pero cuando la abrí en la habitación del servicio de aquel piso enorme descubrí que mi madre me había metido unas *zuecas* y una pandereta, con una nota: PARA QUE NO TE OLVIDES, *OÍCHES?* Yo no sabía para qué iba a usar unas *zuecas* y una pandereta en la Capital, que todo es guitarra y asfalto, pero vaya si me hicieron servicio. Cuando los *nenos* crecieron y ya iban al colegio, yo bajaba al metro y me ponía a tocar la pandereta y me caían unas buenas perras. Hasta que me descubrió uno de esos tipos que empezaron a llegar con imperdibles y crestas y me invitó a un concierto. Aquella noche acosté a los míos y dije que salía a dar un paseo: cuando subí al escenario, ya no volví a bajar. Recuerdo que cantaban algo así como «Qué harías tú, en un ataque preventivo de la URSS» y yo en el estribillo le daba a la pandereta y contestaba, muy sinceramente, porque no lo sabía, no tenía ni idea de qué haría, «*Non sei!*», y le arreaba un golpetazo al instrumento.

Desde entonces fui la niñera de día y miss Pandereta de noche. Siempre la metía en el bolso, con las *zuecas* punk pintadas de amarillo y fucsia, y subía al escenario aquí y allá. A veces entraba en los bares con uno de los caniches color albaricoque que también cuidaba durante el día: «La miss Pandereta se ha vuelto una marquesita con chucho». Me gustaba adaptar el éxito aquel que saliera en la tele y que se montara el escándalo: yo cantaba en plan muñeira «Me gusta ser una *raposa*» y pronto me pinté más *zuecas* de madera de colores y ya tenía mi personaje. A los modernos les hacía una gracia tremenda. «Me encanta tu ironía —me dijo una con el pelo violeta—, y también tus zapatos de madera de colores». Es la clave, eso, para todo: primero te da asco algo, el lujo o el dinero, sin ir más lejos; luego dices que te metes con ese algo, pero de forma irónica; luego dices que te gusta, pero irónicamente; luego, te gusta, a secas; luego lo defiendes como si no hubiera nada más. Esa gente hacía eso y tenía todo el tiempo del mundo para hacerlo: de ellos aprendí que del dinero no se habla, sino que se tiene. A veces iba al rastro los domingos, que me recordaba a nuestro mercadillo, y aprendía de ellos a hacer, durante unas horas, lo que me venía en gana. Una mañana unos me vieron vestida con el uniforme de la casa, de chacha, y les parecí aún más talentosa: «Es irónica no solo de noche, hasta de día. La miss Pandereta está metidísima en sus personajes». Como aquella noche que vi a uno entrar con gafas de sol en un pub a las tres de la madrugada y le solté: «*Ai, sí, fai un sol de carallo*». Un éxito más.

Y yo una estrella, como estas de hoy, mira al cielo, bombón, la que más brilla era yo.

Yo le mandaba cartas al Ventura para que viniera a verme, para que descubriera la libertad, pero no lo hizo nunca. Y menos mal, porque pronto empecé a ver que algunos empezaban a adelgazar y morían y otros cada vez salían menos de noche y los veía en coches buenos. Me volví aprovechando un tren, cuando llenaron un convoy lleno de modernos y lo mandaron a mi tierra, allá por 1986, para traer la Movida aquí. Había barra libre en el vagón bar, y aquel día fui la protagonista, porque íbamos a mi casa, por así decirlo, y yo cantaba dándole a la pandereta: «Encerrada en mi aldea, todo me da igual, ya no necesito a nadie, no saldré jamás». Había barra libre, pagada por los ayuntamientos que querían ser democráticos, democráticos con las copas, y al día siguiente todos los de la expedición y los que la recibieron aquí se liaron a tortas en un restaurante. Era para verlo: las chicas se quitaban las mallas y meaban en los andenes y tiraban colillas por la ventana y lanzaban besos y escupitajos a los paisanos de la estación. Cuando llegamos a mi tierra, ya me quedé aquí: era cada vez más difícil seguirles el ritmo, sus fiestas no acababan porque no se les acababa el dinero. Luego, con algunos seguí en contacto, porque, cuando me metí en política, algunos me contactaron por las redes para felicitarme y decirme que este país lo que necesitaba de verdad era orden. «Orden y conciertos» fue uno de los primeros lemas que me inventé. «Nunca pidas permiso ni perdón, cielo», me dijo la del pelo violeta la última noche del tren, cuando me regaló aquel casete con la canción *Cita en Hawaii*, que aún escucho. A veces, esa gente hablaba como los políticos de mis partidos: «Sé tú mismo, ni permiso ni perdón». A ella aún la echo de menos. Incluso le regalé mis mejores *zuecas* pintadas de colores, cuando nos despedimos. Mejor no te hablo de ella, que me pongo mala. Seguro que ya no se acuerda de mí.

Aprendí mucho de toda esa gente, de su descaro, pero en realidad me ayudó mucho leer, muchos años después, cuando lo de mi juicio (¡yo, que solo había estado en una así cuando testifiqué a favor del Conde!). Bueno, y los meses aquellos en la cárcel, quiero decir. A no enfadarme, ni con el Partido ni con los otros. Me los dejó una presa que estaba condenada por homicidio, esos libros. Me había hecho la mitad del trabajo porque podía mirar lo que ella había subrayado. Por ejemplo: «La mejor venganza hacia un enemigo es no parecerte a él». Ya se lo he dicho mil veces al Casiguapo, pero no me escucha.

No sé si sabes lo que es para mí estar ahora haciendo esto a cielo abierto. Mira qué luna. No, pero mírala, mira qué luna. Que la mires, hostia. Me da calma, cielo, me da paz, ya no estoy ni enfadada con el Partido. Mírala, joder. Vivo con nada, como mis vecinos, como aprendí en aquel libro que me pasó mi compañera de celda: ni confío ni temo. Es que no hay que oponerse al dolor, ¿sabes? Te voy a decir una cosa, para que te la apuntes, para tu vida: todo lo que sucede o bien lo puedes soportar o bien eres incapaz de soportarlo. Esto es así. Es inútil comerse la cabeza. El destino actúa a través de nosotros. Somos su instrumento. Sí, un instrumento. Una pandereta, por ejemplo. Yo soy una pandereta. Mírame: pan-de-re-ta. Miss Pandereta, ni más ni menos.

Sí, sí, bombón, y yo ahora intento pensar que acabé en la cárcel por mi culpa. Y podría enfrentarme al Partido, pero huelo este prado y se me pasa. ¿Que me han buscado y me han encontrado? ¿Que me he peleado públicamente con muchos militantes? Pues claro, pero porque yo no era yo. Ahora sé que, si alguien logra provocarte, tú eres cómplice de la provocación. Pásame el cubata, cariño, que ya acabo. Dos no bailan si uno no quiere. Solo «sí» es sí. Pero a veces «no lo sé» es sí. Espera, me levanto un momento, que no puedo. Sí, una calada.

Yo creo que durante un tiempo fui una yonqui del dinero. Tengo claro por qué. Porque antes no lo había tenido. Entré como administrativa en el Partido (me metió un bajista punki que había conocido años antes en las noches de la Capital) y una cosa llevó a otra y a otra... Les di el lema de campaña nacional: «Las cosas como son». Y, de repente, concejala de Cultura y Deportes de la Ciudad, pero la de aquí cerca, no de la Capital. De Deportes, ¿eh? Yo, que no he tenido un chándal en mi vida. Por cierto, me voy a comprar uno para ir por aquí, para salir a pasear con las señoras o a comer pipas con las jóvenes. Yo lo dije en el juicio, ¿eh? Fui una yonqui del dinero, pero ahora estoy salvada. Ahora sé, como dijo aquel, que la buena comida es un cadáver de cerdo, y un buen coche, un amasijo de hierro. Por eso me gusta estar aquí: esta gente vive con nada. Me recuerdan a aquel, a aquel otro, quiero decir, que se deshizo de todas sus posesiones y solo tenía una tacita de barro, como las que se hacen por aquí, como las del Conde, pero sin pintar... Y estaba contento con eso, hasta que vio a otro hombre bebiendo en el río usando las manos. ¿Y qué hizo? ¡Pues tiró la taza! Tampoco era digno de tener esa posesión. Una yonqui del dinero, que mira que he conocido yonquis de los otros, pero ya no. No es el dinero, cielo, la gente le da demasiada importancia al dinero: es el carácter de quien tiene el dinero. Quién necesita joyas teniendo —míralas, de verdad, míralas ahora, ¡que las mires, joder!— todas estas estrellas.

¿Sabes qué? Dios escribe recto con renglones torcidos, que yo siempre he sido muy de misa. Si hasta fue mi primer amigo el Curita, Ventura, pobre. Bueno, no fui durante un tiempo a la Iglesia, unas décadas, pero rezaba en la cama cada noche, hasta en los baños de los garitos de la Capital. Y en el váter de casa, ahí también rezaba a veces, cuando aún no existían los móviles y me aburría, que yo siempre he tardado en evacuar, aunque no tanto como ahora. ¿Pasa alguien? No, pues lo intento otra vez. Lo digo porque hay que ver qué curioso que yo empezara a leer, que es que no leía desde la novela aquella que no recuerdo el título, aquella de Camilo José Cela, aquella que no se entiende nada de nada pero se entiende todo, la de las historias que trae el mar... Que empezara a leer, digo, que me pierdo, cuando fui a la cárcel por lo de la adjudicación de la biblioteca pública.

Yo sería la que haría la mejor biblioteca pública del país, más grande que todas las otras de las grandes ciudades. Porque la cultura es el futuro, la cultura del pasado. Me lío un poco, bombón, pero yo sé lo que me digo. Me acuerdo cuando me vinieron a entrevistar del periódico, que me quisieron hacer una foto en uno de los despachos que me habían puesto, que habían colocado un montón de libros, que vete a saber también de dónde coño los habían sacado, igual había palmado algún escritor local o así. Y le dije al fotógrafo: «Hazme bien las fotos con todos estos libros detrás, que nunca tuve uno delante». ¿Ves? Eso sí lo echo un poco de menos. El desparpajo.

Tú eres muy pequeño, cariño, igual no te lo han explicado. Pero alguien tenía que hacer la biblioteca y resulta que quien mejor la podía hacer era una persona que yo conocía. La gente es muy desconfiada. Piensa mal y acertarás, dicen. Lo que creo es que piensan mal porque ellos harían eso. Le darían la obra a un amigo sin que fuera el mejor para hacerla. Que mi amigo en realidad tenía una empresa de ferias de ganado, de acuerdo. Pero nadie como él podía montar de la nada carpas y barras de bar en un periquete. Era perfecto para el trabajo, porque teníamos mucha prisa en montar la biblioteca. Cielo, te lo digo: de cajón.

Me acuerdo la semana que la inauguramos. Estaba perfecta. Madera de castaño y de pino, hilo musical de Enya, muy elegante, y un montón de estanterías. Solo faltaba una cosa: libros. Se nos echaba el tiempo encima. No es que se nos hubiera olvidado, que la gente es muy mal pensada, es que no podías ponerlos porque estábamos montándola hasta poco antes. Y, claro, prometimos la biblioteca más grande, un millón de libros, que a ver quién es el guapo no ya que se los lee, sino que los cuenta, y no teníamos ni uno y faltaban pocos días. Otro día te explico cómo los conseguimos. Algunos fueron donaciones de los cursillos para el paro de la Comunidad. Los pusimos organizados por colores en las estanterías. Eran difíciles de encontrar, pero quedó monísimo.

Acabé mal, sí, pero gracias a eso quiso Dios que volviera a hablar con él, porque la verdad es que no tenía con quién hablar, y ahora es mi mejor amigo. Y también empecé a leer. En realidad, lo hice porque pasa como en el autocar o en el tren: da como miedo, alguien que va leyendo. Si leía, pensarían que era un poco rara y me dejarían en paz, pero no sabía por dónde empezar. «Los estoicos —me dijo esa presa por homicidio—. Es autoayuda para listos, te hacen mejor persona», añadió esa profesora de Lengua que había matado sin querer a su marido, un catedrático de Lenguas muertas, poniéndole en los guisos raspaduras de polvo de plomo. Y ahí aprendí todo, que no hay que preocuparse, que se puede vivir con nada, por aquí.

Ya ni me acuerdo del Partido, del segundo Partido, el viejo con pinta de nuevo, pero es fácil, porque nadie se acuerda. Entramos en varios gobiernos, pero en las siguientes elecciones no nos votó ni el tato. Yo en ese Partido estuve desde el principio, ¿eh? Cuando salí del primero, quiero decir. Que aquí me hacían más caso. Porque sabía cosas. Y fue superemocionante: me acuerdo ir a comprar a Ikea los ficus y las mesas Lack y las lámparas aquellas como de mimbre y luego aquel amigo que me trajo los palés de su frutería para recibir visitas. Un Partido como muy dinámico, un Partido joven que ayuda a los mayores, ni de izquierdas ni de derechas, ni de arriba ni de abajo. Ni del centro ni pa'dentro, pásame otra vez la copa, que ya acabo. Pero no sé, supongo que se gastó el Partido tan rápido como todos esos muebles. A ellos también les di eslóganes de campaña: «Centrados en lo nuestro», «Del centro y para dentro» y «Las raciones al centro». Pero yo puse mi corazón ahí, en el centro.

Ahora sé que la emoción hay que controlarla. La emoción te hace lo mismo que llegar a un sitio a la carrera, después de correr demasiado rato y demasiado rápido: llegas y estás jadeando y no se entiende lo que dices. Aunque ahora, claro, ahora me ha llamado el otro Partido, el tercer Partido. El viejo con pinta de viejo. Y no lo descarto, no lo descarto. ¿Sabes por qué? Porque está con la gente. Con la gente, cielo, con la gente. No se entretiene en tonterías. No piensa en la excepción, sino en la norma. Es como en esta Fiesta. Que habrá gente infeliz, que no encaja, de acuerdo: pero habrá que mirar por la mayoría. La mayoría silenciosa, aunque muy silenciosa hoy no está. El otro día me devolvieron por fin la llamada, por eso te digo que me llamaron, y les envié algunas ideas. Una lluvia de ideas, se dice. Apunta, hostia: lluvia de ideas. Creo que los que más me gustan son «Juntos, no revueltos» y «Cazadores de sueños», porque estamos intentando fomentar lo de la caza, aunque creo que escogerán «Agitados, pero no mezclados». Me gusta porque no piensan en la hermafrodita que quiere adoptar a un chimpancé del Sáhara y escolarizarlo, sino en la gente. Con la gente normal, ¿sabes? Mira, otro lema. Apúntalo por si se me olvida, cielo.

Mira la luna, mírala: luna, grande y libre. Otra idea. ¡Otra más! Es que no puedo parar, sobre todo cuando bebo. Espera, que ya acabo. Joder, voy a tener agujetas. Me acuerdo de los veranos aquí. Es que antes los veranos eran más largos. Duraban como ocho meses. Y los días también. No se acababan nunca. Te lo digo, cariño: ochenta y cuatro horas cada día. Y los niños y las niñas íbamos a la playa a recoger chirlas y berberechos y volvíamos en bici con los bañadores mojados bajo los jerséis, y yo siempre le daba mi bocadillo de chorizo a Ventura, me acuerdo, porque en la casa del Conde —un gran hombre, aunque se pudo posicionar un poco más durante la guerra, un poco tibio estuvo ahí— había dinero, pero a él no lo trataban muy bien.

Y luego en las fiestas de cada verano. Yo viví el gran cambio. Cuando empezaron a venir orquestas con teclados, ya sin acordeones, y sonaba aquello a millones de instrumentos en uno. Siempre que recuerdo a Franco muriendo, poco antes de marchar a la Capital, pienso en aquellas primeras fiestas. Tengo sentimientos contradictorios. Lo más importante es que no había tanto eucalipto, sino de todo: fresnos, carballos, castaños, cerezos. O sea, fue morir Franco y empezaron a venir los eucaliptos, que no son ni de aquí, que son un invento extranjero, y se comieron todo el monte. Es como que siempre tienen que venir los de fuera para joderlo todo. Menos mi santo padre, que, vale, vino de fuera, pero invirtió aquí. Invirtió todo su dinero. Iba borracho cuando lo hizo, sí, pero eso tiene más mérito: solo los niños y los borrachos dicen la verdad. Parece que ya sale, ya asoma el hocico. ¡Vamos! Me gusta cómo se anima nuestro mejor tenista: «¡Vamos!» Yo sigo su ejemplo: ¡vamos, Sole!. Espera, falsa alarma. Creo que comí demasiado arroz.

Porque aquí nos conocíamos todos y nos cuidábamos mucho, y mi madre siempre tenía refresco en polvo en la nevera y siempre sacaba hogazas de pan de centeno. Y mi padre era muy generoso en el bar, que me invitaba también a mí a cacahuetes. Y había un Conde y había magia y leyendas. Y grandes historias, como aquel barco inglés que naufragó en la costa cargado de acordeones y aún ahora se escuchan, si te fijas mucho. Pero nada, luego todo arruinado: teclados y eucaliptos. Pero antes había siempre moras y claudias y las cogíamos como si fueran de todos. Que, a ver, suena un poco comunista, pero no te preocupes, porque las mejores se las llevaban los más rápidos, los buenos, nunca los de fuera. Y nadie quería irse jamás de este sitio, del pueblo. Bueno, Ventura se iba con el camión. Pero mira tu abuela Placeres, jamás se fue, una gran mujer, digan lo que digan. Nadie quería irse. Aunque yo me fui, claro. Pero es porque ya no era lo que era antes. Y la gente trabajaba pero no se quejaba. Porque estaba cansada y feliz. «No me he sentado en todo el día», decían, y lo decían contentos. Lo decían contentos porque se estaban sentando y porque merecían sentarse. Ahora la gente va al gimnasio, pagan por cansarse, pero mira esos cuerpos de los abuelos. No necesitaban eso. Nos hemos vuelto muy débiles. Todo por el dinero. Quién quiere el verde de los billetes teniendo el del monte. No sé, hasta el verde era distinto cuando había billetes de mil pesetas de ese gran escritor del bigote. Un poco progre, pero gran escritor, sin duda. Te lo digo yo, que monté la biblioteca más grande del país. Aunque, claro, me encerraron por hacerlo. En este país no se valora la cultura. Ahora sí, por fin: ¡vamos! Dios, esto ha sido lo más parecido a un parto que he hecho en mi vida.

Pásame un clínex. Mira todas estas familias, aquí, bailando juntas. Espera, no, que me limpio con el verde este. Adoro la naturaleza. No, yo no tengo familia, pero es que di mi vida por el Partido. Bueno, por los Partidos. Y a veces tienes que elegir. Vivir es elegir, ¿sabes? ¿O elegir es vivir? Es un buen lema electoral. ¿Quiero un hijo o quiero un país? ¿Quiero mi Ciudad bien peinada y aseada o la quiero en manos del diablo? Es como aquí, ¿eh? Yo ya no tengo familia en el pueblo, pero porque el pueblo es mi familia. No quiero banalizar la idea de familia, que ahora es cualquier cosa, pero te digo, cielo, que mi país es mi familia. De hecho, mi Partido puede ser la familia. La Familia, con mayúscula. Bueno, eso no suena tan bien después de lo de la cárcel.

Aunque le tengo mucho cariño a tu tío Ventura, al Curita. Hablaste ya con él, ¿no? Yo lo quise mucho, a Ventura, pero estaba siempre triste. No entendía que la inteligencia no choca, sino que envuelve el objeto, lo ilumina y pasa. Siempre se empeñó en ser el raro. A mí no me tenía que dar explicaciones, cuando pasaba lo que pasaba, en la cama o en el campo. Pero resulta que tenía que ser el raro, cuando aquí y en la China popular se vive mejor siendo normal, ¿sabes? Para darme cuenta de esto, tuve que pasar mi época de miss Pandereta en la Capital: muchos de esos raros lo fueron un tiempo, un sarampión, para darse cuenta de la necesidad de lo normal, a la vez que cambiaban un poco qué era normal y qué no. Hoy lo he visto contento, al Curita. Y lo quiero mucho, ojalá pase una noche bonita. Es que no somos nada. Tenemos que aprender que no somos nadie y solo así no sufriremos: a nuestra espalda, el inmenso abismo de la eternidad y el otro infinito que se abre por delante. Pásame el cubata, que ya acabé de limpiarme, bombón.

Por eso estoy bien aquí, porque no pasa nada, no pasa nada malo porque no pasa nada. Yo aprendí eso en la cárcel: cuando no pasa nada es que no pasa nada malo. Y que hay que ser íntegra, tranquila y armónicamente sometida a tu destino. Y no firmar tantos papeles sin mirar, claro. A ver si me llaman del tercer Partido. Dicen que les da igual lo de mis problemillas con la justicia. Que están conmigo. Que si podemos perdonar podemos olvidar. Le mandé un mensaje al líder cuando pilló el virus. Una cita muy bonita de mi libro de la cárcel: «Ningún dolor es insoportable ni eterno». Y el emoticono de la bailarina flamenca. Le encantó. Sí, a ti igual te pongo una de estas frases para la rifa.

Es que no es muy justo cómo nos tratan: tengo solo sesenta años. Bueno, sesenta y *bastantes*. Es como en las películas: o eres la putilla de la secretaria o eres la abuela del que manda. A las que tienen mi edad, ni un papel nos dan. No pido tanto: cabeza de lista de una ciudad que la mitad de gente del país no sabe si está arriba o abajo, si ha venido por aquí o no. Que, a ver, ese es su encanto. Ya lo dije en la campaña con el segundo Partido: es eterna, porque a nadie le gusta, porque nadie la gasta. Un papel, como esas actrices interesantes y atractivas de mediana edad. Teñida, ¿eh? Que las canas te ponen años. Solo un papel más. Pásame otro clínex, anda, que tengo un poco de moquillo. Solo necesito eso. Y, si finalmente no entro en el tercer Partido, no pasa nada. Tengo tierras aseguradas. Sería fácil. No somos nada, en cualquier momento arde y cobro, ¿sabes? Esto se hace desde siempre. No van a venir ahora a decirnos cómo tratar el campo. Le acabo de insistir al líder, pero no me contesta. ¿Me jode? Sí, pero la adversidad para alguien como yo es un simple entrenamiento. ¿Tú sabes que el líder es de la comarca, también? Pero el cabrón no contesta. Si se me hinchan los ovarios, arde todo. Puedo hacer y explicar muchas cosas. Si se empeñan en mover la rama, pues caerá todo lo del árbol. Puedo abrir más causas que botellas de tónica hoy mismo. Pero vamos a bailar y a pedir otro gin-toniquito, ¿no? Falta mucha noche. No hemos venido a sufrir, cariño.

Porque no somos nada, ya te lo digo. Esa frase no les gustó como lema. Espera, ahora sí que sí, vamos. ¡Vamos! Buen abono. Para que los árboles grandes y pequeños, mi familia, crezcan rectos. ¡Hacia arriba, libres! Les dejo un buen regalito aquí. ¿Sabes lo que somos? Somos materia y causa formal. Piensa en eso para que te vaya bien en la vida. Materia y causa formal, bombón. Yo lo pienso cada noche, a todas horas.

5

Ahora que los tengo aquí, es el momento de agitarlos, a ver qué queda.

Dime otro sitio en el que estén todos juntos y te regalo un estribillo. Un lugar donde compartan lo que será un recuerdo y te brindo un redoble. El resto del mundo es un punto ciego: solo aquí y ahora está la vida. Toda entera, del niño al anciano. De la primera vez que abres los ojos a la última que los cierras. Ahí la tienes. El único pestañeo. Ahí la llevas. Bate, que bate, que bate el chocolate.

—Abrazo o puñetazo. Esa es mi idea —formula el Casiguapo después de brindar con Francisco Alegre, que, claro, asiente—. Sin más falsedades: te cruzas con alguien y le das una hostia o lo abrazas. Así se acabarían los problemas. Y los malentendidos.

—Dame un abrazo —dice Francisco Alegre, que tendría problemas severos para pronunciar (su lengua es el fuelle de una gaita) las dos erres de su propio nombre y que los ha tenido para la de «abrazo».

Todo es sucedáneo y ensayo. Los niños ensayan que son adolescentes, manipulan la textura adulta como si fuera plastilina: descubren los vasos de tubo, la alegría de los padres, la familia de amigos y las pulseras de hilo. Los adolescentes se sienten ya jóvenes, mayores: aprenden a esconderse tras el murillo de adobe de sus personalidades recién inventadas y a mentir para decir lo que sienten, a improvisar ficciones para encantar a alguien: ponen muecas tras el primer sorbo de alcohol y comparten lenguas húmedas y cálidas alejados de los focos. Los jóvenes descubren que la vida no acaba con ellos: aman a sus abuelos y desprecian a sus padres porque les dan y no les dan lo que quieren, y padecen sin hipocondría pequeñas nostalgias infantiles con los primos pequeños, porque intuyen (oyen un chup-chup lejano) que todos nos cocemos en la salsa de problemas parecidos. Los divorciados redescubren la euforia, los anillos en el pulgar, el ridículo y las bambas de colores que exhiben sin el excedente de lozanía con que lo hacen los adolescentes. Muchos de mediana edad ensayan la retirada, aunque se resisten: hacen balance de daños, miran las vidas que no eligieron, las encuentran en las cinturas y los carritos de antiguas novias y tienen sus primeras conversaciones médicas; soportan el mundo, de momento aún no insoportable, y sienten que los abuelos no están tan lejos, que son ellos dentro de un rato, cuando acabe la noche. Los más ancianos, ya sentados en los bancos, en la periferia del baile y de la vida, observando el juego como futbolistas retirados, desde la grada, entienden como nadie a los niños (sus caprichos exóticos, sus berrinches extemporáneos, sus inquinas y su falta de vergüenza para vestir y decir) y ensayan para lo que viene, para el verdadero final: es decir, dormitan ya, aunque la música siga alta.

Unos saludan y otros se despiden: ambos hacen el mismo gesto con la mano.

A las dos y cuarto de la madrugada, bajo el medio borrón de tiza de esta luna, los ritmos de la Orquesta se ralentizan y espesan. El río se remansa para que observemos las hojas verdes, los insectos y los trozos de plástico sucio que arrastra. Los padres miran a sus hijas bajar el culo hasta el suelo, y los chicos los miran a ellos para mirar cuando ellos no miren, y las madres miran a las nuevas guapas, a las nuevas marginadas, a las nuevas víctimas para identificar en ellas a quienes fueron. También desean, aunque pueden ahorrarse el disimulo, porque no se espera de ellas que lo hagan. Y son deseadas, si bien no lo saben, aunque piensen que ya nadie las mira y las tasa. Un tatuaje en la espalda, negra la minifalda, zapatos y el top, misteriosa ella bailaba. Los adolescentes no miran, sino que registran: generan un banco de datos, de posibles comportamientos, y de gestos, de hombros y culos y codos y nucas, para luego dar placer a la persona que más quieren, ellos mismos, horas después o mañana, bajo las mantas o en el baño con pestillo, su templo.

Ton Rialto ha anunciado su llegada con el acceso de tos productiva del motor de su vehículo. Aparcada ya la furgoneta de la panadería con un estruendo de quejas, atrapa todas las miradas cuando hace su entrada en silencio. Muchos jóvenes van a preguntarle qué ha pasado y uno de los mayores, Cosme Ferreira, espera a que ese enjambre de curiosos escampe para hablar con él de cosas serias. Habíamos dejado a Ton en la sala del hospital en cuyo hilo musical sonaba *El cóndor pasa*. Luego, cuando fue él quien pasó al box donde lo atendieron, no se escuchaba música alguna, así que no puedo decir qué le dijo el médico de guardia mientras le hacía la primera cura. Sí sé que salió dando voces de nuevo a la sala de espera y que, cuando ya estaba en la furgoneta, después de encender el equipo de sonido y de que sonara el primer *riff* de una canción rapidísima titulada *Boredom* (*I never get round to things, I'm living a straight, straight line*), se guardó el lóbulo de la oreja en el bolsillo pequeño de sus tejanos y luego metió primera (*So I'm living in a movie, which doesn't move me*).

Ahora es de noche, así que casi nadie repara en el lóbulo de esparadrapo blanco que remata el perfil interrogante de su oreja, como un punto de típex (sus greñas y la oscuridad ayudan a mantenerla en la clandestinidad). Si alguno lo hace, su abuela, sin ir más lejos, dice que se ha puesto un pendiente y que hoy por respeto no lo muestra. Habla mucho y alto, mientras trasiega un cubalitro que ahora reparte entre los que se le acercan como fieles a un santo estilita.

—Ten, copazo y Nolotil —le ha recetado en la barra su amigo Julián, hippy espléndido, especialista en literatura del franquismo y doctor pastilla.

—Gracias, máquina —le ha dicho Ton, que se ha guardado la pastilla en el bolsillo pequeño del tejano, donde llevaba el trozo del lóbulo.

Entre el grupo de jóvenes hay una tradición: el que más se emborracha o el que genera la anécdota o recuerdo más memorable —robar una señal de tráfico, vomitar en los zapatos del alcalde, plantar una bandera pirata en el campanario, enrollarse con quien no toca— recibe el brazalete de Capitán. Toda la región sabe que Ton Rialto acaba con él en el brazo la gran mayoría de las noches, aunque hace tiempo que no lo busca. Hoy se lo acaban de poner, ya solo por las muchas excusas que explica. Algunos, solo unos pocos, pero que tienen voz y voto, saben lo que acaba de vivir, por qué lleva ese esparadrapo en la oreja. No lo airean, pero lo llaman Capitán.

Lo mira desde otro corro Caridad Villaronte, que sigue hablando de hipotecas y bebés con tres madres primerizas de su círculo de amigas, que ha encontrado ahora porque ellas no fueron a beber a los coches. No sabe dónde quiere estar, pero desde luego allí no. Lo sé porque ayer estuvo escuchando sin parar la misma canción de adolescencia (una que huele a espíritu adolescente) con los cascos quince veces seguidas, y porque lleva todo el día contestando con emoticonos de caras llorando de la risa o con pulgares levantados y hablando sola, regalándole al techo insultos: imbécil, retrasado, gilipollas, incluso insensato. Los treintañeros son como distintas galletas hechas de una misma masa: cada uno está en un punto, y la Fiesta de cada año es la fotografía de en qué momento de cocción se encuentran, aún blandas o tachonadas ya con la cereza confitada o aplicada ya la capa de chocolate. Algunos bailan con sus hijos con dientes de leche, mientras otros comparten cubalitros y debaten sobre romances de diez años antes.

—Tú siempre has tenido mucha suerte. Tiene que ser fácil que te vayan siempre detrás —le dice Sara, su amiga, a Caridad—. Me acuerdo aquel año, cuando en la Fiesta vino un guardia civil que acababa de ser destinado al pueblo de al lado. El tipo era un notas, que hasta vino de uniforme, pero la verdad es que le quedaba increíble. Le marcaba todo que no veas. Te preguntó el nombre y le dijiste que te llamabas Patri...

—Sí, es que los uniformes son ridículos hasta en los colegios —dice Caridad Villaronte—. Parecen muñequitos.

—Y el tipo se puso muy pesado. Cuando vio que pasabas de él, aún más. Y al día siguiente, cuando iba en coche con mis padres a la Ciudad, con una resaca del mil, miro por la ventana y veo en el cuartel de la Guardia Civil una bandera rojigualda gigantesca donde ponía: TODO POR LA PATRI. El tipo le había quitado la «a» a la bandera de España.

—La verdad es que si fuera un chiste sería gracioso, pero no era un chiste. Y el tipo iba siempre armado. Menos mal que lo cambiaron de pueblo a las pocas semanas.

Comparten pasado, pero no hay encuentro presente posible, aunque lo fingen, mientras asisten a cómo los adolescentes se lo arrebatan todo: las escaleras del Ayuntamiento, sí, pero también las promesas de cartas que aún no son falsas, porque no han descubierto que esas cartas no llegan. O que, si llegan, son muy distintas cuando se escriben y cuando se leen. Como sucedía con la frase de esa bandera.

Soledad Díaz, que de hecho tiene una banderita rojigualda anudada a la muñeca, se ha pasado un buen rato intentando hablar con los abuelos, con la gente de verdad, pero ellos prefieren antes los selfis de sus nietos o la indiferencia, así que ahora está dando consejos e invitando de su vaso y de su paquete a adolescentes. Mayonesa, ella me bate como haciendo mayonesa. La delata su entusiasmo: se les arrima y baila (la música hoy suena muy bien, es increíble, dan ganas de mover el esqueleto) mientras ellos intentan que se les note poco la vergüenza, porque no bailarán de verdad hasta más adelante, el culo besando el prado, y desde luego porque jamás, ni bajo soborno, moverán el esqueleto. Soledad Díaz hace bien la coreografía. No la recordaba, así que se puso un vídeo en el móvil. Nadie la sigue. Siempre que pone un tutorial en YouTube querría ser amiga de quien lo sube, ya sea cómo instalar una bombona de butano o cómo hacerse un nudo de corbata. También tararea músicas de anuncio. Le chifla aquella de Carglass cambia, Carglass repara. Le parece un buen lema electoral para un Partido de cambio.

Miguel se fija en todo y parece que vaya a estallar de una emoción un poco extraña. No es una emoción genuinamente nostálgica, y mucho menos esperanzada, sino contradictoria: la emoción suspicaz del que no solo siente cosas, sino que también las presiente. Siempre le pasa. Se fija en las uñas tronchadas por el trabajo de los jubilados, en las uñas pintadas de lila de las adolescentes, en las uñas comidas de las madres y los padres. Cree saber cuántos milímetros crecen cada semana (unos tres al mes) y también cree que puede contar las pulsaciones de cada persona en ese momento (las ochenta de Iria Agarimo sentada comiéndose unas almendras, las ciento cuarenta de Francisco Alegre, bailando solo al lado de los altavoces), aunque no sabría confesar las suyas. Tranquilo, Miguel, yo estoy dentro y fuera, así que puedo decírtelas, también las tuyas. Le gusto yo, porque no me conoce. Le gusta esta música, porque no le gusta. Le gusta, porque les gusta a otros. Le gusta, en realidad, porque suena para todos. No sabe por qué le gusta, si, como la vida, es tan barata.

Lleva toda la noche observando el ajetreo del Niño de la Bici Roja, que le recuerda muchísimo a él. Como le sucede con su hijo cuando de repente hace un gesto: se aparta un poco del corro de la fiesta infantil, se pone muy triste con un anuncio de seguros de vida, le da mucha pena una silla vacía al lado de la basura o una vela apagada o se queda quieto, estático, delante de su plato favorito porque no quiere empezarlo, porque con el primer bocado comenzará a acabarse.

El Niño de la Bici Roja, que no se sabe observado, carga con la mochila llena de papeles y *zuecas* ensangrentadas y las historias, casi incomprensibles, de Cristóbal Margadelos, de su abuela Placeres Fiallega, de su tío Ventura Rubal, que aparecerá de un momento a otro vestido de presentadora de las campanadas, que ahora escucha a todo volumen una canción de Diana Ross en el camión engalanado, de Soledad Díaz, siempre tan sola, siempre intentando no estarlo. Ya ha hablado con el Niño de la Bici Roja, que se ha desmarcado de ella en cuanto ha llegado a la Fiesta y que ahora da vueltas por el prado de la Iglesia en la bici, como quien le da vueltas a una preocupación. O a todas las ideas que le están metiendo hoy en la cabeza.

—Pobre *neno*, el Parabólico. Con lo mal que lo pasó de pequeño, que era mudo o sordo o algo así. Justo cuando le tiene que llegar una hermanita, dicen que su padre está con pruebas médicas en la Ciudad —explica una abuela.

—Su abuelo murió pronto, ¿no?

—Cómo está la *cabeciña*. ¿Ya tomaste la pastilla? Ese *neno* de la bici no tiene abuelo. O no que se sepa.

—Pues la Tola virgen no es. Por cierto, la monja que ayudaba a dar misa cuando no teníamos cura. ¿Viva o muerta?

—Residencia. Me lo dijo Francisco Alegre, el único que fue a verla hasta que le dijeron que no podía. Cuando no se podía salir de casa, cuando el virus, iba campo a través y le cantaba desde el camino para que lo oyera en la habitación. Solo para que estuviera mejor.

—Yo no digo nada, pero... —Y procede a decirlo todo.

Placeres, a solo dos metros del pelotón de chismes del banco, tararea una canción titulada *María Soliña*, una de esas que se diría que jamás tocará orquesta alguna porque no nos habla a todos, sino que sintoniza con la frecuencia de un dolor concreto y agudo, casi intransferible: «La voz del viento gemía, muros de noche se erguían, acedos ecos traían. ¡Ay!, qué *soliña* quedaste, María Soliña». La tiene en la boca, con un sabor a hierro oxidado, desde que ha visto llegar a lo lejos, o eso le ha parecido (durante mucho tiempo le parecía verlo a todas horas, sobre todo de espaldas, encarnado el diablo en el cuerpo de cualquier hombre de complexión similar), al Hijo del Conde, tan atildado por fuera y tan sucio por dentro. Pero no la bisbisea como un lamento, sino como el conjuro triste para no caer en él. Aún recuerda cuando escuchó esas frases, no con la melodía inventada de su maqui, sino cantada por un conjunto musical y, dos décadas después, cuando se hizo famosa. Cuando ese secreto del monte, de repente, era un secreto a voces, proclamado en la radio y en la tele: estaba sola en la cocina cuando salió ese gran gaitero de frente amplia, acompañado de esa voz femenina, y las palabras eran las mismas, aunque la melodía fuera otra.

Francisco Alegre, que ha visto cómo el cuerpo de Placeres se ha ovillado por el avistamiento del hijo de puta del Hijo del Conde, y que se ha propuesto animarla dentro de poco, le dice a Iria Agarimo que algún día la llevará a entender las estrellas (los carros, las osas, el planeta) y también que le enseñará a tañer las campanas de la Iglesia, que alguien tiene que aprender. Se lo enseñó a Ton Rialto, pero últimamente el chaval anda un poco despistado: pueden tocar a difuntos (recuerda cuando falleció la mujer del Conde y tuvo que estar dale que dale sin tregua durante una semana: hasta en eso mandaban), a muertos niños, a nacidos, a boda, a misa, a fuego. Como aquel año cuando ardió el monte, o como aquel otro del incendio (con pirotecnia) en la casa del cohetero falangista, el padre del Casiguapo.

El Casiguapo ya casi ha olvidado que podría aparecer el Ambipur, y el hecho de que lleve una hora alardeando en la barra de cómo le cortó el agua no ayudará. Anda en el centro de la pista, sacando a bailar a mujeres de todas las generaciones. A bailar agarrado, con movimientos de pasodoble, cualquier canción de cualquier estilo. Todo lo que he tomado se me ha subido ya a la cabeza. El Ambipur se está tomando su tiempo para llegar a la Fiesta, aunque se acerca a pie con una bota de vino llena de orujo blanco. Mayonesa.

Liberto y Adela están nerviosos porque ya han dejado pasar su momento y porque ahora, con la pareja de ella cerca, podría no repetirse. Cada uno piensa en lo suyo: el rocker mientras comparte tragos con los viejos en la barra, ella mientras guarda el vaso en el banco de piedra porque está oliendo la colonia de leche amarga en los pliegues de la piel de Max, que insiste en abrazarla y no soltarla. No lo saben, pero en realidad Liberto y Adela están enfrascados en dos monólogos que casi podrían ser un diálogo.

—Al menos es de noche y no me ve la calva. Si me tiran una foto, subiré la barbilla hacia arriba y arreglado, además así la papada no se verá. Al menos, estar menos viejo en las fotos. Espero que no sean con flash.

—Está claro que con un nombre así, Liberto, por el amor de Dios, no podía envejecer bien. Pero es graciosísima esa tonsura rara como de *El nombre de la rosa* que tiene en la coronilla. El pobre piensa que no la veo si mira hacia arriba cuando me habla. Que parece ciego, o que acabe de ver un avión o un burro volando todo el rato. También se parece al camarero que cobra con datáfono, cuando el cliente tiene que introducir el pin, a eso también, pobre. Aunque, bueno, el culo lo tiene precioso aún. Los tejanos negros le quedan bien, como siempre, igual por eso no se los quita ni para lavarlos, porque...

—Antes me ponía estas camisetas negras de grupos porque iba de maldito y ahora la verdad es que creo que así se me ve menos la barriga de noche. Rocanrol. No sé si me gustan más los Beat ingleses o los americanos, me acuerdo cuando le di a elegir a Adela entre...

—Este niño pesa cada día más. Yo creo que a Liberto le encantaría brindar con un botellín y a mi Max con el bibe, estaría muy bien. Le pondría canciones y el niño le destrozaría los discos que le queden, que no le vendría mal, porque...

—¿Los niños que maman teta también beben agua? ¿Del grifo?

—La verdad es que me lo follaría ahora mismo.

—Es imposible gustarle. Porque a mí me ve igual que antes, pero la clave es que ella es diferente. Me gustaría decirle que igual igual no soy. Ella cree que solo pienso en grupos, pero yo ya soy más profundo. Mucho más. Tan profundo que estoy en el hoyo, en el fondo del puto pozo. Me han pasado cosas. Y sé cosas. Estoy medio calvo y medio gordo, pero vaya si sé cosas que podrían gustarle a la maestra. Por ejemplo, me gustaría contarle que las cosas siempre empeoran, que todo es mejor la primera vez. Pasa incluso con la música. Le podría contar lo de la primera canción con letra y música conservada de la Historia. La encontraron en el siglo I, en una columna de mármol, y se la dedicó un tal Sícilo a su mujer muerta. Me gustaría decirle eso, para que se animara hoy a irse conmigo: «Mientras vivas, brilla, no temas nada en absoluto, la vida dura poco, y el tiempo exige su tributo». Se lo podría contar con la excusa de que ella se lo explicara a sus alumnos. O a su niño. Que viera que ella no solo me interesa para... Pero se reiría de mí. O igual se lo tomaría como una amenaza de muerte: mira, una canción de una pava muerta; no he dejado de pensar en ti en todos estos años, ni un día; no, tranquila, no soy peligroso.

—Follármelo, ahora, sí. O sea, aunque fuera viajar al pasado, hacerlo y volver. Me acuerdo cuando me paraba debajo de una farola y me recitaba poemas, que eran frases al vuelo que había pillado en alguna canción: «Mi amor es más grande que un Cadillac, oh, dulces dieciséis, comerme la escoria es difícil, como la miel, como la miel». No se entendía nada, pero luego me ponía las canciones en la parada del bus y entendía un poco más: un auricular para cada uno, así que las escuchábamos muy cerca, como unidos por el cable.

—La cagué cuando no supe qué decirle, aquella vez que íbamos andando por la Ciudad Grande, que me había venido a ver, y me dio el stop delante del escaparate de un concesionario, porque ahí había luz, y me leyó un poema, que aún me lo sé de memoria, el único que no tiene música que me sé, porque fue cuando se apartó de mí y luego estudió para ser profe y yo lo dejé todo para irme de gira. Se detuvo, sacó el billete de autocar con el que había venido y leyó: «Y asimismo no me quejo, sabiendo que ese pájaro mío, a pesar de haberse ido, estudia más allá del mar melodías nuevas para mí, y volverá».

Me tomé mal lo de «pájaro», pensaba que me estaba acusando de algo, y al final le confesé que estaba con otra. Y en las vacaciones siguientes no me quiso hablar durante quince días que se me hicieron larguísimos...

—Me gusta que esté así, un poco dolorido, débil, seguro que tendría que ayudarle o que me diría muchas veces «gracias» o que se pondría a llorar al acabar. Pero me encantaría cogerle ahora mismo ese...

—Y por otro lado están las tetas, claro. Es indudable que le han crecido muchísimo. Es un puto escándalo. Tengo que mirar hacia arriba porque, si no, me pilla. Así no me ve la calva: todo son ventajas.

—Putos pezones, cómo me duelen...

—Es una mierda, soy el mismo crío. Ella no estaría con alguien que come fideos Yatekomo. Le podría explicar cuando estuve dos semanas en el hospital y lo único que tenía, lo único, eran las canciones, canciones que escuchaba una y otra vez, en bucle, hasta que parecían cortísimas. Voces de cantantes que no me fallaban, que estaban ahí, en la habitación conmigo, además de ese enfermo de Cuenca que roncaba tanto. Y sobre todo nuestra canción, la de recordar el verano, ese sentimiento de verano, la escuché más de quinientas veces en una semana. Pero igual eso le parecería peor, le generaría rechazo. Ella ha crecido y yo esta noche me masturbaré pensando en ella como cuando teníamos catorce...

—Al menos si los míos se quedan dormidos en casa, luego puedo tocarme un poco... Pero ¿qué estás haciendo? ¿Cariño, qué haces? ¡Que el niño te oye! Le estoy dando al botón de rebobinar para recordar, idiota. Rebobine, por favor...

—Me gustaría poner la cinta y ver una película juntos. Solo pido eso. En un sofá. Aunque claro, bueno, si la película es aburrida, pues por debajo de la manta, claro.

—Qué calor hace.

Es fácil aparcar el recuerdo e ignorar el deseo cuando cada uno está en su ciudad, la coartada no de las otras parejas sino de los muchos kilómetros de distancia, pero muy difícil cuando, en cualquier momento, podrían pasar de todo y cogerse de la mano y volver a ir a fumar Camel en paquete blando detrás de la iglesia. Hace ya algún tiempo que vivo sin ti, y aún no me acostumbro, ¿por qué voy a mentir? Por eso no están ni siquiera tristes, sino nerviosos por el vértigo de un salto que, en realidad, saben que no van a dar. No podemos hacer nada, por cambiar el rumbo que marcó, para los dos, cuando zarpa el amor. Y, aun así, se miran, unas miradas que son como sedales de nylon demasiado transparente, y traman un breve encuentro. Cuando zarpa el amor, navega a ciegas, es quien lleva el timón. No pueden verse, pero tienen que verse. Y cuando sube la marea al corazón, sabe que el viento sopla a su favor. Aurora, la sobrina de Adela, baila hasta el suelo en el corro de adolescentes, luciendo como nadie ese top a topos que ha derramado en su tía ese manantial de recuerdos, y Alberto ensaya su madurez mirando desde lejos a la Orquesta, con la pulsera que le va a regalar en el bolsillo. No hay prisa. Tienen todo lo que a Liberto y Adela les falta. El viento sopla a su favor. Tienen todo por hacer. Tienen tiempo para hacerlo.

Quien siente que le queda poco tiempo es Cosme Ferreira, que de pura ansiedad ya ha pedido en la cantina dos bollos preñados con chorizo, y que va por su quinto copazo. *Got myself some rum, cause where I'm from sometimes you need some*. Está discutiendo tanto consigo mismo, le está diciendo tantas verdades a todo el Valle en su cerebro, que no abre la boca. Le baila tanto la cabeza que no baila. El resto lo miran y sentencian: tiene un problema, bebe demasiado, está muy triste desde que está solo, desde que hizo aquello, desde que se fue con aquella que conociera por el ordenador. Y luego miran con pena a Berta e Iria Agarimo, que ríen, y a la madre, Carolina, con el amigo que se ha traído. Me tomé mi trago y una princesa pasó por mi lado. Pero Cosme piensa que no se le nota que está triste, tal y como un borracho cree que no se le nota que está borracho. La miré con ganas, con esa carita de fama. Antes le ha costado muchísimo contener sus lágrimas cuando ha escuchado a la Orquesta cantar «Tengo el alma en pedazos, ya no aguanto esta pena, cada día sin verte, es como una condena». Y ahora, en cambio, no es esa marea de tristeza, sino el latigazo de la perplejidad y el martillazo de la rabia, porque ve a su primera mujer hablar (ahí está) mientras se toca el aro colgado de la oreja derecha (ahí está, sí) con su nuevo amigo (se la llevó, el tiburón, el tiburón).

Acordes de cejilla, batería robótica, cambio de vestuario de las bailarinas. Berta, la hermana mayor de Iria Agarimo, mira a Ton Rialto, que habla ahora con Cosme Ferreira.

—Cuando llegué ahí con todo, dijeron, muchas gracias y no pagaron. Y entonces yo me encaré con ellos. Vete o te vamos a dar hostias como panes. Muchas gracias, dijeron otra vez, y empezaron…

En ese momento, Ton recuerda que se tiene que tomar el calmante de Julián porque le vuelve a palpitar la oreja. Enfrascado en la conversación, rescata la pastilla con el índice y el pulgar del pequeño bolsillo supletorio de su pantalón tejano y se la lleva a la boca (no se ha dado cuenta, pero en ese mismo gesto ha salido también el cachito de lóbulo, que ya quedará tirado en el prado).

—¿Pero no tienes nada?

—Nada. Me lo quitaron. Sin pagar. Me decían: muy amable. Se chotearon de mí desde el minuto cero...

No creáis que lo sé todo de esta historia, porque en algunas de sus escenas no sonaban canciones. Sí sé que

Ton, desde muy pequeño, iba a buscar tabaco para su padre y en la barra le preguntaban si lo quería del normal o del otro (el otro era de batea, de contrabando). Sí sé de sus problemas con algunas sustancias en la Ciudad y luego aquí, porque llega un momento de la Noche en que es capaz de quedarse tocando la misma línea de bajo durante más de una hora (y en esa línea, estoy yo). No sé si en la furgoneta de panadero llevaba tabaco o Play Stations, aunque algunas conversaciones sueltas me hacen pensar que llevaba otra cosa. Ahí está, se la llevó el tiburón, el tiburón (¡wuh!). El caso es que en ese piso al que llevó su mercancía, la que le habían dicho que transportara, había lámparas de lava, cajas de plástico de cerveza como sillas y mesas Lack de Ikea desconchadas. Un poquito más suave. Allí, sin preguntar, le robaron todo, no le dieron dinero alguno a cambio y, como advertencia a los que habían enviado a Ton, le cortaron a navaja un pequeño trozo del lóbulo de la oreja, tal y como los ejércitos enemigos ciegan al único soldado que dejan vivo para que lo cuente. Un poquito más duro. «Ahora vas y cuentas todo lo que has escuchado con esta orejita», le dijeron, antes de cerrarle la puerta. Un poquito más duro.

—Hijos de puta.

—Y ahora fijo que los otros vienen a por mí —los otros, los que le reclamarán el dinero, más viejos que Ton y menos que Cosme, escuchan ahora a cuarenta y cinco kilómetros y a todo volumen una canción titulada *Ecuador* en su coche mientras deciden enviar a la Fiesta a sus hermanos y primos.

—¡Hijos de la grandísima puta!

Justo cuando Cosme, de pura rabia, rasga el billete de diez mil pesetas con la efigie del Rey heredado de su padre y lo tira al suelo, un poquito más suave, Berta mira la vena del cuello de Ton Rialto, que se infla cuando habla a gritos, mira ese lóbulo de esparadrapo blanco, mira los tendones tensos de ese antebrazo y esa mano que agarra el vaso como si pesara una tonelada: cubata de hierro fundido, un poquito más duro. Y entonces se va a hablar de nuevo con Manuel Rialto, el hermano, se la llevó, el tiburón, el tiburón, porque hoy ella y Aurora tienen una misión y la noche avanza como un mamífero en el monte: a tientas, por caminos impredecibles, pero firme. Con la mano arriba, wey. «¡Hijos de puta!». Chocolate, chocolate, chocolate, de canela, de canela, de canela.

Miguel repara en el taco y tasa en ciento cuarenta y cinco las pulsaciones de Cosme y en ciento treinta y cinco las de Berta, que ya baila con Manuel, a mí me gusta la gasolina, mientras Iria Agarimo, dame más gasolina, imita los movimientos de la bailarina mientras repasa acertijos matemáticos, dentro de la hornacina invisible de la mirada del Niño de la Bici Roja, que espera a que Ton acabe de hablar para pedirle, no sin miedo, a Cosme Ferreira que le escriba el mensaje para la rifa.

Mirad bien, no pasa nada, así que puede pasar de todo: Liberto le acaba de dar un beso en el hombro a Adela, porque han coincidido en la cantina, previo mensaje, fingiendo que le estaba explicando algo al oído. Suavemente. El hermano pequeño de Ton Rialto acaba de besar a Berta justo detrás de los puestos de peluches y chucherías. Bésame. Cuando lo ha hecho, con los ojos abiertísimos, ha empezado a sonar aún más fuerte el generador de electricidad. Alberto y Aurora lo han escuchado y se han reído, de momento. Que yo quiero sentir tus labios, besándome otra vez. También Francisco Alegre acaba de robarle un beso en la mejilla a Placeres, que ha engarfiado aún más sus manos en el bolso de polipiel. Suavemente. La madre del Niño de la Bici Roja, los tobillos hinchados y las manos sosteniendo su barriga preñada, una vasija pintada de amebas acrílicas, ha echado a Francisco Alegre, aunque ha notado que el feto de treinta y seis semanas, la hermanita del Niño de la Bici Roja, el ser humano más joven de la Fiesta, se ha revuelto con una carcajada uterina. O eso o es que tiene otra vez hipo, como lo tienen los padres primerizos que pierden pie porque llevaban tiempo sin beber, así que se parecen a bebés ebrios de bibe o a adolescentes que no saben por qué están tan increíblemente contentos, los nuevos reyes del mundo, ni que mañana tendrán algo llamado «resaca» de la que desconocen el nombre y cuya molestia recibirán hasta con risas. Eco apagado de las carcajadas de ahora, en una conga eterna, que dura una vida, en la que participan niños que se frotan los ojos, adolescentes que señalan la luna (una hoz recién afilada) en el cielo, padres primerizos con ropa cómoda que sienten alegría doble (la suya y la de sus pequeños), abuelos que cierran la cola jadeando y se sienten como los que la abren. Son los que más se parecen a ellos, sin duda. Dame más gasolina. Entre todos, diez mil pulsaciones por minuto.

«¿Tú sabes que dentro de cien años, todos, absolutamente todos los que ves, estarán muertos?», le dice el Forastero desconocido al Niño de la Bici Roja, que rompe con sus molares un cubito de hielo en este preciso instante y que en quince segundos estará hablando por fin con Cosme Ferreira, que se lo lleva justo ahora a disparar con una escopeta. Suavemente.

V

El Valle en llamas, y tú tienes unos minutos para intentar salvar algo de las montañas, de las casas, del río, de las personas... Si ardiera todo esto, ¿qué te llevarías? Yo me llevaría el fuego. ¿Me entiendes? El fuego.

Anda, dispara. Dale. Mal.

Lo estoy pensando seriamente. Sí, muy seriamente. Vamos a casa y pillo la escopeta de verdad y volvemos y te enseño. O me lío a tiros con todo. Estoy hasta los huevos. Espero que arda todo, ¿me entiendes? Ya verás cómo nos reímos. Si tienes algo, supongo que te importa que se queme, pero, si resulta que con más de cincuenta tacos no tienes una mierda, yo solo me alegraría de que se les quemara a los demás.

Además, nunca me he sentido de aquí. Ni de aquí ni de allí. ¿Sabes lo que dijo el primer locutor al que le pasaron un disco de Elvis? Me lo contó un día Liberto, que el tipo parece tonto, pero sabe mucho de música. «Demasiado blanco para los negros, demasiado negro para los blancos». Puto gilipollas. Pues yo igual. Ni americano ni del Valle ni todo lo contrario. ¿Tú ya puedes beber?

Dispara. Fuego. Mal. Joder, mal. Voy a tener que ir a por la mía a casa y enseñarte de verdad, hostia. Es que eso es lo que pasa. Ese es el problema de este país. Del mundo. Es todo falso, literal. Las mujeres son falsas, que son todas iguales. Los coches son falsos, que ahora son todos iguales, así redondos, sin puntas. El dinero, que nunca fue igual, nuevo y viejo, pero también es falso, ¿me entiendes? Falso. La puta Orquesta es falsa: una noche que no vais a olvidar. Pues a ver si la hago yo inolvidable, joder. Las escopetas son falsas. Cuando yo era como tú no disparábamos a palillos para conseguir un perro de peluche, disparábamos a los *raposos* en el monte, hostia.

Creo que necesito otro cacharro. ¿Tú puedes beber ya o no? O un refresco. Yo a tu edad ya bebía, hostia, por las fiestas. No estáis preparados para nada. En esa época ya hacíamos lo de echar al río al Forastero. Las tradiciones hay que mantenerlas. Se ve que una vez se plantó en el pueblo uno diciendo que era amigo de uno y a los otros les decía que de los otros. Al final, como era el único tío desconocido, lo pillaron y lo tiraron al río porque pensaban que iba a liarla o algo. O porque se jodió a una, vete a saber. Otros dicen que si era un maqui que se follaba a... Demasiado peliculero, eso. Imposible. Pues cada año desde entonces. Me voy a descargar cosa fina con el pobre imbécil al que le toque este año. Por cierto, te estaba molestando ese, ¿no? Diciendo cosas raras. Pues ya verá, como siga.

Dispara, joder, mal. Mal, hostia. Mal. La verdad es que la fila de palillos está torcida. Y seguramente la mira también. Me cago en los putos feriantes, que voy a por la mía y les saco toda la jauría de perros pilotos a tiros. Cabrones. Y se los doy a Iria. Un buen padre. Cariñoso, me cago en la puta. ¿Me entiendes? Un padre como Dios manda. Que hasta le dejé a su madre que le pusiera su apellido delante del mío. Y mira cómo lo paga. Luego dicen que si el machismo. Pero una cosa te digo: los hombres y las mujeres no son iguales, aunque las mujeres sean todas iguales. Dispara.

Así que mis hijas no tienen el apellido de mi padre. Mis padres también fueron los desconocidos, como el que te estaba molestando. Pero disimularon. No lo sabe nadie, esto, te lo explico porque tienes la cara esta rara que hace como querer soltártelo todo y porque menudo marrón te llega en breve, pobre. Eres tan callado que seguro que ni lo dices por ahí, ¿porque tú ya oyes bien o aún eres medio sordo y mudo? Siempre fuiste especial. Especial, un poco como el Conde, al que siempre se dice que lo seguían perros y pollos. Como a ti. Pero no tienes ni puta idea de disparar. Yo te enseño. Eso está torcido: fuego, mal.

¿Quieres un pitillo? Esto no lo sabe nadie. Mis padres engañaron a todo este puto Valle. Literal. Se mearon en sus mierdas de montañas de eucaliptos idénticos, ¿me entiendes? Eran argentinos pero vivían en La Habana. Un día, en el Floridita, mi padre se enteró de la historia de uno de por aquí. Por lo visto, el tipo había dejado en el pueblo a una mujer y tres hijos. Uno de ellos era un poco monstruo, dicen que tenía una cresta de gallo en la cabeza. Ya sería menos, excusas que se pondría él para haber cortado con los suyos. El pájaro les iba pasando dinero mientras se tiraba a medio Malecón. Entró a currar en una sastrería. Sastrería Sol, se llamaba. Y por lo visto tenía un don: cortaba como nadie. Los trajes más complicados, para él. Era finísimo, el perla. Bien, pues el tío, de repente, se vio tomándole las medidas a Frank Sinatra y a un huevo de mafiosos italianos que iban al hotel Continental. Y se lo creyó. Como para no creérselo... El pobre infeliz había huido de la aldea a pie y se había embarcado hacia Nueva York, colándose de polizón en un barco, pero se equivocó y apareció ahí. Imagínate: de una aldea sin luz, ni agua, ni nada, solo vacas idiotas y montes salvajes y leyendas de mierda y mujeres de negro, y aparece en La Habana de las trompetas, los casinos, los neones. Le debió dar un parraque en la plaza de las Armas cuando le entró la primera jaca. Literal.

Pues ese tipo que cortaba tan bien cortó con la familia. Llevaba ya años con otra vida y un día que había bebido demasiados daiquiris de fresa va y le cuenta, por fin, la historia a alguien. ¿Quién era? ¿Era el puto Hemingway? ¿Escribió una novela? No, joder. Dispara: fuego, mal. Te quedan cuatro. Pues no, hostia, era mi padre. Literal: mi padre. Mi padre le sacó toda la información, le preguntó dónde estaba la aldea, qué tierras tenían, de qué vivían allí. ¿Me entiendes? Mi padre se había arruinado invirtiendo en un hotel de La Habana Vieja y lo perseguían los mafiosos, así que tenía que pirarse cuanto antes. Y se subió con mi madre al barco e hizo el viaje al revés. Un indiano al revés. El pavo se planta aquí, cuando ya había muerto la primera mujer del sastre, y suelta que era familia. Que era hijo del sastre que había cortado la comunicación con ellos. Que había enfermado, que se había arruinado y enviado todo lo que tenía. Y lo acogen, joder, para que luego digan. Le dan una casa y hasta un trozo de monte. Y se instala aquí.

Y luego nazco yo. Igual por eso siempre estoy fuera de sitio. Tendría que haber nacido en la Perla, no en este sitio. Que yo tengo la sangre caliente, por eso me pasa lo que me pasa. Pero ya crecí aquí. Y mi padre, solo en casa, me contaba cosas de Cuba, de lo que estaban haciendo allí. Y nos ganábamos la vida como podíamos. Porque antes todo era mejor, ¿me entiendes?, todo era, no sé, mejor, y te voy a dar una prueba.

Yo comía los berberechos a puñados. Pero literal. Pídete ahora un plato en un bar. Pues antes iba a la ría y me llenaba los bolsillos gratis. A veces había ido con Soledad, que tenía diez años más, antes de que se fuera a la Capital a hacerse la estirada: era tan pesada y ridícula y estirada como ahora, pero me explicó los trucos. Cubos enteros, llenaba. Y no solo de berberechos. Navajas, joder. Que la gente me llamaba Cosme Navaja mucho antes de que empezaran a llamarme el Sheriff, y pensaban que era porque era un poco delincuente, pero qué va, hostia, era de cazar navajas. Aquí la gente ponía un poco de sal en la arena para que respiraran y salieran y entonces cogerlas. Yo tenía un truco: ponía una bala en la punta de una ballesta de paraguas, hacía un agujerito en el trocito de arena que latía y, cuando asomaba el ojo, que se abría entre las valvas, hundía mi arma y bloqueaba la navaja y no volvía a caer. Una tras otra. Y me las comía. Calidad de vida. Búscalas ahora en los bares, que te arruinas. Todo era más fácil antes. Todo es difícil ahora. Todo era mejor antes, diferente. Ahora todo es igual. Esto está torcido. Vamos a por un cacharro. Dispara, dispara: fuego, mal.

Todo es falso ahora. Mira esta escopeta. Falsa. Mira mi primera mujer: falsa. Que ha venido por uno del curro de la hermana, que seguro que se la está follando. ¿No me merezco otra oportunidad o qué? Cuando yo era perito y me iban bien las cosas, bien que me quería. Desde el día que fuimos a coger navajas juntos, que me la presentó Soledad. Y luego nos las comimos poniendo un poco de limón de su huerta. Y allí pasó todo, ¿me entiendes o no me entiendes? Y así tiramos, hasta cuando me saqué la carrera de perito agrícola y me convertí en el Sheriff. Literal.

Porque aquí hicieron eso de la concentración parcelaria. Juntar tierras. Al principio les costó entenderlo, lo comentaba siempre con el Conde. Cada vez que moría un padre, las tierras se partían entre todos los hijos, así que cada vez eran más pequeñas, que ni los tractores podían girar. Y lo que les ofrecía el Gobierno era juntar esas pequeñas y ofrecer una sola con salida a vial. Que mira que es fácil de entender. Pero ellos defendían lo suyo, que mal no me parece. Y se discutían por tener su trocito, que era peor de lo que les tocaría, pero que era suyo. Desconfiaban. Normal.

Pero yo era como el Sheriff y los fui convenciendo: ponía los marcos y mojones, dividía las fincas, las medía, trazaba las fronteras, mediaba en los conflictos. Era el puto Sheriff y el monte era mi lejano Oeste: ¿te fijaste que la gente aquí saca la cartera rapidísimo para pagar, en las fiestas? Hasta en eso son como pistoleros, duelos de desenfundar rápido. Cuando digo lo del Oeste, lo digo de verdad.

Aquí había cosas, incluso montes bastante grandes, escrituradas con una firma en una servilleta. «*Sempre se fixo así*», decían, si les preguntabas. Fíjate en las orquestas, es lo mismo. La comisión va de puerta en puerta para recoger dinero, como tú este verano, y acaba juntando un pastón, porque siempre se quiere dar más que el vecino y porque es un estigma que se sepa que no has dado o que diste menos que el año anterior. Así que al final tienen cincuenta mil euros en billetes manoseados, que a ver cómo declaras eso a Hacienda. Y al final, como quieren la mejor Orquesta, ya ves este año, pueden llegar a pagar quince mil euros en efectivo. ¿Ves algún notario? Porque yo no, solo veo a Francisco Alegre bailando, que tiene pinta de haber cantado temas pero no de haberse sacado unas oposiciones. Lo firman ahí en la taberna con un apretón de manos, un papel de la libreta de espiral escrita con un Bic y un chupito de licor café. «*Sempre se fixo así*», como el monte. ¿Sabes la canción esa de «atravesar el viento sin documentos», que es mi canción con mi mujer? Pues eso. Literal, eso: sin documentos.

Así que ese era mi trabajo, y no era fácil. Si dos vecinos se querían matar por una tierra que no estaba nada clara en los papeles, lo hacían con mi permiso, ¿me entiendes? Yo iba a las particiones con mi escopeta, no como esta. No la iba a usar, era de caza, pero por si las moscas, y además me quedaba bien. Igual ellos andaban a hostia limpia, o a punto de matarse con la guadaña, pero me veían aparecer y me respetaban. Me respetaban hasta los más locos: desde la señora aquella con sombrero y peluca pegada que decía que hablaba con el rey cada noche a la hora del telediario hasta aquellos tres hermanos que llamábamos los Dalton y que aparecían en el pueblo a caballo. Todos creían que tenían razón, claro. «Nosotros seremos tontos, pero si viene un coche rápido nos apartamos», decían, que es algo que se dice mucho aquí. «*Sempre se fixo así*», decían. Pero acababan cediendo, porque *«hai que ir cos tempos»*.

Solo yo entendía a esos locos. Igual por eso el cabrón del Hijo del Conde me pidió consejo una vez para, agárrate..., un juicio por la cordura. Un amigo suyo inglés, que era abogado, le había dicho que si quería podía sacarle la pasta a su padre, que no había forma de que palmara y que le pasaba una semanada como si fuera un niño, pero no le dejaba tocar la pasta. Esto fue hace mucho, cuando yo tenía poco más de veinte y empezaba a trabajar como perito de las tierras. Me pidió ayuda, porque quería cascarle al padre una demanda por incapacidad para quedarse con la gestión de toda la fortuna. El Conde había tenido el primer infarto poco después de quedar viudo. Y es cierto que estaba un poco raro: se había montado la cabaña aquella y vivía por allí a su rollo. Además, cuando bajaba a la taberna, se ponía a soltar discursos muy raros sobre el eucalipto y las enfermedades del monte como espejo de la avaricia humana, y cada vez hablaba más de seres mágicos del Valle: contaba leyendas como si fueran verdad y cosas que le habían pasado como si fueran leyendas. Pero loco no estaba, eso ya te lo digo yo, que yo hablaba mucho con él en esa época. El hijo había venido cuando la operación y se había quedado allí, consolándolo por su salud y por la madre muerta. Supongo que vino para justificar que luego pediría ser el tutor de la fortuna: fue cuando estuvieron más unidos, en el hospital y meses después, pero resulta que todo era falso. Falsos. Decía que la prueba era que alguien que se había hecho rico con los eucaliptos no podía decir esas cosas de ellos y que diría en la vista que lo veía capaz de arrasar o malvender o hacer cualquier majarada con su madera y su patrimonio. Intenté sacarle de la cabeza el pleito por incapacitación. Iba a salir mal parado. Pero un día le llegó la citación al Conde y, cuando empezaron el informe forense, llamaron a un montón de gente para decir si el Conde estaba o no loco. Ahora me parece increíble que le hiciera eso, pero aún más que el Conde lo perdonara años después. Supongo que no tiene a nadie más, al menos de su sangre. O se creyó que su hijo lo había hecho por su bien, vete a saber. Falsos. Todos falsos. Mira, dicen que hace unos meses lo ha vuelto a traicionar. Ha intentado sacarle la parte de la madre. Falsos. Ya me la sopla todo eso, pero fue a mí a quien recurrió entonces para el consejo. Porque yo era el Sheriff.

Se nota que yo ya no estoy, mira el Casiguapo y el Ambipur, que siguen con la misma matraca desde que yo era el Sheriff: si se encuentran hoy, te digo que se matan. Pero yo los controlaba. Y me sacaba una pasta. Pero luego pasó eso, el accidente. La puta prótesis en el tobillo. Ahora sé siempre cuándo va a llover, y me pagan una pensión de mierda por no hacer nada. El Sheriff cojo. Pero a cambio no puedo ni subir al monte ni hacer mi trabajo.

Yo llevaba mucho tiempo retirado, dándole al vaso en el bar y poco más, cuando conocí a Samanta por internet. Piensa que he vivido más de la mitad de mi vida sin internet. Cuando llegó, ya había acabado mis estudios, así que me lo tomé como un juguete. Descargaba fotos de jacas desnudas, descargaba canciones cubanas para recuperar algo de mi sangre, hasta me hice un correo electrónico de esos graciosos: <erestujohnwayneolosoyyo@yahoo.es> (siempre daba mal la dirección por culpa de las dos íes griegas).

Y, claro, yo estaba harto de ver las mismas caras en el Valle, cada día igual que el otro, salvo alguna fiesta, siempre ahí, vestido con los mocasines y los putos polos de marquita pero comprados en el puto *outlet* ese de las afueras de la Ciudad, así que me puse a hacer amigos en foros que hablaban de música cubana, aunque también contacté con alguna mujer. Después de décadas atrapado viendo las mismas caras, imagínate poder conocer a otra gente y a otras mujeres, que serán iguales, pero las de internet parecían diferentes, al menos a las del Valle y a Carolina. Nunca llegó la sangre al río, hasta hace muy poco, cuando conocí a Samanta. Me mandó fotos, claro, pero eso no fue lo mejor, que yo no me despisto solo por la foto de una mujer desnuda. Lo mejor fue cuando me habló de lo de las criptomonedas. Mira, no te lo voy a explicar, porque eres joven. ¿Puedes beber ya? Pero esa sí es la puta revolución, y no la de los barbudos. Literal. Ni putos bancos ni intermediarios, ¿me entiendes? Mientras esté encendido un ordenador en algún punto del mundo, ese sistema funciona sin pedir permiso ni a Dios ni a los políticos ni a los banqueros, putos delincuentes.

Al final nos juntamos y puse un rincón de mis ahorros. Bueno, lo puse todo. Y en nada, en cuestión de meses, bum, se multiplicó por cinco. Lo tenía guardado ahí, en un monedero virtual. También en un lápiz de memoria de esos. Y, siempre que quería cambiar algo, pues metía una clave y ya está. Pero me empezó a dar miedo que me lo robaran un día, el papelito con la contraseña, en la taberna o mientras dormía. Empecé a dormir con la escopeta, que es un poco de loco, pero vete a saber. Y me lo metía dentro de los calzoncillos, en los huevos. Lo de enviármelo por mail o al teléfono quedaba descartado: es una regla de oro, es peligrosísimo hacer eso, te lo pueden birlar los de arriba, se han dado casos, muchos casos. Mejor el papel. Hasta que al final Samanta vino a buscarme y nos piramos. Sin más. Teníamos dinero. Nos fuimos y dejé a mi mujer. Un error, lo sé, pero todos podemos equivocarnos. Cagarla es de personas humanas, ¿me entiendes?

Dicen que a Samanta la trataba mal. Y a Carolina, mi mujer. Pero nunca les puse la mano encima. Gritos, los que quieras, tengo carácter. Y la sangre caliente. Pero ¿la mano encima? No, que yo recuerde. Una vez Samanta se cayó por una escalera, sí, pero no la empujé. Tropezó, joder. Y a Carolina nunca, jamás. Dicen que soy machista. ¡Pero si cedí mi apellido! Ahora todos son machistas. Pero yo amo a mi madre, que en paz descanse. Y a mis hijas. Y a Carolina, aunque sea una zorra. Porque mírala hoy, con el amigo ese de su hermana. Una zorra. Si hasta he renombrado su contacto en el móvil así: «Zorra». Pero la quiero: dejaría que me cortara los huevos con las tijeras de la peluquería, si me permitiera volver. Porque la quiero, sí, ¿me entiendes? Casi tanto como a mi madre. Y a mis hijas, joder, que si necesito el dinero es porque era para su universidad. Las amo con locura. ¿Me entiendes? Con locura. Iria es una muñeca, una muñeca lista. Y Berta también es una muñeca, una muñeca un poco más grande. Pero ellas son las únicas que no son iguales. Si alguien les pone la mano encima me voy a por mi escopeta y te juro que yo no fallo como tú. Le meto la bala en el ojo, como con las navajas. Además que literal, lo hago.

Y, una vez hace unos meses, Samanta va y me dice: «Es muy poco seguro tener la clave de acceso en un papel. Cualquier día la meto en la lavadora sin querer. O te roban en la calle o lo que sea. Tú no puedes llevarla encima, pero yo sí». ¿Y sabes qué hizo? Me llevó a un tatuador en la Ciudad. Me hizo dictársela y se la tatuó en el muslo. Literal, te lo digo: aquí. Yo me ponía cachondísimo cuando subía ahí. O cuando estábamos en un bar y se subía la falda y veía el número. Burrísimo. Que yo tendré cincuenta y pico, pero acelero rápido. Pero la tipa, un mes después, pilló y se piró. Pedazo de falsa. Con mi clave.

Lo he intentado once veces y son doce intentos. Me queda uno. Como a ti; fuego, mal, joder. Me he pasado meses pensando en la clave, intentando recordar la secuencia, probando. De repente me despertaba y pensaba que lo tenía: la tecleaba y, pam, mal. Si recordara la clave, podría retirar el dinero y estoy segurísimo de que Carolina vendría conmigo. Pero es como tener un tesoro enterrado en un sitio en el monte y haber olvidado dónde cojones estaba. Pero en un monte gigante, un monte que mide lo mismo que el mundo. Espero que Samanta no haya retirado el dinero. No creo que le sea tan fácil, porque no tiene mi DNI ni mi cuenta del banco. Creo, vaya.

Vamos al coche, que tengo el ordenador ahí con un pincho de internet. Ahora creo que me la sé, creo que es el momento, estoy sobrio. Vas a presenciar el último intento. Espero que me des suerte, joder. El plan con Ton ha fallado, así que no me queda otra. Sí, es por aquí. Ahora mismo no tengo ni un duro. Lo voy a probar y si sale invito a todo el Valle; si no, voy a por la escopeta y luego quemo todo, a ver si así Carolina se da cuenta de que existo. Espera, que arranca.

Un momento. Ponemos esto aquí, sí. Sí, ahora te escribo eso, joder, pero lo que escriba depende de si esto sale bien o no. Aguántame el cacharro. Ya lo tengo. Mira, le estoy dando. Estoy seguro de que recuerdo el número, tenía que ver con algo de Carolina, de mi mujer, ese número es la prueba de lo mucho que la quiero, por eso cambié la contraseña, para acordarme bien. Igual ya ha sacado todo la puta de Samanta, pero es mi última opción. Ahora lo sé, la contraseña tiene que ver con mi mujer, ya me acuerdo, de verdad. Para que luego diga. Espera, un momento. Espera, espera, que tecleo.

Pam, fuego.

Me cago en Dios. Mal.

6

Ahí vamos. Déjame atravesar el viento sin documentos. Déjame erizar vellos en antebrazos, drenar el líquido negro de la desgracia, subir la temperatura para que el suelo arda y los pies salten.

No existe otro momento del año en que se represente la gran comedia de la vida. Quizá todo esto funciona porque, si bailan, no piensan: alguien que baila es alguien que se impone al desengaño y a la pasta pringosa de la rutina. Quizá por eso todos bailan, salvo Cosme Ferreira, que se ha prometido ir a por su escopeta en cuanto apure la copa; Liberto, que tararea mentalmente desde hace una hora el mismo verso de otra canción («Tú en tu casa, nosotros en la hoguera»); y Ventura Rubal, que se acaba de poner los pendientes de aro con la mirada fija en el retrovisor del camión, del que cuelga un ambientador con forma de abeto y olor sintético a pino.

Baila en el pasado Cristóbal Margadelos, que hoy escucha desde la cama el latido del bombo de la Orquesta como si fuera el bombeo propio, muy atento, como si se fuera a detener si él se despista, y le grita a una de sus criadas que venga y le da una instrucción que parece dirigida a Dios: «Llévame» (lleva tres meses sin abandonar la cama, y no puede moverse). Baila ya sin moverse Placeres Fiallega, las suelas de goma de sus zapatos ergonómicos marcan compases con discreción (de forma muy proficiente, aunque nadie lo sepa) y las palmas de las manos le sudan cuando ve pasar de nuevo, alardeando de esa maldita camisa blanquísima, al Hijo del Conde, que hoy llegaba de Inglaterra porque nunca quiere perderse la Fiesta. No se habla con el padre, pero el pazo es tan grande y el Conde está tan recluido en su habitación que puede quedarse allí sin cruzarse con él.

—Se ve que el Conde tuvo que mandarle dinero otra vez, por lo del juicio —dice una de las abuelas del coro.

—Pues yo no digo nada, pero van unas cuantas, y siempre por lo mismo. —Otra.

—No os enteráis de nada: lo que pasó ahora es que intentó algo otra vez con la herencia. O con la parte de la herencia de la madre. Siempre le salió todo mal, pero sigue con los mismos aires de pensarse que todo es suyo.

—Bueno, si no pasa nada, lo será. ¿Murió aquella actriz inglesa que lo denunciara?

—Era bien guapa, aunque demasiado delgada.

—Pues una vez sí, pero no sé yo si el Conde le perdonará otra vez lo del dinero.

—El Conde ya debe de estar casi muerto. Solo lo tiene a él. Eso quedará así.

—A este paso morirá antes el hijo que el padre. Que el Conde igual no muere nunca.

El prado está lleno a rebosar, pero Placeres, que escucha todo este peloteo de chismes, se ve como una cría que no sabe diferenciar si está triste o enfadada, o las dos cosas, pero se queja porque la han dejado sola, sola con el monstruo. ¡Ay!, qué *soliña* quedaste, María Soliña.

Baila sola Soledad Díaz, en una esquina, mirando el móvil con funda de estuche: «Esto es perfecto para desconectar», acaba de teclear con el dedo índice y las gafas en la punta de la nariz, lentísimo, con el vaso de tubo encajado entre los muslos. Baila mientras mea en las ruedas de un coche Miguel, que ha querido acompañar a Francisco Alegre para que le siguiera contando sus historias (aquella de cuando cantó en una orquesta más rockera: cuando enchufaron la pea de los amplis, las vacas salieron en estampida, jamás habían oído un trueno así, o la de su tío abuelo, que volvió de América ya senil y que pensaba que su casa de aldea era un hotel tropical: pastaba a las vacas con un terno de lino blanco, las perneras siempre perdidas de lama, y tenía hasta campanita para llamar al servicio, que nunca iba porque no existía).

No baila Caridad Villaronte, aunque sí lo hacen todas sus amigas, dispuestas en círculo para dejar los bolsos en el centro y tenerlos controlados, y si no baila es porque piensa demasiado. Ahora, por ejemplo, mientras toquetea el cierre del *piercing* negro de su nariz, en si es demasiado pronto o demasiado tarde para todo. Para contestar a su novio, desde luego: lleva doce horas sin hacerlo. Él, más que por vencido, no se da por aludido, así que insiste. Caridad, la Muñeca del Valle, no monopoliza todas las miradas como hace diez años (cuestión demográfica, hay nuevos reclamos), pero quizá también porque es el momento de que ella mire: cuando oye «quiero ser el único que te muerda la boca», observa —una mirada que parece un desliz o un sedal— a Ton Rialto, que en ese momento levanta los brazos, con el brazalete negro de Capitán, a hombros de dos de sus amigos. Porque buscando tu sonrisa estaría toda mi vida. Desde ese trono elevado, canta en clave de lo (ahorrándose la letra), pero mira nervioso a su alrededor, porque sabe que podrían venirlo a buscar hoy por todo el fiasco de la operación con la furgoneta de la panadería (no vendrán los que le encargaron la misión, eso lo sabe porque nunca dan la cara, sino otros desgraciados como él). El Casiguapo podría entender ese temor aparentemente paranoico, si no fuera porque ha olvidado que, en cualquier momento, podría aparecer el Ambipur, que sigue con su camino a pie, monte a través. Miguel podría entenderlo también, porque su trabajo es entender no tanto con el fin de explicarlo, sino más bien de contarlo. Ahora, incluso él baila: lo hace para disimular, porque en realidad ya está escribiendo. Escribe bailando (o eso le gustaría).

Por ejemplo, esto: las de la Orquesta no son las canciones que estas personas escucharían en casa, las que pondrán en su funeral o en su boda. No son las favoritas de cada uno, sino las que conocen todos, vivos y muertos: el esperanto musical que trenza generaciones, escenas y vidas a través de las décadas.

Iria Agarimo se persigue con sus amigas: son como una nube de estorninos que vuelan dibujando eses y círculos para encontrarse y distanciarse, mientras avanzan de un lado a otro de la plaza en grupo, una bandada de zapatitos blancos de hebilla, coloridas bambas de velcro, vestidos floreados con volantes, cintas de raso rojo en las coletas. Cuando llega el calor, los chicos se enamoran, es la brisa y el sol. La persigue concentradísimamente con la mirada, una mira telescópica, como si quisiera dispararle, el Niño de la Bici Roja, que recuerda las amenazas de Cosme Ferreira, el padre, y que sabe, porque ha mirado la hora, que Ventura debería hacer su entrada en cualquier momento. ¿A qué espera? El público es un potaje graso de preocupaciones y consuelos al punto de ebullición, ni siquiera se han ido los más mayores y aún no se han dormido del todo los más pequeños. ¿A qué espera?

¿A qué esperas, Ventura? ¿A qué esperas? ¿A que pase otro año? ¿A que nunca pase? ¿A que todo arda o todo se apague? Suena, por fin, su canción.

Ventura se ha persignado antes de bajar de la cabina del camión con su vestido de tubo de lentejuelas negras. Camina hollando el pasto con los tacones, los tobillos zozobrando, dudando de si verdaderamente vale la pena hacer esto. Por qué, para qué y para quién. Porque sí y para él. ¿Ahora, por ejemplo? Ahora.

«Con potente música vengo, con mis cornetas y tambores, no toco marchas solo para aquellos a los que se reconoce como victoriosos, toco marchas para los conquistados y aquellos a los que han dado muerte», dice alguien, alto y claro a dos siglos de distancia.

Explota, explótame, expló. Aquí lo tenemos, bajo una luna que es una tajada de melón, de un melón de neón. Y explota, explótame, expló, explota, explota mi corazón. Al principio pocos lo ven, pero las aguas de gente se abren a su paso como el mar Rojo. Camina con los brazos en jarra, aunque a veces se lleva la palma de la mano a los labios para besarla y luego soplar el beso en dirección a algún cretino que lo insultó en este mismo lugar, en esta misma Fiesta, años atrás, en esa otra noche idéntica a esta. ¿Dónde está toda esa dureza? ¿Puede devolverse un puñetazo con un beso y que les duela más?

—Nunca discutas con un imbécil. Te tendrás que poner a su altura y ahí él tendrá más práctica —le dijo una vez Soledad, cuando se metían también con ella.

Ya, pero ni ella se cree eso hoy. Ventura camina y las lentejuelas imantan todas las miradas, las de los que dicen que está enfermo, las de los que dicen que siempre lo estuvo, las de los que no entienden nada y las de los que por fin lo entienden todo. Pasa al lado de Soledad Díaz, que le da un beso en la mejilla. Si él te lleva a un sitio oscuro, que no te asuste la oscuridad. No se cuelga de su brazo para no robarle protagonismo y no aplaude porque en el fondo sabe que, si ella lo hace, nadie va a hacerlo. Ventura sonríe cuando le da el beso y luego fija su mirada lejos, en los columpios de la plaza: allí ve a un niño con su misma cara pero sin arrugas (el sufrimiento del tiempo aún no ha dibujado ese estuario de marcas) que, cuando sonaba esta canción, quería y no quería bailar, o quería, pero no podía. Y explota, explótame, expló, explota, explota mi corazón: la canción que solo podía gritar en la cabina del camión durante el orgasmo. Y piensa también en el famoso pintor sevillano que, décadas atrás, bajó las Ramblas de la Ciudad Grande travestido. Y Caridad Villaronte —que ha estado en casa de Ventura muchas veces, porque solo de él aceptaba con cariño el apelativo de «Muñeca», porque en más de una ocasión la subió al camión para llevarla a donde ella quisiera, su muñeca, como las vírgenes que vestía como muñecas cuando era el Curita— empieza a aplaudir con los ojos encharcados —en realidad, su emoción viene de ver a alguien tomar decisiones que ella rehúye—, mientras se mancha intencionadamente en el prado, la planta de un pie sobre el empeine del otro y viceversa, ese corazón demasiado blanco que son sus Converse All Star. Arropan también con palmas la entrada de Ventura algunas de sus amigas treintañeras. Y luego un par de adolescentes le sacan fotos y las suben a sus redes sociales con mensajes como «No os lo vais a creer». Y las abuelas sueltan, desde el banco y a coro: «No me lo puedo creer». «Yo no digo nada, pero...», dice una, y se queda sin palabras (no dice nada).

Y Liberto mira a Adela porque —mira, chica; mira, princesa; mira, mi Patti; mira, mi Janice; mira, mi Joan; mira, mi Courtney— hay quien se atreve. Y, aunque el aplauso no es cerrado en este pueblo que siempre lo fue, hay palmadas dispersas que suenan por encima de la Orquesta hasta que es Ton Rialto el que se acerca a Ventura, le pone el brazalete negro de Capitán y le pide un baile. Ventura Rubal rechaza el brazalete, pero acepta la mano: querría detener el momento y, por alguna razón, se acuerda de aquel cura a quien le limpiaba los bancos de la ermita y de quien vestía las vírgenes. Y piensa en él porque recuerda de repente un pasaje de la Biblia que un día le leyó: cuando Yahvé detuvo el sol en Gabaón y la luna en el valle de Ajalón para que los suyos pudieran acabar con la matanza de los amorreos. El cura se lo decía cuando se rumoreaban nuevas emboscadas a huidos o a maquis o como se llamara a todos esos que se resistían a volver a la realidad, al duro llano de la Historia, pero él lo aplica ahora a otra oración. Y le reza el Curita a Dios, aunque ya no cree en él, para que detenga hoy luna y sol, para que se haga justicia y que hasta el último hijo de puta de este Valle (también cada persona buena) pueda aplaudir. Porque casi todos aplauden, ahora sí, espoleados por el gesto de Ton, su retoño más popular, detectando que este será el momento memorable de la Fiesta (el cromo dorado de este año). Cuando el Niño de la Bici Roja lo ha visto, estaba lamiendo una piruleta con forma de corazón: cuando Ventura le ha sonreído, él la ha mordido y luego ha tirado al pasto la otra mitad. Las primeras hormigas se han interesado por ese trozo de rubí de caramelo mientras él se sumaba a los aplausos con las manos ya libres.

Ventura Rubal, vestido de lentejuelas negras, a punto de bailar con Ton Rialto, el Capitán con la oreja mutilada. Tres hortensias (verde, azul, roja) fosforecen en el cielo: alguien (y ha sido el Casiguapo, que no heredó de su padre cohetero su maldad no tan banal, pero sí el infantil amor por la pirotecnia) ha decidido adelantar tres fuegos artificiales para fijar el instante, que se confunden con tres disparos al cielo de Cosme Ferreira, con la escopeta que acaba de probar en su casa, que piensa usar para ir por el monte a descargarla y descargarse acertando en árboles o jabalís, porque, si hoy no dispara a algo, se acabará disparando a sí mismo.

«Con todos ustedes, Ventura, la reina de la Fiesta», dice el Niño de la Bici Roja, aunque solo lo escucha Miguel, que ahora irá a hablar con él a aquella parada de autobús de la carretera, del autocar, del coche de línea. Esa futurista cápsula de plástico con banco que una Caja de Ahorros instaló cuando el novelista, ahora algo borracho y demasiado locuaz, era un niño tímido (casi crónicamente apenado, episódicamente retenido por el asma, encerrado siempre en los cuentos) y que ahora no es futurista ni blanca, sino gris (el logotipo de la caja se ha borrado) y muy viejita.

Y Ton Rialto y Ventura Rubal bailan por fin agarrados. Explota mi corazón. Como no podría ser de otro modo en una novela y como nunca pudo ser en el Valle hasta ahora. En el amor todo es empezar.

VI

De repente, en la mitad de la noche, llamaban a casa. El teléfono aún sonaba con un rin, rin, rin, y tenías que descolgarlo sin saber quién había al otro lado. Quizá por eso ahora muchas veces no lo coges, pero antes descolgabas incluso de madrugada con una mezcla única de temor e ilusión, después de haber arrastrado las zapatillas por el pasillo hasta la mesita supletoria del sofá. «¿Diga?», pedías. Porque en aquel momento todo empezaba con una pregunta, no con una afirmación. Y entonces escuchabas una respiración fuerte, y una voz, que solía sonar un poco metálica, decía:

—Te llamo desde muy lejos. No me conoces de nada. Pero soy tu primo.

Era algo como de cuento de fantasmas o de suspense. O de culebrón futurista, tipo *La guerra de las galaxias*. En realidad, era algún pariente lejano, partes de la familia que se habían quedado en América, hijos bastardos o sobrinos olvidados de antepasados que habían emigrado décadas antes para buscar allí fortuna. Creo que escribo por esas llamadas. También por las historias que siempre se explicaban en el Valle de los que habían vuelto. Sí, qué locas eran algunas y qué bien sabían maquillar sus miserias con sus mentiras.

Algunos de esos emigrantes llegaban con un reloj de oro falso, con un cochazo alquilado en la Ciudad más cercana, con una radio o unos dulces. A veces volvían sin nada, salvo que volvían con algo: una historia. Como aquel explorador, Álvaro Cabezadevaca (sí, da risa el nombre), que se enroló en la nave de un capullo llamado Pánfilo (podría haberse ahorrado el viaje, con ese nombre), que vivió mil aventuras y penurias en la América del siglo XVI. Regresó arruinado, y cuando llegó aquí le mandó una carta al rey para aprobar la publicación de su crónica: «A la cual suplico la reciba en nombre del servicio, pues este solo es el que un hombre que salió desnudo pudo sacar consigo». Joder, tengo hipo. Volver sin nada: solo una historia en parte inventada y el fracaso en el que esta cuajaba. Así que yo alucinaba con esas llamadas en mitad de la noche: descubrí que las ficciones pueden servir para eso, precisamente para ocultar fracasos o dignificar vidas, para hacer más tolerable el dolor gratuito. Y entonces empecé a escribir.

Ahora también estamos en la mitad de la noche. Eso es lo que pensamos, claro, porque en realidad todo puede cambiar en un segundo y que todo acabe antes.

Si esto fuera una novela, también estaríamos en el ecuador, siempre que no le pase algo al escritor, al lector o a los personajes que pueda interrumpirlo todo. En realidad, es tan milagroso que una novela —o una noche— acabe como que una novela —o una vida— empiece: flipa, dos desconocidos entre los ocho mil millones de seres humanos de todo el planeta tienen que encajar para que solo entonces un espermatozoide remonte corrientes titánicas, distancias mil veces mayores a su longitud, con el fin de imponerse a doscientos cincuenta millones de compañeros de eyaculación, del calambre de esos dos segundos de jadeo final. Y luego que no haya un susto durante el embarazo o en el parto. No te quiero poner nervioso con mis metáforas de mierda, que sé que esperas ya a una hermanita. Ya he visto a tu madre antes. Todo irá bien. Me dais solo un poco de envidia, tu hermana y tú, con todo por delante.

Tengo cuarenta y dos años, y a esta edad somos un poco como niños cansados que no saben si están enfadados o tienen sueño. Se nos pone cara de Bisolgrip Forte, queremos comprarnos bambas de colores y juguetes caros, nos cuesta dormir. Además, sabemos que nos hemos bebido la mitad de la cerveza y, aunque esperamos tener tiempo de tomarnos el resto —y eso nos alivia—, sabemos que los tragos más frescos y espumosos quedaron atrás. Otra vez, metaforitas. «Putas metáforas», me dice mi mujer, cuando le digo en plena discusión: «Esto que sientes es como cuando ponemos una lavadora el domingo y...». Pero sí, he llegado a la mitad de la vida: eso es lo que pienso, lo que me digo, aunque es obvio que, incluso aunque las estadísticas me den la razón, puede que tenga por delante mucho menos de lo que ya llevo.

¿Por qué? Porque puede pasar cualquier cosa. A ti, por ejemplo, ¿qué te pasa? ¿Nada? Bien, pues mi labor es pensar en todo lo que te pasa cuando tú me dices —algo triste, con un poco de *carusa* de susto, a lo mejor por todo lo que te está diciendo la gente del Valle hoy— que no te pasa nada. Entender todo lo que pasa, en general, cuando parece que no pasa nada.

Yo no sabía sobre qué escribir, y aquí estoy. Me he venido a un sitio donde dicen que no pasa nada, porque sé que es en estos sitios donde puede pasar de todo. Y juego con desventaja, porque no me sé el nombre de todos los árboles ni sabría reconocer el trino de un pájaro (molaría un Shazam de plantas y sonidos). Vivo en la Ciudad Grande, donde sí me sé los nombres de las paradas del metro, pero donde soy incapaz de atrapar qué les pasa a todos los que me cruzo por la calle, por qué son así, por qué votan asá. Incapaz de escribir el presente, que va demasiado rápido, vengo aquí con la candidez de quien cree que puede viajar en el tiempo y volver al pasado. Algunos dirán que es nostalgia, y lo dirán los que quieran decir que la nostalgia es siempre mala, aunque, en realidad, pueda servir tanto para reverdecer fascismos y vender cosas (aparatitos, discos, libros, galletas, programas electorales) inanes o tóxicas como para oponerse al brío idiota y tiránico del progreso. Nos la brinda como único consuelo quien logra capitalizarla. Creo que, como sucede con el campo y la ciudad, o incluso con la dinamita o el azúcar, la nostalgia no es buena o mala, sino que depende de cómo la usemos. Para recordar al bueno y borrar al malo, por ejemplo. Perdona, que me parece que tengo hipo.

Aunque, bueno, aquí es distinto de la Ciudad: para empezar, este es el único lugar del mundo en el que me llamo Miguel. No sé si es mi verdadero yo o el yo de cuando aún no había decidido quién era. Cuando me cambié el nombre para lo que escribía, porque murió uno de mis mejores amigos con mi mismo nombre y apellido (esa historia te la cuento otro día, que estoy algo borracho e igual lloro). Pero el caso es que he venido aquí, donde me he aburrido a morir durante largos días de verano, donde he tenido las peores crisis asmáticas (creo que soy escritor y que tengo este miedo loco a morir mal por culpa de ellas) y donde me caí en un bosque de ortigas, porque aquí me llamo de otra forma, así que aquí miro y respiro y escribo de otra forma, sabiendo que puedo ser yo mismo desde la consciencia de que, en sitios como este, ese yo mismo es aún menos sincero que el que se muestra desde el anonimato. Es raro, ¿no? Igual no estás entendiendo una mierda, pero creo que eres listo. No listillo, listo. Solo hay algo peor que un tonto: un listillo, porque es un tontaco que no lo sabe. El mundo está lleno, cada vez hay más. ¿Quieres pipas de las mías? Pon las manos. Te las mereces por esta turra.

Mira, aquí sé de dónde salen los personajes y por eso puedo jugar mejor a adivinar por qué hacen lo que hacen, sobre todo si tú me cuentas todo lo que te están diciendo y si me pasas estos papeles con los mensajes.

El de Soledad, esa facha que, sin embargo, fue tan moderna en la Capital, con su pandereta y sus *zuecas* pintadas. O especialmente el de Ventura. Yo no sabía qué escribir hasta que lo he visto con ese vestido de Nochevieja. Ese vestido es una pista, pero no sobre él, sino sobre todos. Como las *zuecas* que antes me enseñaste: también son una pista. O como los mecheros estos de TODOS CONTRA EL FUEGO que hoy todo el mundo lleva encima. Pistas, sobre todo y sobre todos. Pistas, pistas, ¡pistas! Estoy bien, sí. Controlo. No te preocupes.

Miro a la gente como miro los retratos. ¿Te has fijado en las fotografías enmarcadas en las casas del Valle? No te pregunto si las has mirado, porque en realidad siempre he pensado que nos miran ellas a nosotros. Nos piden, sin alterar el gesto porque alguien las vigila, que las saquemos de ahí, del pasado, tan lejos, y que las traigamos con nosotros, cerca. Ahora las fotografías son distintas: se toman haciendo cualquier cosa, en el baño, en el restaurante, antes del chapuzón en la piscina, en la cola de Hacienda. Lo importante es la persona, no la foto, y hay tantas que ninguna importa. En cambio, en esos retratos de las casas lo importante era la fotografía: parecía que el protagonista diera las gracias por ser fotografiado. A veces creo que lo que pasa en esas fotos es que eran tan obedientes, tan sumisos, que siguen ahí, esperando el clic. No están muertas esas abuelas de luto o esos bebés con gorrito de croché o esos abuelos con cara de granito y mirada de animal triste. Lo que pasa es que están esperando al clic, a que alguien los avise para seguir con sus vidas.

¿Te imaginas que pasara eso? ¿Que alguien pulsara por fin el botón y que, de repente, volvieran a salir de casa y vinieran, por ejemplo, a la Fiesta de hoy, y se encontraran con ellos mismos viejos, o con los bisnietos que no conocieron? ¿Que vieran los árboles que plantaron, ahora convertidos en monumentos gigantes? ¿Se pelearían o bailarían o se irían directos a la cantina o a comer cacahuetes en el banco de piedra? «¿Abrazo o puñetazo?», como diría el Casiguapo. Pues en realidad eso es lo que creo que pasa, al menos mientras pensemos en ellos. Que están todos por aquí, como lo están los *mouros* y las *mouras*, la Compaña, todos los personajes legendarios del Valle. No se han ido: en realidad esperan a que alguien los vuelva a contar. Al clic. Clic, clic, clic. CLIC. ¿Me estoy poniendo pesado con esto del clic? Es que es importante esto del clic. Mira, una vez recibí una llamada de un contacto de un amigo que ya estaba muerto y pensé que quería hablar conmigo. Era su madre, que le había preguntado el pin a la novia de su hijo. Pero pensé, por un momento, que me llamaba. Aún ahora lo pongo en Google Imágenes porque ahí sigue vivo. Cosas mías. Perdona el eructo. «El eructo en público es pecado venial, el pedo es pecado mortal», me decía mi abuela, que se tiraba muchos cuando jugábamos a la brisca y ella le daba al bicarbonato.

Yo, por ejemplo, miraba antes a mis niños. Cuatro y dos años. Los miraba a ellos, pero ¿qué veía? Me veía a mí, también. Apartándome del meollo, algo triste por cualquier tontería (los zapatos desatados del cantante, por ejemplo, o la camisa que le queda pequeña o el dobladillo del pantalón que le va grande), sintiéndome viejo a los doce años. A mi edad, no solo nos pasa que nos queremos comprar zapas de colores o ponernos un pendiente, sino que perdemos de todo, salvo peso. Perdemos a gente querida, también, a nuestros mayores y eso nos hace sentir en primera línea de la trinchera. Y miramos atrás y están esos niños. Y dudamos de si queremos o no queremos que se parezcan tanto a nosotros: nos enorgullece y aterroriza que así sea. No queremos que sean robots pero tampoco demasiado humanos, que sientan pero que no sufran. Sobre todo cuando nos preguntan cosas facilísimas que, sin embargo, no sabemos cómo contestar. De dónde sale el agua del mar y del grifo, vale, pero no solo eso.

Mi hijo, que además es muy amigo de Iria (si quieres ganártela, que te he visto, vete a verla con él un día), me pregunta ahora qué es de Mundo Dibujos y qué es de Mundo Real. No tiene claro qué es ficción y qué no. ¿Los gnomos son ficción? Sí. ¿Los cachorros que hablan vestidos de policía y bombero son ficción? Sí. ¿Podrían venir a merendar un día? No, pero podemos invitarlos, imaginarnos que vienen. No lo convenzo. ¿Los gigantes son ficción? No lo sé, hay gente muy alta. ¿Y los enanos? No son ficción, pero no se dice enanos, creo. ¿Superman y Spiderman son ficción? Sí. ¡Pero entonces nadie nos protege! ¡Nos puede pasar algo en cualquier momento! Ya. Porque los villanos no existen, esos son también ficción, ¿no? ¿No, lamentablemente los malos existen, incluso los que tienen mucho poder y máquinas del infierno. Lo pienso, pero digo: no, no existen los malos, existe gente que hace cosas malas, eso sí. Hay mucha, de hecho. Tú y yo, si nos descuidamos. ¿Y los vaqueros y los astronautas y los buzos y los karatekas existen? Sí, aunque a veces creo que primero se inventaron en los cuentos y solo luego aparecieron en la realidad. ¿Y los agujeros negros? Sí, creo, eso dicen. Y que el universo se expande. Pero entonces, si se expande, es que alguna vez fue muy pequeño. Sí, tanto como una pelota de fútbol. ¿Pero antes? De tenis. Pero entonces ¿qué había antes de la pelota de tenis? Pues una pelota de ping-pong. ¿Y antes? Una canica. Pero antes, ¿qué había antes de eso? No había antes. Porque no existía la materia y por tanto no existía el tiempo, pienso y no digo. Supongo que una canica tan tan pequeña que no la veíamos. ¿Y los dinosaurios? ¿Los dinosaurios existen? Ni de coña, ¿no? Son mucho más raros que Superman y Spiderman. Pues sí, existen, pero ya no, se murieron. Pues qué pena. Bueno, ha pasado mucho tiempo, ya ha llorado mucha gente y, como se murieron todos, pues sus familias no los lloran. Y además sí existen: en el pasado (los diplodocus siguen dándose abrazos de cuello ahí), en las galletas Dinosaurus, con forma de dinosaurio marca Artiach, y también en los dibujos que de ellos hacemos juntos. ¿Pero murieron de un virus, del virus del año pasado? No, un meteorito, una piedra enorme. Sí, he oído hablar del meteorito. Pero, ¡un momento!, entonces me dan muchísimo miedo los meteoritos, más que los malos. No, a la gente que hace cosas malas a veces no la ves venir, pero los meteoritos sí: tenemos máquinas para detectarlos y entonces irnos a otro sitio. Sí, ya, pues los dinosaurios no lo vieron venir.

No, es cierto, no lo vieron venir, hijo. Y entonces aprendo que nuestros miedos y nuestros consuelos no tienen que ver con lo que existe en realidad, sino con lo que alcanzamos a imaginar. Y que hoy podría bailar un fantasma con Francisco Alegre y no sería tan raro, porque no está tan claro lo que existe y lo que no. Si cada uno de los vecinos de este Valle nos cuenta su historia, todo, absolutamente todo, es posible y es verdad, aunque mientan. Para empezar, toda esta gente no existe para casi nadie, porque casi nadie ha escrito sobre ellos, ni los ha nombrado, y eso que algunos tienen unos nombres que flipas, de los que te acuerdas, más raros que los de los árbitros de fútbol, así que ni siquiera ellos creen que sean alguien y, quizá por eso, si les preguntas qué les pasa, te dirán «Nada». Y yo querré explicar todo lo que pasa cuando ellos dicen que no pasa nada. Porque las vidas de estos vecinos pueden ser tan extravagantes y duras como sus nombres. Y yo, que estoy a la mitad de la vida y de la noche, pues creo que es el momento idóneo para contarlos a todos ellos, porque los veo, al niño y al abuelo, a la misma distancia. Suena estúpido y prepotente, pero solo se atreven a escribir los estúpidos y los prepotentes.

El otro día me lo contaba mi amigo Álex. Cuando tienes cuarenta años, también tienes treinta. Y también dieciocho y catorce y once, como tú, y siete y hasta tres. ¿Que no? ¿Cómo que no? Me ofendes. Mira, te doy tres pipas. Ahora subo a siete. Van cuatro más y once. Espera, que vuelco un poco para llegar a cuarenta, que no tenemos toda la noche. ¿Ves? Venga, tienes cuarenta. Ahora yo te pido: dame tres pipas. ¿A que las tienes? ¿A que cuando tienes cuarenta también tienes tres? ¿Que no cuela? Ya.

Pero bueno, volvamos a esta clase. Creemos, Niño de la Bici Roja, que estamos a mitad de la noche, del concierto, de la novela y de la vida, pero en realidad, como la gente piensa que no pasa nada, podría pasar cualquier cosa. Hoy ha rabiado el sol, así que podría ser de tormenta e incluso estar a punto de granizar. O, siempre hay una primera vez, un platillo volante lleno de una raza alienígena pastillera y muy fiestera podría aterrizar al lado de la Iglesia y tomar este Valle. O, siempre hay una segunda venida, podría aparecer una manada de *T. rex*. O podría venir un viento tremebundo y llevarse el escenario y las boinas y los niños. O podría desatarse un incendio: ha habido muchísimos este año, por eso han repartido tantos mecheros de TODOS CONTRA EL FUEGO que rescataron de una bolsa olvidada en un armario del Ayuntamiento (son de aquella campaña del Gobierno de principios de los noventa, cuando yo tenía tu edad) y casi no ha llovido. ¿Cómo no vamos a mirar al pasado si el presente es inexplicable porque va demasiado rápido y si el futuro del planeta se acaba, si los dinosaurios no lo vieron venir? Dicen que cada vez el tiempo será peor, una quinta parte del planeta será inhabitable, una gran migración humana que ríete de los primos lejanos que llamaban a casa en mitad de la noche. Así que, por qué no, puede haber un incendio, incluso cualquiera de estas personas podría provocarlo. Todas, seguro, tienen razones para hacerlo. Todas tienen razones y, gracias al iluminado del alcalde, todas tienen mechero.

Sí, que sí, que yo también te voy a escribir mi papelito. Sé que el Valle lo espera, porque se supone que soy escritor. Aunque esto es como la bondad clásica: no existe tal cosa, solo gente que intenta ser buena. Nadie es escritor, sino que intenta escribir. Más que una virtud es un hábito. Intenta tener una vida buena, una buena escritura. Llevo toda la vida escribiendo cuando toca. Me piden, desde que tenía tu edad e incluso antes, que escriba y lea unas palabras en los funerales, en las bodas, en los bautizos. En realidad, creo que cuando pasan cosas no es ahí —cuando la gente posa para la foto y se escucha el discursito del niño que escribe—, sino cuando cree que nadie está enfocando. De noche, por ejemplo, esta noche. Pero déjame hablar un poco más antes de escribirte tu mensaje, que tampoco es tan fácil: una vez le leí a un autor muy conocido que reconoces a un escritor porque será el que tenga más problemas para escribir un justificante para su hijo que no puede ir a la escuela. Ahora has eructado tú. Es por el gas de la Fanta, tranquilo. Pecado venial.

A mí me da igual mirar a la Orquesta, lo que pasa bajo los focos, en el escenario. Lo que me gusta verdaderamente es mirar a la gente mirando a la Orquesta. No me importa tanto la música, sino cómo reacciona en contacto con las personas, cómo desbarata sus coreografías y suaviza su rigidez. Cómo los une, más allá de gustos y edades. Cómo genera una campana invisible de la que no deja salir a nadie hasta que siente algo, bueno o malo. La música popular no los aleja del resto, sino que los une bajo la misma capota. ¿Sabes por qué? Porque sospecho una cosa: la Orquesta no está arriba, sino abajo. Cada persona interpreta la melodía a su manera. Se esfuerza en su papel, más o menos importante, en un rincón o en el centro, coros o voz solista, triángulo musical, trompeta o tecla negra del teclado. Gozando o sufriendo. La Orquesta, en realidad, somos nosotros. La misma cada año. El bisnieto que no veré es la Orquesta, como lo es el bisabuelo que jamás conocí, y que tenía mis uñas picadas por la falta de calcio y mi asma y mi misma nariz y dioptrías y mi diastema y mis miedos. La misma Iglesia, el mismo prado, las mismas caras, pero no la misma gente: la misma Orquesta, «peor que la del año pasado, mejor que la de cualquier otro lugar».

Mira, escribiré algo aquí, en este pañuelo de papel, que, si tardo más, con la que llevo hasta las letras me bailarán. Pero antes te chivaré algo más. Pensamos que el tiempo es una flecha, o una carretera que han convertido en una lujosa y rapidísima autopista muy bien asfaltada para que corramos más y más hacia el futuro. Pero te diré algo: el tiempo en realidad es un pañuelo. No el mundo, no, el tiempo es un pañuelo. De papel. Cógelo y despliega este clínex, va. ¿Podrías decirme cuántos centímetros hay de una punta a otra? En la de la izquierda está la infancia, por ejemplo, la madurez en el centro, la vejez en la de la derecha. Pero ahora, dale, vuelve a doblar ese pañuelo y coincidirán varios de esos puntos, el adolescente y el cincuentón, el bebé y el anciano. O arrúgalo, haz una bola, y será todo un lío. O suénate, sí, si tienes mocos, pero antes déjame escribirte algo. Estoy inspirado. Claramente, me he venido arriba. No sé por qué.

7

Sé más por lo que callo y a veces estoy más presente cuando me apago un momento. Brillo, también, por mi ausencia.

Vecinos y vecinas, queridos lectores y lectoras, a las cuatro menos cuarto de la madrugada la Orquesta se ha tomado un merecido descanso antes de atacar el tramo final, así que los vecinos de la plaza se han dispersado un poco, con ese aire sonámbulo y bromista de quien abandona un edificio en un simulacro de incendio. Quizá alguno se va o se plantea irse a casa, pero la mayoría esperará a que vuelva la Orquesta, porque es demasiado tarde para irse pronto y pronto para irse demasiado tarde. Espero que estés entre ellos.

Placeres Fiallega hace rato que querría estar en la cama, porque está cansada, sí, no se ha sentado en todo el día, pero sobre todo porque no puede seguir observando al Hijo del Conde reír en la cantina. No existe el crimen para quien no conoce el castigo, y su padre lo ha salvado siempre que ha estado a punto de recibirlo, al menos hasta ahora. Ha vivido décadas en Londres sin hacer nada, frecuentando clubes carísimos (hasta entró en uno de novelas de misterio, las únicas que lee: el Detection Club), frecuentando antros de letrero luminoso rojo en el Soho, pagando botellas de champán en reservados de Chelsea y apagando colillas en zapatos de tacón de mujeres y hombres. Todo lo permitía el Conde con tal de que no regresara, aunque no podía soportar que se desentendiera del patrimonio familiar si no era para gastarlo ni, aún menos, que no le interesara lo más mínimo ni dónde quedaban los montes familiares ni qué había que hacer para cuidarlos. Todo esto lo sé, especialmente lo que hacía en habitaciones de hotel de mil euros la noche y en su piso al lado de los jardines de Kensington, porque siempre que lloraba después de algo que le hacía a una mujer o a un hombre en la cama ponía la misma canción, una de los sesenta (*I'm Not Like Everybody Else*), de moda cuando pisó por primera vez el Londres de la época *swinging*, la misma que escuchaba cuando revisaba la colección de zapatos desparejados de todas esas víctimas que se habían fugado a la carrera.

No hay música en un juicio, así que poco puedo explicar yo del pleito que casi los separó hace décadas. En cambio, sí estaba en los pubs donde sonaban esas canciones famosas de los años sesenta y donde hace un tiempo, poco después de lo del virus, él contaba que su padre no acababa de morir y que él, a los casi ochenta años, no tenía líquido (lo decía con una pinta de cerveza en la mano) y que esta última crisis lo había tumbado, como si regentara una mercería o un pequeño bar, que estaba a un paso de dormir bajo un puente del Támesis. El mismo amigo que muchos años atrás le había dicho que demandara a su padre por incapacidad reincidió en el vicio de dar consejos. Lo recibió al día siguiente en su bufete, donde sonaba una canción que hablaba de las cataratas del Orinoco, tras una enorme mesa de caoba con una pecera llena de tortugas al lado del ordenador. Allí le contó que podía quedarse con el cincuenta por ciento de la herencia de la madre. El padre la tenía en usufructo, pero lo único que debía hacer era venderle esa parte, que no podía tocar pero que era suya, a un tercero. Y que, además, como el Conde era absurdamente viejo (tanto como estas tortugas) y moriría pronto, no se la pagarían mal. Días después, ese mismo amigo, enterado ya de la magnitud de los montes de la madre, le tendió un cheque. Una cantidad demasiado baja, muy alejada del precio de mercado. El Hijo del Conde encima pagó las pintas en el pub para celebrarlo. Esta noche de Fiesta, y con lo que queda de ese mismo dinero, también paga copas a muchísimos amigos del Valle, amigos de la misma calidad que la del que aún conserva en Londres (y que heredará, sin moverse de allí, parte de esta tierra cuando el Conde fallezca, quizá en cuestión de horas o días).

María Soliña, Placeres Soliña. Antes, cuando ha pasado por su lado, el Hijo del Conde le ha guiñado el ojo y le ha tocado con el dorso de la mano, ensortijada (un anillo de oro con sello de esmeralda), la mejilla. Le arde ahora la mejilla, mientras arde el estómago de él con el penúltimo chupito de aguardiente. Míralo, con esa cara de perro pachón, invitando de cinco en cinco; y esa camisa blanca, blanquísima. Ninguno de los dos sabe que Cristóbal Margadelos, dueño y padre, se sienta en este preciso instante en un sillón de mimbre, uno de esos de respaldo con forma de pavo real que servían como trono a los líderes de las tribus de la Polinesia francesa y que aquí se hicieron conocidos en la Transición con una película erótica (sentada en él, Emmanuelle se daba placer, y con ella lo descubría todo el país) o con las portadas de mil discos. En ese sillón toma asiento un Conde de más de cien años, a minutos u horas de la muerte, vestido con un pijama de franela y ordenándole a una de sus criadas, que ya no son criadas, pero que no cobran los festivos: «Llévame de fiesta».

Su deseo es el mismo de quien quiere ver por última vez el mar. Pero antes de que llegue el Conde a la Fiesta, con el retraso con el que siempre entró en las misas para hacerse notar, el resto de los mortales también tienen derecho a vivir momentos decisivos. Soledad Díaz, por ejemplo, abraza a Ventura Rubal, el vestido de lentejuelas negras ciñendo su figura morena, enjuta y arrugada, como de uva pasa. «Yo siempre te entendí», le dice. Y, aunque los dos saben que no es verdad, se mienten para tomar algo juntos. Soledad es la mujer que dice que le gusta el pueblo porque no pasa nada raro, es la persona que pretende entrar en el Partido que hundiría a gente como Ventura, pero hoy va de civil y, sobre todo, esta noche está sola. Así que, fingiendo que lo apoya a él, se apoya en él para no caerse, después de demasiadas copas y desplantes por parte del pueblo que ella dice no ya defender, sino incluso encarnar.

Miguel, después de hablar con el Niño de la Bici Roja, ha aprovechado para ir a casa para dormir a sus dos pequeños, desvelados por todo el alboroto. Ha enchufado el osito de peluche que emite esas melodías de clavecín electrónico y le ha contado al mayor la historia de una cacatúa llamada Cháchara que convertía en realidad todo lo que decía. Desde aquel primer día que lloró y dijo «mamá» y mamá apareció. Y luz. Y, como el Dios de la creación, agua. Y pan. Y luna. Y queso. Y luna de queso. Hasta esa otra vez que dijo «Dinosaurio helado» y le apareció, como por error, un helado del tamaño y la forma de un dinosaurio que tuvo que comerse muy rápido, y con muchos amigos, antes de que se derritiera. Hasta que de repente un niño, un niño con el nombre del niño al que ahora se le caen los ojos, dice «Cháchara» y ella aparece revoloteando en su cuarto, justo después de que su padre apague la luz y le diga que se la imagine. Miguel escucha el latido de su hijo, rápido, como el galope de un potrillo, y también el suyo, un caballo al paso, e intenta sincronizarlos con el bombo de las grabaciones enlatadas que suenan ahora en la Fiesta, para no olvidarse de que, si los duerme a tiempo, podrá volver para seguir leyendo esa noche, para escribirla. Se queda dormido (el alcohol no perdona), pero al cabo de cinco minutos vuelve a abrir los ojos.

Porque no ha acabado. Si resulta que en los sitios donde no pasa nada puede suceder de todo, es en los momentos de pausa cuando se detectan los movimientos con facilidad.

Sucede que Carolina, la primera mujer de Cosme, ha ido a hablar con él. Le ha presentado a su nuevo amigo, que le ha pedido si, por favor, le puede presentar a Ventura, porque ha quedado prendado de ese gesto suyo y le gustaría conocerlo. La mujer le ha dicho a Cosme que, si le falta dinero, lo ayuda, que la peluquería no va tan mal, que no le guarda rencor, que de verdad que pueden ser amigos. Exhibe la magnanimidad de la buena persona a quien le van bien las cosas, aunque también es cierto que solo hay algo mejor que ver a tu enemigo humillado, y es verlo humillado por tu benevolencia. «Además —piensa ella—, con todo lo que he aguantado, mejor no cortar lazos por si llega por fin dinero real». En cualquier caso, ese gesto de su mujer ha sido peor que si le escupiera, porque, ¿toda esa rabia?, ¿todo ese resentimiento que le había endilgado a ella?, ¿dónde se lo metería ahora?, ¿por dónde, exactamente, en qué lugar de su anatomía podría guardárselo? Cosme intenta encontrar al Niño de la Bici Roja, porque su mensaje en el papelito era una dedicatoria, y no amorosa, a su primera mujer, y ahora no querría por nada del mundo que ella escuchara de boca del cantante y junto a todo el Valle esas frases cargadas de veneno e insultos. Como ese «Zorra» con el que ha renombrado su contacto en el teléfono móvil. Ella no lo merece, aunque a Cosme —borracho como para escribir una animalada así, pero no lo suficiente como para no percatarse de que además de injusta es contraproducente— le preocupa aún más en qué lugar lo dejará esa frase a él.

Mientras busca al Niño de la Bici Roja, repara en el tipo (ese tipo con la paleta delantera de oro y con solo nueve dedos en las manos) que ha estado incordiándolo. A veces pierdes el móvil y encuentras las llaves. Encuentras lo que no sabías que buscabas. Va a por él.

—Estaremos muertos en cien años, ¿no? ¿Sabes que en este pueblo tenemos una tradición, y que somos muy de respetar las tradiciones? La tradición es importante; sin ella, no sabemos ni quién somos ni de dónde venimos, ni siquiera a dónde vamos. ¿Me entiendes? Y sabes a dónde vamos. ¿A dónde irás tú? Al río. Literal. Vamos, tira.

El Niño de la Bici Roja no sabe que lleva un papel que podría arruinar la vida de Cosme ni que ahora lo busca, porque ha ido a las escaleras traseras de la Iglesia con la hija pequeña, Iria Agarimo, la niña que le pregunta ahora:

—¿Estás bien? ¿Estás un poco serio? ¿Qué te pasa?

—Nada.

—Que te conozco, dime.

—No me conoces tanto.

—¿Que no? Voy a adivinar tu número de zapatos.

—Sí, claro.

—Piensa en ese número, no, no me lo digas. Ahora piensa en el número anterior a ese, a tu talla. Y multiplícalo por cinco. ¿Estás?

—Sí. —Hay quien cruza océanos y remonta lunas y quema soles por un amor, pero duda de que el aerobic mental al que le somete Iria Agarimo tenga equivalente en algún lugar. Ni en una profe de matemáticas.

—Ahora súmale cincuenta. Ten, con esta ramita puedes ir marcándolo en la arena del suelo. O, mejor aún, en tu libreta. ¿Está? Venga, súmale cincuenta.

—Ya.

—Y multiplícalo por veinte. Sí, ahí mismo, en la última página.

—Sí, sí, un momento, ya voy, un segundo.

—Ahora te voy a pedir algo muy raro.

—Lo que quieras.

—Suma mil quince.

—Uf, un segundo. —Ella le da no uno, sino diez, mientras se peina con su peine de oro.

—Y réstale el año de tu nacimiento. El número resultante tendrá cuatro cifras: las dos primeras corresponderán a la talla del zapato y las dos siguientes a la edad del niño.

—Eres increíble —dice el Niño de la Bici Roja. «Es la Moura», piensa.

—Sí, bastante —confirma ella, que gasta la misma talla. Podrían intercambiarse zapatos hoy y quizá también dentro de un tiempo.

Los grillos aprovechan el parón de la Orquesta para frotarse las patas. Estridulan para envolver esa escena en una magia que no depende del problema matemático, sino de la intimidad precoz de la que lo formula y el que no lo resuelve. Aún no se van a besar, porque son unos niños. Aurora y Alberto, en cambio, ya saben que lo harán y por eso no tienen prisa, aunque notan, desde hace rato, que Adela y Liberto los miran siempre que pueden. Ahora, a salvo del escrutinio de la tía y de su primer novio, han descubierto pegado a una roca, detrás de la Iglesia, el fósil aplastado de una lata de refresco de cereza que ya no se fabrica, pero que era muy popular en la época, y en la noche, aquella en la que la tía Adela y Liberto el rocker se tocaron todo el cuerpo por debajo de la ropa, incluso por debajo del top de topos que ahora lleva Aurora. Y entonces lo hacen, duelo de lenguas ciegas. Intercambian su saliva con tropezones de pipas. A veces paran y hablan un poco, como para tomar aire. ¿Y qué dicen? Nada importante. Ya, ¿pero qué dicen?

—Esta lata debe de tener mil años, ¿no?

—Sí, es que la bebida esta ya no existe, creo.

—Cómo pasa el tiempo... Date prisa, que igual viene mi tía, que está muy rara hoy.

—Voy. ¿Te duele?

—Me gusta.

Y luego se siguen besando y luego hablando: tonterías, porque uno no se empieza a conocer a través del rigor wikipédico preguntándose la fecha de nacimiento, o la de la comunión, o el grupo sanguíneo, sino contando cualquier historia o analizando un detalle. Hasta el fósil de una lata de refresco de un sabor que ya no se fabrica.

Antes, Caridad Villaronte se ha fijado en Ton Rialto. Lleva toda la noche recibiendo mensajes de su novio. Todos los mensajes acaban o empiezan por «Cari». Hace años que la llama así y hace años que ella odia que la llame así. Pero es tarde, es tarde para decírselo, como cuando no sabes el nombre (o lo olvidaste) de alguien a quien tratas mucho, que te cruzas a diario, y ya es tarde para preguntárselo, así que disimulas, de pena. Cari, llámame. ¿Me lees?, te echo de menos, Cari, tengo unas ganas, Cari, de salir dos de casa y entrar tres.

Quizá ese último mensaje, recibido meses atrás, le dio la idea a Caridad. Él quiere que ella se quede embarazada. Ella desde luego no quiere encintarse de alguien que la llama Cari y que lo hace como si fuera un secreto compartido, cuando, joder, se llama Caridad, así que el ochenta por ciento de los que la tratan reducen su aparatoso nombre y la llaman Cari. Si no es capaz de darse cuenta de eso, cómo va a saber quererla, cómo va a ser padre. Y aun así, como duda, como está harta de su vida, decidió decirle que sí. Y está, básicamente, dejando que la biología o la endometriosis decida por ella. Ayer se hizo un test y poco después ha visto la regla en su retrete, el agua roja, y ha suspirado, no sabe si por pena o por alivio. La alarma en sus amigas y hermanas mayores cómo tienen que someterse a tratamientos carísimos para poder quedarse, pero el caso es que ella no quiere (no quiere, al menos, deberle eso a quien la llama Cari) ni puede pagarlos (sola). En cualquier momento podría dejar a su novio e intentar vivir cualquiera de las otras vidas, en la Ciudad, en otro país, en otro continente. Si lo han hecho hasta muchísimos de los paisanos de Valdeplata, algunos con pinta de no haber salido jamás de aquí. Así que ella también podría ser la soltera sin hijos que viaja. La soltera con hijos que quiere. La casada con otro que no la llama Cari, al menos. La que hoy se preña, aunque tiene la regla, pero resulta que este Valle es mágico.

A medida que hoy le subían las copas —a medida que intentaba ensuciar esas Converse demasiado blancas, primero en el botellón de los coches, luego con sus examigas, actuando como amigas esta noche frente a la Orquesta—, ha ido entendiendo hasta qué punto pensamos que la vida, como la Historia, es una retahíla de hechos que se suceden unos a otros con una lógica aplastante, de anuncio de seguros de vida o de relato de guerras antiguas. Cuando no es así, cuando en cualquier momento podríamos tirar del mantel y que todos los platos y copas se rompieran. Puede ahora, por ejemplo, mandar a la mierda a su novio por teléfono. Puede irse con su amiga Sara, que tampoco lo está pasando bien, y prenderle fuego a algo, como ella quería. Puede, incluso, volver a mirar a Ton Rialto. Una mirada bastará. A ella, él lo mira desde que tiene bocio en el bigote. Desde que ella tenía veinticinco y él trece. Y lo hace también ahora, ella más de treinta y él ya veinte. Qué más da, todas las noches son la misma noche.

Y eso ha hecho, Caridad ha mirado a Ton cuando él la estaba mirando, el anzuelo hincado en la carne al final de la mirada de sedal. Así que ahí están, en el campanario, boqueando y riéndose, su risa rebota en las paredes de la campana de hierro fundido y él la embiste por detrás, en el movimiento que haría la campana si sonara, si sonara como Ton Rialto ha aprendido a hacerla sonar, a nacimientos, a muertos, a fiestas, a fuego. Ding-dong-dang-dung-ding-dong. El pelo de ella, recogido en una coleta con el brazalete negro de Capitán de él, oscilando como el badajo de la campana, como la lengua de la campana, sonando contra sus hombros bronceados por el día y perlados por el salitre. Los ojos de Caridad se asoman tímidamente por la base del arco del campanario, por donde se asomaba décadas atrás Francisco Alegre para espiar a las orquestas, y lagrimean, así que brillan, aunque nadie los vea, libres del agobio de los mensajes de su novio. Ni siquiera los ve Ton, detrás de ella, dejándose la vida entera en ese instante, abstrayéndose de todos los problemas que acechan ahí abajo (¿la policía, la gente a la que le debe tanto dinero, la decisión de mudarse a vivir a este Valle todo el año, su propio miedo paranoico?) como si fuera a morir al acabar o a quedarse enganchado a ella para siempre.

—Caridad, joder, te quiero muchísimo.

—Calla.

—Gracias, joder.

—No me des las gracias, niñato.

Cuando acaban, mientras ella se sube las bragas y se recoloca la camiseta oficial de la Fiesta, y repara en las trazas de sangre de la menstruación en sus Converse ya no tan blancas, él, aún el badajo colgando y los calzoncillos como grilletes en los tobillos, toca, de pura euforia, de pura liberación de miedo, toca la campana a recién nacido. Los viejos se miran extrañados. Y entonces Ton, para compensar, toca a difuntos, justo cuando una silla de mimbre, tipo Emmanuelle, se posa en la cubierta de un camión y se orienta hacia el escenario hasta que un foco envuelve al Conde. A Francisco Alegre ese momento lo pilla danzando, porque ha seguido bailando la música pregrabada del intermedio como si fuera en directo, aplaudiendo mentalmente a esa enorme sección de trompetas y vientos («¡Qué buena la Orquesta de este año! ¡Suena como en la radio!»). Aunque ya no baila solo, porque el Casiguapo, la camisa ya desbordando sus pantalones de pinzas, el llavero prendido de la trabilla tintineando, lo acompaña. «Cántame algo, cantante, que yo en nada ya me marcho, que tengo que marchar, que hoy no quiero liarme», le dice a gritos. Queda poco, muy poco, para que llegue el Ambipur, pero él lo ignora con la misma despreocupación interesada con la que ignoramos, día a día, que un día nos moriremos. Haciendo como que no.

Cuando regresa la Orquesta, todos siguen callados, mirando al Conde recién llegado, al dueño de los siglos y los terrenos sentado en la butaca de mimbre. Con el primer redoble, el feto de treinta y seis semanas, el humano más pequeño del Valle, da otra patada en la barriga estampada de amebas y paramecios de la madre, que dice, sin venir a cuento: «Otra vez, el octavo pasajero», y escucha, si afina el oído, su doble corazón, como un doble bombo de batería. Ahora ya en estéreo, el de Ton y el de Caridad; el de Soledad y el de Ventura; el de Cosme y el del Forastero (uno de venganza, el otro de miedo); el de Adela y Liberto, que se miran a treinta metros de distancia ahora que han perdido de vista a Aurora y a Alberto; el de Iria Agarimo, que habla con Miguel sobre su hijo; y el del Niño de la Bici Roja, que aún tiene que hablar con algunas personas más antes de que acabe la noche. Quedan tres o cuatro y tiene menos de una hora.

—Enano, sí, hablo contigo ahora para lo de la rifa, pero ni se te ocurra decir que nos has visto salir de ahí arriba juntos.

La primera será Caridad, que acaba de bajar del campanario y que hará tiempo con él en la puerta de atrás de la Iglesia mientras Ton vuelve a la Fiesta.

—Y tú, Ton, esto no se lo cuentes a nadie. Pero a nadie, ¿eh?

Y los tres, sobre todo el nieto de Placeres Fiallega, piensan: «Las Converse All Star manchadas de rojo».

VII

Pero yo a ti sí que puedo contártelo. A ti ya te habrán explicado lo de las cigüeñas, ¿no? Pues un observador internacional de la ONU, impecablemente neutral, diría que estábamos encargando un hijo ahí arriba, sin protección y con mucho gustito, donde ellas anidan, para que luego el pájaro lo recogiera y lo enviara a algún sitio, a alguna madre que lo quisiera. No como yo.

Es tu primo, al fin y al cabo, así que te puedo explicar que ahí andábamos haciendo eso, aunque no creo que me quede, porque estoy con la regla. Sí, la regla, nos pasamos media vida desangrándonos. Pero vete a saber, porque en el Valle podría pasar de todo. Mira tu padre, que tendrá a otra niña en edad de que le dieras tú una nieta.

Además, tengo un secreto para extorsionarte si te vas de la boca: esa bici que llevas es mía. Te lo juro, es mía. Aquí todo se hereda, desde las disputas por las parcelas hasta las envidias o las buenas tetas o el pelo lacio, y no siempre se hereda entre miembros de una familia. Quiero decir que los árboles familiares a veces se desvían un poco, las raíces se van al árbol de al lado, por así decirlo, y también los objetos. Recuerdo tenerte en brazos en la fotografía de esta misma Fiesta de hace diez años. Yo tenía poco más de veinte y, en esa misma foto tiempo atrás, podría haber sido una madre joven, muy prometedora. ¡El muñeco de la Muñeca del Valle! Te he visto corretear y encaramarte al Gran Carballo. Y ahora aquí estás, recabando todas esas dedicatorias o secretos.

A tu edad, yo vivía aquí. No venía aquí, como dicen los que llegan en verano, de esos que ven una vaca y dicen: «Mira, ¡una vaca!», sino que era de aquí. La gente que viene piensa que alguien enciende el decorado y hace correr las poleas de las tramoyas diez minutos antes de que aparezcan con sus coches. Pero un miércoles de febrero yo estaba aquí, esperando el bus para la escuela, varias edades en la misma clase, o comprando mis primeras bragas y sudaderas Nike de imitación en el mercadillo de los jueves. Luego, en julio, cuando íbamos a recoger patatas y unas familias ayudaban a otras, los niños de Ciudad estaban viviendo sus particulares campamentos de trabajo, de esos que montan organizaciones cristianas para alardear de caridad y enjugar sus conciencias, pero para mí era trabajo de verdad. Así fue, y así sigue siendo.

En el pueblo no desconecto, sino que no puedo dejar de estar conectada. No descanso, sino que trabajo. Mi madre murió, quizá ya lo sabes, y mi padre, que no podía soportar seguir viviendo aquí, se fue a dar clases de literatura a un instituto de la Ciudad hasta que lo echaron, porque se ponía a llorar cuando leía en clase algún fragmento del puto Garcilaso de la Vega o cuando algún cabrón con acné se metía con su americana de coderas llena de caspa en los hombros. De él heredé la tendencia a la depre y también la biblioteca (casi toda de libros del Siglo de Oro) que dejó en el pueblo, que leí entera, tres o cuatro veces, mientras cuidaba de su padre, mi abuelo. Más adelante me fui a estudiar a la Ciudad, pero no a la Ciudad Pequeña, sino a la Ciudad Grande. Recuerdo que, la noche antes de irme, hablé muchísimo con Ventura, que había estado allí durante su juventud, y, los dos compartiendo pipas en la marquesina del autocar, me contó un montón de historias increíbles y también que tendría que haberse quedado más tiempo. Pero, claro: las cosas podían haber sucedido de cualquier otra manera y, sin embargo, sucedieron así. Esto último se lo dije yo, que lo había leído en un libro, antes de irme, cuando nos abrazamos.

No hay ningún desajuste enorme en eso de irte a la Ciudad Grande ahora. Claro que me mostraba demasiado entusiasmada en los conciertos, bailaba demasiado y un poco mal, o demasiado bien, iba solo a los bares a los que se supone que había que ir. Ponía demasiado empeño en todo, y se me notaba. Y claro que, más adelante, si hacía un viaje pagado por el periódico cuando estaba de becaria, no sabía si los cacahuetes de encima del minibar del hotel eran de cortesía o de pago y no me los comía, pero todos esos detalles no tienen que ver tanto con ser de pueblo o de ciudad, sino con la clase. Todo lo que nos pasa no tiene tanto que ver con una generación, como con una cuenta corriente. Somos de un sitio, y ese sitio es la nevera que teníamos de pequeños: qué tipo de marca de galletas, de capacidad de previsión, de Excel económico.

Estudié Periodismo, ya te lo habrán dicho, porque aquí, en el Valle, todos son periodistas sin saberlo. En especial, las abuelas: siempre a la caza de la exclusiva del corazón, siempre redactando elogiosos obituarios con segundas lecturas (siempre le gustó celebrarlo todo, era adicto a la alegría), siempre remontando generaciones atrás para contextualizar las crónicas de sucesos. Pero ¿sabes qué? Les importa, aunque a veces les pueda la cotillería, o las mueva el qué dirán, les importa: patrullan el Valle y se hacen visitas sin llamar por teléfono, sin mandarse un wasap: para no resultar demasiado intrusivas, llegan siempre con la excusa de entregar una bolsa llena de lechugas o pimientos o melocotones de la huerta, algo así como enormes emojis sinceros. Pasaba porque me sobran, que se me van a poner malos. ¿Y tú estás bien? Cógelos, anda, y dime. Y, gracias a eso, nadie está tan rematadamente solo.

Las desgracias parece que las alimentan, pero al menos las afrontan y preguntan, preguntan siempre, y llegado el momento suelen ofrecer consuelo (y miel y tomates, cariño no procesado, crecido en esta tierra). Lo sé porque, cuando el tiempo es más amable y se puede quedar a la fresca, al lado del hórreo grande de la carretera, en la marquesina del bus, quedo con ellas. Es curioso cómo hacen su tertulia allí, aunque cogieron pocos autocares para irse: comentan quién murió, si llovió o lloverá, cómo les va a los que se marcharon a la Ciudad, las marcas de los coches que pasan y la novela, que no es un libro, sino una telenovela. Y compartimos cacahuetes y pequeñísimas confidencias, y ellas hacen punto de cruz, y yo finjo resolver crucigramas o incluso leo, pero las escucho, y es agradable: cómo calcetan las historias, en ese tono de voz quedo como para que no escuchen los *raposos* o los jabalís, que me da un ASMR que no veas, mejor que la radio y los pódcast. Lo sé todo, al final, como si fuera una más.

Yo, y no el Miguel, que solo venía en verano y que ni siquiera salía demasiado de casa, y para el que todo son árboles y pájaros, así, en general, porque, entre tú y yo, no se sabe un puto nombre para diferenciarlos, tenía que ser la escritora de este Valle. Siempre he tenido más talento que él, aunque hay que reconocerle que a veces tiene ideas monas. Cuando yo era pequeña, me explicaba cuentos que se había inventado de niño. Por ejemplo, aquel fantasma dandi llamado Sabanito, que siempre que aparecía para solucionar problemas de mi vida lo hacía con una sábana de un color diferente, planchadísima. O aquella historia larga, muy melodramática, su novela rusa diría yo, titulada *Los osazos*. Iba sobre dos osos que se despedían a las puertas de la cueva antes de hibernar: se echaban cosas en cara, se decían que eran los mejores amigos, se maldecían, se confesaban que se echarían de menos... Todo acababa cuando cerraban los ojos para dormirse (esta me la contó al final de un verano, cuando se volvía a la Ciudad para no volver hasta Pascua).

Sí, yo le tengo cariño desde entonces, pero yo podría escribir mejor, sobre todo de Valdeplata. Él no lo sabe, pero hoy le he visto tomar notas. El notas es él: como está harto de escribir de la Ciudad Grande, ahora escribirá sobre esto, seguro. Ya me lo imagino: algo sobre los vivos y los muertos, la magia entre la bruma, todo eso. Igual le regalo un libro para sacárselo de la cabeza, porque ya se ha hecho mejor, o para que al menos el suyo no sea tan malo. Este estaba en el colegio, cortesía del Conde, que donó un montón de libros a la Alcaldesa, a la Facha, cuando el lío de la biblioteca pública y cuando se destapó todo acabaron en la escuela. Este era muy especial: hablaba de venganzas y de herencias y de muertos y de vivos. O sea, perfecto para un club de lectura con las abuelas del Valle, que hablan de lo mismo siempre mientras comemos cacahuetes. O alcahuetes, como dice una de ellas, muy graciosa. Luego te escribo el título, es el nombre del protagonista, el nombre y el apellido empiezan por «P». Igual las iniciales le gustaban a la Alcaldesa. Pero era maravilloso, en serio. Me sé una frase y todo, de memoria, igual te la puedo poner en mi mensaje para la rifa, con lo que yo diga: «Hubo un tiempo que estuve oyendo durante muchas noches el rumor de una fiesta. Luego dejé de oírla. Y es que la alegría cansa». Pues eso, cansa. Mira hoy.

Y eso, como lo único que me gustaba casi tanto como leer frases como esta era escribir, elegí estudiar Periodismo. Es como querer ser pintor y estudiar para diseñador. O médico y ATS. O más bien como querer ser cazador de safari y acabar de carnicero. No tendría que ser así, si pudiera haber trabajado contando historias, pero no fue el caso.

Cada año salen miles de periodistas licenciados. Supongo que aún no has leído *Las uvas de la ira*, ¿verdad? Leí un ejemplar que el Conde olvidó un día en la taberna, cuando bajaba a invitar a copas para hacerse el rey magnánimo (sí, magnánimo, mogollón de sílabas). Y se hinchan las uvas de la ira en los ojos de los campesinos, dispuestos para la cosecha. Ahí les prometen el oro y el moro a un montón de familias pobrísimas en el Medio Oeste: en California podrán recoger melocotones y ganar mucho dinero. Cuando llegan, solo hay trabajo para la décima parte. No lo hacen, o no lo hacen solo, por sadismo. Es porque así, como tanta gente opta al puesto, se pueden permitir pagar menos por más trabajo. Les reparten octavillas prometiendo el paraíso almibarado y cuando llegan no hay una mierda.

En la Ciudad, cuando yo vivía allí, no eran octavillas, sino *flyers*. *Flyers* de fiestas y eventos de marcas. Me adapté pronto. En esos tiempos firmaba como «La Lazarilla» las entradas de una especie de blog que tenía. Durante dos años viví en la Ciudad Grande de fiesta de canapés en fiesta de canapés, inauguraciones de tiendas de franquicias de moda y de exposiciones de artistas minoritarios. En cada fiesta, siempre un DJ, como en estas fiestas, que siempre hay un loco, el Forastero o el *tontiño*. Si no tenía dónde dormir, me tiraba a alguno de estos pijos que se dedican al arte en las ciudades: en el pasado, al último hijo, al no colocable (el resto eran médicos, abogados, empresarios), se le metía en un seminario y acababa de sacerdote, ahora se le pagan cuatro posgrados y acaba en la gestión cultural. Los sacerdotes son comisarios de exposiciones y festivales. A los que todos íbamos, claro, invitados: yo llevaba siempre un libro en la bolsa, pero no en una *tote bag*, sino en la bolsa de croché que mi abuelo usaba al ir a buscar el pan y la harina cuando pasaba la furgoneta. La misma en la que ha llegado hoy Ton, sí, vaya lío.

Yo me camuflaba entre ellos, en la Ciudad Grande, y, como no tenía mucho dinero para gastar, siempre iba a esas fiestas porque bebía, cenaba canapés gratis (comí más salmón en un año que una reina noruega) y hasta a veces me regalaban algo de ropa de marca. Y conocía a gente. Pero, mientras ellos podían pasarse dos años diciendo «Estoy trabajando en algo, pronto te lo podré contar» (quizá era un puto cómic de quince páginas) o «Creo que va a salir el proyecto, lo huelo» (su proyecto de película o exposición), yo tenía que buscarme la vida. En las terrazas no lo decía. Ahí era la Lazarilla.

En esa época, la Ciudad Grande me recordaba a España, cuando los nobles arruinados y los hidalguillos pomposos paseaban por ahí sin un duro, sin líquido pero con muchos aires, sin trabajar de nada. Luego Carlos III emitió una real cédula que decía que currar con las manos no era deshonroso, para intentar que espabilaran e hicieran algo. Pues lo mismo, pero, en vez de hidalgos de jubón raído, con diseñadores, DJ y demás con prendas de segunda mano compradas en el Humana o en tiendas modernas. Los tengo calados. Si los intrusos aquí ven una vaca y dicen: «Mira, ¡una vaca!» y algunos hasta la apuntan con el dedo, yo ahí ya veía a uno de esos individuos y hasta lo clasificaba por la calle, incluso señalándolo: «Mira, un gilipollas», «Mira, un pijo», «Mira, ¡un pijo gilipollas!».

En sus bares, donde se oía más la frase «La marca ha pedido que le dé otra vuelta» que «Cómo está la familia», yo escondía que, en realidad, trabajaba desde hacía tiempo en todo tipo de sitios: de canguro, de cuidadora de yayas muy solas, en una tienda de ropa de segunda mano, vendiendo ropa de muertos, limpiando culos grandes y pequeños. De todo esto hablé hace poco con la Alcaldesa: todo el mundo piensa que Soledad es una infeliz sin historia, pero no sé si te explicó alguna vez sus años en la Capital. Por cierto, los mandiles de mi abuela, estampados con flores o pájaros, me quedaban alucinantes, increíbles, extremados que no veas en las fiestas. O hasta que por fin encontré un curro más fijo llevando la web y las redes sociales de un montón de marcas.

Eso hago ahora: me paso el día en las redes sociales. Creo que por eso estoy cabreada y triste, como cuando comes en el McDonald's demasiadas veces y te duele la barriga y te da asco lo que comes. Me produce ternura y a la vez grima ver cómo se alinean en equipos, cómo mendigan atención o buscan amparo, diciendo lo que toca, capitalizando una pobreza que no tienen en unas plataformas y fingiendo una riqueza que jamás tendrán en otras, adictos hasta las trancas a la sustancia de la aprobación, dándose golpes en el pecho, indignadísimos, para luego mirar cuántos han pulsado el corazón favorito, mintiendo una y otra vez hasta que no sepan ni quién coño son. Fingiendo que se sienten acompañados por los suyos, como en un enorme corro de las abuelas y los cacahuetes. Negando su adicción y, para mantenerla, rodeándose de otros tan adictos como ellos o revistiendo lo que hacen y comentan de una solemnidad que, sinceramente, me da risa. Pregonando, casi como el Casiguapo en la Fiesta cuando anuncia que se pira para no irse: «¡Me voy de este vertedero! ¡Ni un minuto más en esta red de maldad!», para luego quedarse contando los corazones que recibe su melodramático portazo social. Solo en ocasiones encontrando allí cómplices que no habrían encontrado en la calle. Pues ahí, atrapada en las redes, todo el día estoy ahí por culpa del trabajo: si yo explico en esta Fiesta a qué me dedico, el noventa por ciento de los abuelos no me entenderán y pensarán que soy o una estirada o una persona muy desgraciada.

A veces me cruzo en las redes con algunos de los que antes me cruzaba en los garitos por la noche. Muchos de esos con los que me metía en los baños a explicarnos cosas importantísimas, tan fundamentales para la humanidad, intentan ahora ser padres y madres. Se están gastando el alquiler de alguno de los pisos familiares que heredarán en hacerse tratamientos de fertilidad o, lo que es peor, los ahorros de todos los meses trabajados mientras eran jóvenes o pensaban que lo eran o insistían en serlo o solo podían serlo, porque además eran pobres, simplemente, así que no es fácil renunciar al frescor y la improvisación de la juventud sin recibir a cambio un poquito de aplomo o confort adulto. Y es todo algo triste, porque es que cuando lo intentan hasta me dan pena, porque a menudo sufren.

Como yo solo trabajo con el móvil, a veces con un ordenador, empecé a venir todos los fines de semana y a alargarlos para cuidar a mi abuelo, que lleva enfermo toda mi vida y me volvía a necesitar, porque mi padre no podía cuidar ni de sí mismo. Eso hago. Desde hace medio año, trabajo tuiteando «Te damos más por menos» o «A veces las cosas grandes tienen precios pequeños» o «Lamentamos ese problema, queremos estar a su lado. ¿Nos podría mandar un mensaje directo?» mientras limpio más culos, ahora de mi familia, y preparo comidas. Yo sí que te voy a mandar un mensaje directo, luego te lo escribo, para la rifa. Así que aquí estoy desde hace medio año largo, y aunque estoy para cuidar a mi abuelo y a mi padre, y de la casa y de la huerta, estoy también para evitar a mi novio. «Lamentamos ese problema». Para no estar con él. «No queremos estar a su lado».

Él sí que tiene pasta. Mucha. Es un fichaje de mis Años del Canapé, como los llamo. Un tipo que lleva casi un lustro «levantando una película» que debe pesar mogollón, está claro, debe tener mucho peso, le debe pesar más que al puto Atlas el globo terráqueo por la maldición de Zeus, porque el caso es que no acaba de levantarla. Disfunción eréctil artística, tiene. Pero, claro, no solo soy guapa, sino que también puedo ser encantadora, si finjo. Puede que las circunstancias te impidan verter tu talento en tu vocación, pero el talento es muy versátil y se puede derramar en otras disciplinas y parcelas de la vida. Siempre me han querido muy cerca, los pijos. Pero yo cada vez los quiero más lejos.

De mi padre aprendí algo: se puede estar permanentemente siempre melancólico, incluso enfadado con el mundo, pero no aburrirse. Yo no me aburro aquí porque leo, escucho cómo Shakespeare me habla a través de cuatrocientos años, y también cómo me hablan las abuelas a treinta centímetros. Me fui para echar de menos la Ciudad, y no la añoro. Pero lo mismo me sucedería si me vuelvo a mudar ahora: seguramente no echaría en falta esto, o no todo. No son opuestos, el Valle y la Ciudad, porque no responden a los clichés comunes, sino a la experiencia personal y al carácter de cada uno. Ton volvió, por ejemplo, para huir de allí, y aquí ha acabado aún peor. Yo no, yo no me pongo estupenda con lo mágico que es todo aquí, pero te digo que, cuando no estoy trabajando con el móvil, al menos estoy tranquila. Como fuera de la rueda. O de la carrera. Respirando bien, fuerte, al menos. Como cansada solo de pensar en volver, pero muy descansada, estirando las piernas cuando paseo por las pistas y los prados con las abuelas vestidas de chándal (a veces van todas con unos colores que parece que vengan de *rave*). Me cuentan de cuando eran niñas y tenían el ganado en el piso de abajo, que hasta a ratos compartían espacio, para que calentaran los pisos de arriba de la casa, y entonces yo les cuento de los peores pisos de estudiantes que tuve yo en la Ciudad Grande, compartiendo habitación con cucarachas y calentándola con butano. Unas risas. Es fuerte, si lo piensas, el cambio en dos generaciones, ¿no? Yo qué sé. Pero eso: me encanta pasear cogida de ganchillo de alguna de las más ancianas y conectar sus miserias y mis precariedades, sus guerras y mis batallitas.

Hay el conocimiento lago y el conocimiento pozo. El primero es el de la ciudad, superficial pero enorme, ancho y largo. El segundo lo encuentro aquí, pocos metros y siempre los mismos, pero profundos, hacia el corazón de la tierra. Ahora, de verdad, prefiero este.

No sé qué te contará el Miguel, pero no hay tanta diferencia entre estar aquí o allá. Cuando era una niña, sí lo sentía: las zapas, las primeras *mountain bikes*, los bañadores y los discman (o los auriculares de botón). O los libros, no antiguos, sino nuevos. Aquí, igual los melocotones eran de mejor calidad, pero allí lo solían ser los CD y casetes recopilatorios. Llegaban antes y con menos esfuerzo y con mejores canciones. Todo aparecía aquí como con *delay* y por lo general en verano, meses después de que ellos lo descubrieran. Ahora, con internet, ni eso. Todo es aún más parecido. No exactamente igual. Solo muy parecido precisamente en las cosas que antes hacían que la gente, sobre todo la joven, dijera que era tan diferente.

Eso sí, me río cuando hablan de la magia de este monte. Este monte que es, en realidad, un enorme polígono industrial de madera. Una especie de monte Inditex, como lo llama Julián. Lleno de eucaliptos tan iguales como farolas, que crecen a toda velocidad, que se usan y tiran tantas veces como los *gadgets* inútiles y con obsolescencia programada, y como esa ropa de la misma multinacional repetida en todo el planeta, que también se gasta rápido. Todo lo que ahora compramos nosotros por internet desde aquí. Lo mismo pasa con montes como este, tan poco diversos como sus ciudades con los mismos bares, las mismas tiendas y las mismas vidas. «No-lugares», leí una vez. No sé si pienso de verdad esto. Supongo que lo digo porque estoy triste o más bien enfadada. Una tristeza rara, la que sale de la renuncia o de la elección, que no es tan tristeza porque en parte también relaja. Ahora no solo tenemos nostalgia de una época, o de un hogar, sino que buscamos otro tipo de vida, en un lugar verdaderamente diferente, que en realidad ya no existe.

Mira en la pandemia, ¿te acuerdas? Yo la pasé en un dúplex de la Ciudad con el plasta de mi novio: creo que aún no me he recuperado. De hecho, a mis amigas les hacía la broma de que me tenían que intubar y ponerme mascarilla con oxígeno porque con él me faltaba el aire. Pero es que la gente reaccionó aún peor: veías por la tele y en videollamadas a gente que se puso a hornear pan, a hacer pasteles caseros y a construir dragones con hueveras y castillos con témperas y cajas de cartón. Miguel, por ejemplo, me mandó una foto de todo eso, que hizo con su hijo. Dos días después del estado de alarma. Dos putos días después. ¿Por qué se pusieron en plan artesanos medievales en cuarenta y ocho horas? ¡Pero si tenían Netflix! Sí, pero también tenían miedo. No entendían el presente, lo que pasaba, y le tenían miedo al futuro: era su forma de volver a la cabaña en la montaña, a una vida del pasado que ni siquiera conocían y que ya no existe, aunque lo hicieran en un piso de cincuenta y cinco metros y sin balcón. Tenían miedo a la pandemia, pero sobre todo a cómo esta amenazaba con aniquilar la idea de futuro. Y en eso llovía sobre mojado para los más jóvenes.

Yo no me puedo quejar. Mira Sara, la que se supone que es mi mejor amiga. Ella estudió Ciencias del mar y lo más cerca que está del océano es cuando pasa el código por el lector de esa bolsa de calamares congelados forrados de rebozado de poliéster mil milenios antes. Al menos siempre dice que con la mascarilla no tiene que disimular la cara de asco. Es cajera y lo ha pasado mal los últimos años. Te voy a contar otro secreto, y ya van dos. O tres, con la bici. Ella quiere que arda todo, no aguanta más. No aguanta mirar como una efigie egipcia o una jugadora de la NBA dando un pase, hacia otro lado, cuando tiende el datáfono para que inserten el pin. No son las horas, ni las cargas, ni los gilipollas que no se quitan los auriculares (van escuchando el pódcast de un amigo, imagino, o pensando en el proyecto de pódcast al que invitarán a un amigo, que tendrá él su pódcast también: ya ni beber o hablar pueden hacerlo sin que los miren y aplaudan, al menos los bebés no reclaman aplausos cuando vomitan) cuando están pagando. No, es ese gesto el que no la deja dormir. Pues bien, por lo visto ayer robó la caja (me ha regalado estas Converse: mira, ahora parecen de diseño: línea exclusiva Pollock, diría en la Ciudad Grande) y no piensa volver. Y para no hacerlo, y que nadie la pille, me ha pedido que hoy subamos un momento al monte y quememos los billetes. Los podríamos gastar en la barra, sí, pero no sería lo mismo. Además, tenemos más de treinta años, pero seguimos haciendo el puto botellón. Se notaría. Verían que hay algo raro si empezamos a invitar a todo dios. ¡Aquí invitan los señores!

¿Sabes lo malo de que me guste leer? Que soy incapaz de no leerme a mí misma. Y sé, porque entiendo cómo funcionan las novelas y las vidas, que no siempre son necesariamente lógicas. Que un coche puede ir por la carretera, pero que si quisiera (imagínatelo, un Ford Galaxy azul cobalto) podría dar un volantazo y meterse en el mar. Sí, en el mar. Yo podría preñarme de mi novio que me llama Cari pensando que es el único que lo hace, el muy idiota, e incluso dedicarme a cuidarlo o a escribir gracias a su capital. Automáticamente ya no estaría en el botellón de los coches, sino empujando un carrito o achispándome por primera vez en meses y consiguiendo por fin que toda la atención, todas las miradas, fuera hacia el carrito y no hacia mis tetas. Me encontraría a una pareja de amigos un par de meses después del parto: «Te has puesto unos cuantos kilos», diría ella. «Y todos en las peras», pensaría él.

Quizá tendría que cambiar. Tomar un desvío inesperado. Mi novio quiere un hijo, yo no quiero a esa pareja, no sé si estoy en el botellón o en la Orquesta, si soy una joven demasiado vieja o una vieja demasiado joven, si soy del Valle o de la Ciudad, si tengo talento o solo una rabia enorme dentro que no explota del todo solo porque estoy cansada. ¿Podría subir al Gran Carballo todavía y que se me vieran las bragas? ¿Podría escribir una novela y que se les cayeran los cojones al suelo a todos? ¿Podría desearme aún el chaval más joven y popular? ¿Soy mona para mi edad o a mí me darían lo mío? Vamos a verlo. Vamos a sentirlo. Vamos a sentirlo bien dentro.

Y he bebido, sí, pero estoy bien. Excitada y tranquila a la vez. En fuego, como dirían en inglés (a mis clientes les encanta que diga «*On fire*» en las cuentas corporativas para hablar hasta de alimentos procesados). Ahora iré con mi amiga al monte a hacer eso, sí. A quemar todo ese dinero de la caja registradora, o eso dice ella, porque yo no lo veo tan claro. ¿Sabes cómo voy a quemar yo todo el mío, el poco que tengo? Fácil, la misma frase que te voy a escribir a ti para la rifa la voy a poner en todas las cuentas de redes sociales de las ocho empresas (alimentación, seguros, viajes, citas, pequeña *startup* de recados que empieza pero promete, aunque su creador, el marido de Adela, ni se ha dado cuenta de que se llama puto Limpeo, que suena fatal, a pedo) que gestiono. El mismo mensaje en todas ellas. Mi última palabra. Y luego te la escribiré en el papel. Y después haré todo lo que tengo que hacer con lo que queda de noche, y a ver qué pasa.

Mira, ya suena la música en directo otra vez. Si el amor se alimenta de música, dádmela en exceso. Esto es de un libro de los que me dejó mi padre. Baila conmigo, aunque sea para disimular, que la Orquesta ya ha vuelto. Mira esos gilipollas ya calvos, mira cómo bailan esta canción para que parezca que están en la onda. No, si aunque sean ridículos les tengo cariño, joder. Menos al hijo de puta del Hijo del Conde, míralo, que está bailando. «En la onda», como dirían ellos. «*On fire*», como diría yo. El único que me cae bien es Ventura, qué bien le queda el vestido. Bueno, y Liberto, pobre, que está destrozado y ni la baila: tendría que montar un grupo o algo con el Ton, para que no toque el bajo solo en la cuadra, porque vaya tela, qué tristura. Míralos, mira cómo hacen que conocen la canción, desesperados, ¡pero si casi no me la sé ni yo! Tú no ere' bebecita. Tú ere' bebesota, frikitona, ma', se te nota. Le gustan los trío' cuando está en la nota. Si el novio no sirve, de una lo bota. Vamos, que bailes te digo. Venga, baila, niño. Por favor.

8

Yo templo el momento más frío de la noche para que parezca el más cálido: cuando todos deberían usar por fin sus rebecas y jerséis, es cuando menos los necesitan, porque yo los arropo. Dibujo la sonrisa en la cara del triste e infundo valor en el avasallado.

Baby, no me llames, que yo estoy ocupá olvidando tus males. Soy la espita que abre el alcohol para liberar las contradicciones. Y ando despechá, oh, ah, alocá. Placeres Fiallega, que no ha bailado nunca, baila al fin a los ochenta y tres años con el Niño de la Bici Roja, que ha llegado con las mejillas algo rojas tras la conversación con Caridad. A ella, a la abuela, parece que después de un rato le ha hecho algún tipo de reacción alérgica la caricia del Hijo del Conde, porque ya no tararea *María Soliña*, sino que la mueve este nuevo ritmo. Dios me libre de volver a tu lao.

—Pásame las *zuecas* —dice la abuela al oído del mensajero, que abre la cremallera de su mochila hacia atrás, como quien rebobina manualmente la Historia.

La luna es una cimitarra de platino y Placeres es una abuela despierta después de una tercera copa de vino, algunas pastillas legales y con un plan a las cuatro y media de la madrugada. Voy con la falda, aro y cadena, piña colada, no tengo pena. Esta noche ha bebido tres de las sesenta y seis copas de vino que se ha echado al coleto durante toda su vida. La noche es larga, la noche está buena. Hay un frufrú en su falda de franela negra a medida que avanza. Un mambo violento y fin del problema. Las manos le sudan cuando mira al Hijo del Conde, que justo ahora ha ido a preguntarle a su padre, estático en su trono de mimbre, si necesita algo. Mira qué fácil te lo voy a decir. El Conde ni lo ha mirado a la cara. A, b, c. Falta poquísimo para que suceda algo importante. 1, 2, 3. Lo sé porque estoy dentro y fuera de ella. Mira qué fácil te lo voy a decir.

Pero antes cambian la canción y la escena. Demasiado rato con temas actuales, que en teoría solo entienden los adolescentes, pero que envalentonan hasta a las abuelas, que hasta ahora solo conocía los versos negros de otra Rosalía, la que hablaba de mujeres en un lecho de tojos y silvas, mientras los zorros de mala sangre duermen en uno de rosas. Placeres sigue colgada de la anterior canción, pero lo que suena en ese momento a algunos les recuerda a Nochevieja, a otros, a su adolescencia heavy, y a otros no les recuerda a nada, así que se ciñen a la urgencia literal que enuncia la canción: es una cuenta atrás. La cuenta atrás final. Como no se saben la letra en inglés, como solo saben cantarla en la aproximación fonética que espolea la emoción, siguen lo que toca el guitarrista de la Orquesta, que se pasa todo el repertorio en un salmódico segundo plano para mostrar en cuatro canciones los muchos años de práctica. La cuenta atrás final: «Nino, nino», cantan todos los paisanos, siguiendo el *riff* que el guitarrista ha ensayado probando en las tiendas de música mil guitarras que no ha tenido dinero para comprarse.

Algunos la podrían cantar en inglés, como el marido y el hijo de Adela. Cuando ella por fin iba al encuentro de Liberto para perderse un rato en las escaleras del Ayuntamiento o en los columpios del parque, ve una chaqueta de chándal de Peppa Pig: es su hijo Max al trote, increíble y hasta improcedente (¡dónde están Servicios Sociales cuando se les necesita!) que siga despierto, que la intercepta una vez más. No se va a dormir hoy, el niño (se refiere a él como «el niño» cuando está cansada de todo, incluso de él). Se queda parada, con el mocoso intentando trepar por el telón de su falda larga y tableada, que ya llega a su camisa vaporosa estampada de margaritas, y entonces ve a su sobrina Aurora. Esta resopla acalorada después de bailar hasta el suelo la canción anterior, el corazón a unas ciento sesenta pulsaciones, aproximadamente, alterado todo su cuerpo como un vaso de agua en el que acaba de zambullirse una pastilla efervescente, y Alberto está abanicándola con un platito de cartón en el que acaba de comerse un bocadillo de chorizo. «Está preciosa —piensa Adela. Y luego añade—: Como se le ocurra besarlo, flipará con el aliento». Pero el caso es que Alberto, en este momento, lleva la mano a su bolsillo y toca a ciegas y encuentra la pulsera de hilo que quiere regalarle a Aurora como promesa de que no todo acaba esta noche, a pesar de que el verano llegue a la meta. Liberto, el primer novio rocker, ya piensa cosas sin sentido, como que a Adela le gustaría saber (quizá así vería que ha evolucionado) que últimamente escucha música clásica: lo hace, eso sí, en un transistor ruinoso, donde sintoniza la emisora que la emite todo el día, porque solo le gusta esa música enorme si se escucha pequeña, si suena como con carraspera, buenas ideas sin técnica, bien pero mal, como todos los grupos que han musicado su vida. En su cabeza, el mismo verso de las últimas horas, como si el disco estuviera rayado: «Tú en tu casa, nosotros en la hoguera». Ahora mira a Adela y luego a Alberto y luego a Aurora. Solo una persona está mirando a Max y es Ventura, con su vestido de gala: considera precioso algo tontísimo. Algo tan fácil que pareció imposible durante mucho tiempo. Un niño, varón, vistiendo una chaqueta de color rosa con dibujos de una cerdita con tutú.

It's the final countdown. Placeres Fiallega está vertiendo un vaso de medio litro de calimocho, vino y Coca-Cola en las *zuecas* que le ha dado su nieto, que mastica ahora un cubito de hielo con sabor a limonada y que debería hablar cuanto antes (es casi el último que le queda) con Ton Rialto. El joven, que aún conserva la erección del campanario (un souvenir de la torre de Pisa, ceñida en diagonal al calzoncillo y con el ático atrapado en el cinturón) y que se muere por contar lo que no debería contar, se ha sumado a la comitiva de vecinos que llevan al Forastero al río, agavillados ahora en torno a él.

—¡En cien años, estaréis todos muertos! —sigue gritando el muy loco.

Hace solo unos minutos se lo han arrebatado a los focos del escenario, que instantes antes lo bañaban en una luz epiléptica. Lo portan entre cuatro, seguidos de una decena de vecinos más, todos hombres. Cruzan las tierras segadas hacia el río, penetrando *corredoiras* porticadas por acacias viejas y luego por soportales de eucaliptos jóvenes, que los aguardan un kilómetro más allá. Andan a ciegas, como espíritus con brújula, mientras cantan una canción que va de olas, *oliñas* de mar, que vienen y van y mecen al Forastero a su compás. Estoy en esa canción y soy también las últimas cinco últimas canciones de la Orquesta que los animaron a hacer esto. Canciones de venganza, de despecho, de deseo y cuentas atrás. Propongo y describo lo que sienten.

Algunos, los más jóvenes de la procesión, llevan las linternas de los móviles encendidas, así que, al menos desde lejos, parecen esa Compaña de almas en pena, de vecinos muertos, que siempre se ha dicho que deambulan por este Valle cuando ha de morir alguien, aunque también puede que paseen por ahí porque bajo tierra, simplemente, se aburren.

—Me da igual. Hoy me tiraréis al río, ¡pero pronto caeréis vosotros! —grita el Forastero.

—Nos vas guardando sitio tú —grita Cosme, el instigador de todo esto, que agarra con las manos el tobillo derecho y que piensa en el papelito lleno de insultos a su mujer que tiene el Niño de la Bici Roja, al que ha buscado sin éxito durante un buen rato (él estaba hablando con Caridad en las sombras de la parte trasera de la Iglesia).

Estoy allí, en sus labios, en la noche cerrada del monte y el río, pero también me cuelgo de los pendientes de aro de Caridad, de nuevo bajo los focos, el sol que no se ha puesto aún entre sus piernas, que acaba de recibir el mensaje que jamás querría haber recibido: «Cari, estoy a quince kilómetros. Quería que fuera una sorpresa, pero no quería que te enfadaras». *The final countdown.* Dos segundos después, su corro de amigas forma un cadena humana de hombros tostados y manos ensortijadas y corazones al trote mientras berrean, todas, incluso Caridad, y también su mejor amiga, Sara: «Son mis amigas, en la calle pasábamos las horas». No sé si finalmente quemarán o no los billetes en la montaña, pero desde hace un rato no han parado de pedir copas en la barra y de invitar a todo el grupo. Son mis amigas. Un amigo de Sara, pendiente, camisa de lamé anudada por encima del ombligo, sombra de purpurina en los párpados y zapas con plataforma, les acaba de quitar la última copa pedida para ofrecérsela a Ventura, que se lo queda mirando como si fuera una plegaria atendida o un animal mitológico (¿mitad chica, mitad chico?). Le recuerda a su amigo de la Ciudad Grande, el famoso pintor sevillano, pero es como una versión evolucionada que ya no necesita ni el desafío para brillar. No hablan, pero siguen así, juntos, bailando. Como solía decir Ventura cuando alguien cómplice lo abordaba en una gasolinera: «Si lo ve, pa' qué pregunta». No hablan, pero se sonríen.

Son mis amigos. Caridad y Sara no acaban de encajar en este grupo de amigos. En la calle pasábamos las horas. Se sienten borrosas en el corro de los que empezaron la noche en los coches, de los que aún se felicitan en un grupo de WhatsApp durante el año, sin dejar atrás el verano y sin asumir aún todos los compromisos adultos, pero de algún modo no se les ocurre mejor sitio en el que estar, así que Caridad susurra algo al oído de Sara, mientras el resto sigue cantando. Por encima de todas las cosas. Y miran un momento entre risas al monte, donde esa Compaña vecinal está, en este preciso instante, meciendo al Forastero para tirarlo al río. *Oliñas veñen e van.* Ellas tienen que quemar la caja de Sara, no le dieron ni las gracias porque estaba sin contrato, y, si no estaban seguras de hacerlo, ahora Caridad, con tal de retrasar el momento de encontrarse con su novio, la anima, aquella misma tarde fuimos a celebrarlo, y se la lleva de la mano lejos de los altavoces y los focos, para al menos hablar un rato y planteárselo. Ya no tendrás que soportar al imbécil de tu jefe ni un minuto más.

—¿Tienes sangre ahí, en las Converse?

—Qué va, es que he pisado unas begonias. Ahora te explico.

Llega al centro del prado de la Iglesia Soledad Díaz, recientemente rechazada por el Conde, que no ha movido ni un músculo cuando ella le ha ido a presentar los respetos a la butaca de mimbre: se pone en el centro del corro, y los jóvenes, con una ironía que ella no detecta de lo enfrascada que está en su coreografía, le tiran fotos y aplausos, viva la Alcaldesa, puta facha, vuelve miss Pandereta (piensa ella), mientras Ventura Rubal, el que fuera su amigo especial, le dice «Gracias y suerte» al chico de los párpados pintados de purpurina y él no entiende el «suerte». Atento a los brillos que desprenden las lentejuelas azabache de su vestido está el amigo de la mujer de Cosme, mientras ella, Carolina, *bailei*, sí señor, piensa en la última conversación con su ex: Cosme, con una escopeta en la mano que ella creyó de plástico, de los puestos de tiro, le confiesa en qué punto está, hasta qué punto lo ha perdido todo, mientras lamenta —pero esto solo lo piensa— no haber encontrado aún al Niño de la Bici Roja para decirle que el cantante de la Orquesta no debería leer el mensaje que él le ha escrito antes, porque su víctima ya no lo merece, porque fue en su día y es hoy, ahora mismo, la única que intenta estar ahí. «Aquí», piensa él. Ahora no está aquí, sino allá lejos, tirando al Forastero al río, con esa escopeta real al hombro.

Necesito respirar, descubrir el aire fresco. Eso cantan todas las amigas de Caridad sin ella. Eso cantan algunos abuelos que la memorizaron en fiestas anteriores. Eso cantan los niños, poquísimos, que aún siguen despiertos, ahora en vuelo raso por el prado con los brazos en cruz. Y sentir cada mañana que soy libre como el viento. Eso escucha el Conde, una escultura de carne débil, un pelele de plastilina amarilla y reseca, cuarteada, en su silla de mimbre.

Pero ha llegado el momento: tararea sin letra la canción del despecho Placeres Fiallega, que, despechada, se acaba de plantar delante del Hijo del Conde, ahora rodeado por el coro de lameculos que lleva aplaudiéndole la arrogancia cada verano desde que su padre lo mandó por segunda vez al exilio inglés. Envalentonada a los más de ochenta años por la música y el vino, y la certeza de que el viejo mundo acaba hoy mismo si ese Conde de la silla de mimbre muere o ha muerto (y de que ella quiere despedirlo por fin).

—No tengo nada que decirte —le dice al Hijo del Conde, quizá demasiado bajo.

—¡Placeres, *darling*, *riquiña*!

—No soy digna de quedarme con estas *zuecas* —dice ahora, más firme.

Y le tira en esa camisa blanca y almidonada todo el vino tinto y la Coca-Cola negra, la blanca camisa condal estampada ya de islas moradas y azules. Si lo hubiera visto Caridad, que ya se ha ido, habría pensado «*Action painting*», porque le ha dejado la camisa perdida con algo parecido a la sangre de las uvas de la ira y de sus Converse. Y luego le deja las *zuecas* a los pies.

—Para que no te manches los mocasines —le dice.

La Orquesta, a veces algo autista, no se ha percatado de lo que acaba de suceder, porque de otro modo habría interrumpido la canción para tocar el nuevo himno de Placeres. Mira qué fácil te lo voy a decir. Pero el gesto, pese a ser casi silencioso, ha atrapado la atención de muchos otros vecinos. 1, 2, 3. Y de todas las abuelas del coro.

Hay gestos concretos que son como las canciones o las novelas: el oyente o lector, de repente, no sabe por qué eso que les pasa a otros, con otros nombres, lo conmueve, y solo entonces procede a razonar para reconocer en su vida los motivos de esa emoción y los hechos vividos que la hermanan con el espíritu de lo que oye o lee.

Bajemos el *pitch* de la canción para asistir a cámara lenta a esos instantes de silencio en que todo cambia. Los vecinos miran la camisa perdida de vino, pero, sobre todo los mayores, piensan en las *zuecas*: durante mucho tiempo se habló de que el Hijo del Conde se paseaba por el Valle alardeando de unas *zuecas* manchadas de la sangre de una virgen que él había «estrenado». Todos pensaban que ni él era capaz de ser tan hortera y tan malo, así que lo interpretaban como una fantasmada y asociaban las trazas de sangre a cualquier matanza del cerdo, de una gallina o de un conejo. Hoy, esas *zuecas* en manos de Placeres Fiallega les explican la historia y, sobre todo, son el último trazo que concluye el retrato del personaje avivando el gesto final que expone su carácter.

Clic. Así se enfoca mejor al Hijo del Conde y se repescan las situaciones vividas con él. Lo hacen todos los que siguen mirando la camisa manchada de vino. Caridad está en el monte ahora, pero podría recordar muy bien (y lo hará, en cuanto le expliquen lo que acaba de suceder) cuando era aún preadolescente: por alguna razón, siempre se encontraba con el Hijo del Conde en el último cruce antes de llegar a casa, donde él le ofrecía chucherías a cambio de un beso para que no se le notara el aliento a alcohol cuando entrara en casa (ese beso, «Soy muy amigo de tu padre, niña», que siempre caía en la comisura). Carolina, la mujer de Cosme, piensa en cuando quiso liar a su entonces novio Cosme para lo del juicio, pero también en las veces que intentó no dar al Hijo del Conde cita en su peluquería: cuando le masajeaba el cráneo para lavarle la cabeza con champú, veía en contrapicado la erección del tipo, que, con los ojos cerrados, él masajeaba sin exhibicionismo ni disimulo (luego la arrinconaba, disimuladamente y con una sonrisa, en la caja registradora, sin llegar a mayores). Piensa Francisco Alegre en las muchas veces que el Hijo del Conde lo invitó a tragos: lo emborrachaba y, cuando él ya no se enteraba de nada, en especial en sus peores épocas (la muerte de su esposa, por ejemplo), lo metía en el coche para dejarlo tirado a las puertas de un puticlub, en el patatal de un pueblo vecino o en el cementerio (él, resacoso, muerto de vergüenza, nunca se atrevió a malpensar y aún menos a contarlo, aunque creía intuir todo el daño que le había hecho a Placeres). O el Casiguapo, que piensa ahora en un par de veces que, en una fiesta costera, acabaron bañándose desnudos en noche cerrada: cuando salía del mar, sus zapatos siempre habían desaparecido y tenía que continuar la noche descalzo, ciscándose en los de ese pueblo cuando tenía al lado a quien lo había dejado sin calzado. O cuando, como hacía su padre, los animaba a beber mientras sonara la canción (¡él pagaba todo!), pero se iba sin apoquinar cuando el juego acababa. Eso lo sabe (se lo dijo su padre) Julián, que ahora susurra: «Te jodes, cabronazo». Quien más podría aportar es Ventura: cuando miraban al mar para intentar contar las olas, sí, también cuando hacían otras cosas, pero sobre todo cuando le dio aquella paliza mientras degustaban un pícnic en el río o cuando le hizo robar todo el vino de la Iglesia para luego confesar ante el cura que había sido él. O incluso el Conde, que lo mira sin disimular el desprecio que le merece mientras tararea mentalmente el *Concierto de clavecín en fa menor (II Largo)*, justo el movimiento que sonaba el día que, enterado de lo que había hecho por segunda vez con su herencia, lo llamó al pazo. El hijo, con casi ochenta añazos, se plantó ante él con la rebeldía estéril de quien tiene dieciocho y con el enfado inconcreto pero sumiso de quien solo suma ocho:

—Te voy a hacer tres preguntas —le dijo— para saber si eres mi hijo. —Al final, le hizo cuatro.

Le preguntó cuántos ferrados de monte tenía a su nombre. Le preguntó qué ponía su madre en los cajones de la ropa para que los manteles y servilletas y sábanas olieran bien. Le preguntó, también, qué canción sonaba en ese momento («Algo de Mozart, supongo», contestó él). Le preguntó de qué árbol podría sacarse un perfume. No le preguntó, sin embargo, a cuánta gente le había destrozado la vida todos esos años, quizá la única pregunta para la que su hijo (llevaba la cuenta y guardaba trofeos) tenía respuesta.

—Llevo tiempo engañado. Tú no eres mi hijo. No puedes serlo.

—Pues mira mi DNI y mi cara, que nos parecemos más de lo que crees.

—¿Sabes lo que necesita el mundo para funcionar?

—Dinero.

—Milagro, misterio y autoridad. Es un misterio que alguien tan hijo de puta pudiera salir de la *cona* de mi mujer. Es un milagro que no me haya dado cuenta hasta ahora de quién eres. Es mi deber ejercer mi autoridad cuando toque. Sabía qué tipo de persona eras. Te perdoné que intentaras sacarme la fortuna. Pero no puedo perdonar que hayas malvendido por dos duros los árboles de tu madre, lo que ella dejó para ti. De momento, puedes volver a Londres. Vivirás el tiempo que yo quiera esperando una sentencia. Vuelve para la próxima Fiesta. Quizá ahí la sepas. Vuelve cada año y yo decidiré la Fiesta en la que sabrás qué será de ti. Antes de irte, sube el volumen de la radio.

Las abuelas del coro viven en este momento un canto del cisne: ya cabeceaban muertas de sueño, pero ahora bisbisean e intercambian cuchicheos como una hidra de más de diez cabezas, con bocas para hablar de todo y ojos para que no se les escape detalle de este momento que aún no ha acabado. De esta escena protagonizada por Placeres.

Porque por último, y como el Hijo del Conde no se mueve, la camisa perdida de vino y la sonrisa bobaliconamente congelada, dando a entender a los suyos que presencian una broma acordada de antemano, ella le agarra la bolsa escrotal con la mano. Esa mano encallecida, nudosa como jengibre artrítico. Y esa mano, cuarteada por la constante exposición a la lejía y los cardos, abraza el escroto pocho del Hijo del Conde. Y aprieta. Y le dice:

—Tose. Ahora tose.

Tosen, una tos nerviosa, todos los que observan la escena. Es curioso cómo un gesto puede cambiar la percepción de una persona, hasta hace un instante bajo un foco caro de película de Hollywood, ahora bajo un fluorescente macilento y de ascensor que acetrina el gesto. Esa persona que ya sabíamos que era así, aunque no la enjuiciáramos. Como cuando te dicen que los Reyes

Magos no existen y tú, en efecto, te das cuenta de que ya lo sabías.

—Que tosas, te digo. Gracias.

¿Habéis visto a un tipo con un brazalete negro? La vida se abre paso por otros afluentes y escenas. «Estamos buscando a un chico con un brazalete negro», insisten los nuevos forasteros. Esa es la pregunta que está haciendo aquí y allá un grupo de desconocidos enviado por los mismos que le encargaron a Ton la misión con la furgoneta. Cuando la alcanzan a ella, Adela contesta: «No tengo ni idea de dónde está. El brazalete se lo suelen dar siempre al mismo». «Sí, eso nos han dicho», confirma uno de ellos. «Pero es que no anda por aquí, hace rato que no lo veo», dice Adela. Entonces se excusa para evitar más preguntas y va hacia su sobrina: desanuda la pulsera de hilo de la muñeca de Aurora, mientras le dice que mejor se la guarda ella para que no pierda algo tan importante. Y, un par de minutos después, alza el brazo para saludar con la mano a Liberto, a su Liberto, a su ex Liberto, ahora a solo cinco metros: le sonríe mostrándole la pulsera, gracias a la oscuridad idéntica a aquella que él le regaló, y pronuncia un «gracias» que yo silencio con otra canción de la Orquesta.

En realidad, el brazalete negro que ese grupo busca está en la coleta de Caridad Villaronte, que ahora silba bajo un árbol del monte una canción de un grupo neoyorquino mientras le manda por WhatsApp un corazón roto a su novio (mete quinta a cinco kilómetros del pueblo) justo antes de encender ese mechero de TODOS CONTRA EL FUEGO y acercarlo a la montaña de billetes que ha dispuesto su amiga bajo un castaño después de apartar el sotobosque de helecho, agujas oxidadas de pino y cadáveres de gramínea. Si lo enciende o no, no lo sé, porque cuando se dispone a hacerlo deja de silbar, así que ya no puedo presenciar ni contar ese instante.

En el río, acaban de lanzar al Forastero al agua. Veo eso y puedo contarlo porque le cantan la tradicional canción de este tradicional bautizo:

—*Oliñas veñen, oliñas veñen, oliñas veñen e van...* —Y van y lo empujan río abajo.

De vuelta en el prado de la Iglesia, comprado a tocateja por los adolescentes y jóvenes con el talonario de su lozanía, se berrean todas las canciones. Todo aquel que piense que la vida es desigual tiene que saber que no es así, que la vida es una hermosura, hay que vivirla.

El Conde acaba de ver la escena de su hijo y Placeres desde lejos como quien, ya muerto, presencia el mundo sin él por televisión. Sonríe, por fin, cuando llega una niña de unos once años a obsequiarlo con algo. Le recuerda mucho a Placeres cuando tenía esa edad. Huele a suavizante y a Nivea y a almendra garrapiñada y a mundo escardado: se le acerca y le tiende una nube de azúcar color rosa flamenco. Como robada a un atardecer arrebolado en Valdeplata.

—Gracias —dice él, por primera vez en su vida, a Iria Agarimo, en la que ve a Placeres y ve a su hermana y ve a aquella hija de la criada que le gustaba tanto cuando ayudaba, aún tan pequeña, a poner las servilletas de lino los domingos; sabe que jamás volverá a ser niño, ni joven, ni hombre, ni nada, padre lo que menos, y, de repente, se le encharcan los ojos. Por todo lo que no quiso ver. Por lo que hoy por fin ha visto y ha pagado con un mensaje en un papel entregado al Niño de la Bici Roja. Porque, por fin, tiene miedo a morir. Le duele el corazón: lleva ya décadas con problemas coronarios, superando operaciones hasta que ya no valía la pena. Ay, no hay que llorar, que la vida es un carnaval, y es más bello vivir cantando.

—A ver. Voy a adivinar cuánto pesa. Piense en la edad que tiene... —Mejor que no—. Ahora multiplique por dos y súmele ciento cuarenta y ocho. Luego... —le dice entonces la niña, esa niña anciana llamada Iria Agarimo.

El Niño de la Bici Roja, que antes de despedirse de ella le ha dejado a su abuela el clínex arrugado que le regaló Miguel para explicarle qué era el tiempo, espera a Ton. Tiene que pedirle su mensaje. Es casi el último que necesita. Este y el de Iria Agarimo y quizá uno más. Cuando lo ve rondando la caja de cohetes y fuegos artificiales cerca de la mesa de sonido, acelera con la bici roja para ir a recogerlo. Ton acepta volver a irse del prado de la Iglesia porque sabe que lo andan buscando. También porque quiere hablar con su primo y porque, si se queda mucho más, no podrá evitar abrazar por detrás, muy fuerte, oliéndole la nuca, a Caridad, y teme que ella lo rechace. Lo que no sabe es que quizá en breve la vea besar a su novio: «Cari, ¿me has echado de menos?». Y: «Zapas nuevas, ¿eh? Qué originales. ¿Son del mercadillo? ¿O de la web aquella de *sneakers* edición limitada?». «Limitado tú», pensará ella, un chiste malo lo tiene cualquiera.

Oh, oh, oh, ay, no hay que llorar, que la vida es un carnaval, y las penas se van cantando.

El Hijo del Conde ha abandonado la Fiesta después de recibir el chorreo de Placeres: ha pasado por delante de Ventura, que le ha aplaudido con los ojos más brillantes que las lentejuelas de su vestido iluminadas por los focos de la Orquesta, más que un mar de Coca-Cola en una noche de luna llena. El Hijo del Conde se ha ido porque era eso o meterle una paliza ahí mismo a Placeres o a Ventura, o a cualquiera de los que lo observaban todo y recordaban aún más, y quizá eso delataría otros episodios que no conviene airear.

Sigo aquí y lo domino todo. Tonifico lo ajado y lubrico las decisiones. Me detengo un momento para que el cantante pueda decir por el micrófono:

—Estamos en la recta final. Media hora para la rifa y para leer los mensajes.

El coro de abuelas, muy diezmado, ya ha desistido de comentar la jugada: las pocas que no se han ido a casa, porque sus nietos no querían, solo observan y toman notas para futuras reuniones (lo del Hijo del Conde dará mucho que hablar, por no hablar de lo de Ventura: yo no digo nada, pero... —y lo dirán todo—). Duermen, pero tienen los ojos abiertos. Todo aquel que piense que la vida siempre es cruel tiene que saber que no es así, que tan solo hay momentos malos, y todo pasa. Max, el niño de la chaqueta de Peppa Pig, señala con su índice de dos años la barriga estampada de amebas violeta de la madre del Niño de la Bici Roja. «Tiene cero años», le ha explicado antes el hijo de Miguel. «Tiene cero días», dice ahora él.

El Casiguapo sigue bailando cuando le llega el rumor colectivo de que el Ambipur está en la barra pidiendo el primer cacharro al mejor amigo de Ton Rialto, el mismo Julián que ayudó con las pastillas a su abuela, ese que está obsesionado con los espectáculos de marionetas itinerantes y las historias del franquismo, que tiene turno de camarero durante la próxima hora. Ventura baila de nuevo en el corro juvenil, invitado por el adolescente de los ojos de purpurina, mientras piensa en sus uñas pintadas de rojo durante aquella Fiesta hace tantísimos años. Las uñas de todos los vecinos que están en la plaza, también los del monte, crecen al mismo ritmo: 0,1 milímetros durante esta noche. Unos 3 milímetros habrán crecido dentro de un mes, cuando casi todos la recuerden.

Arden o no arden billetes verdes en el monte, iluminadas tanto si sí como si no las caras de Caridad y su amiga y sus Converse All Star manchadas de sangre; sale empapado el Forastero del río y escala un talud de tierra húmeda, custodiado por una guardia dispersa de margaritas y genistas; pide otra copa Soledad mientras grita a quien quiera escucharla (nadie) «¡Calidad de vida!»; piensa si confesarle a su mujer lo del mensaje Cosme, que abandonó la Compaña después de tirar al Forastero, mientras deambula por el monte con su escopeta dando tiros y pensando si volver o no a la Fiesta (sería inútil: el niño mensajero aún debe de andar pidiendo los últimos mensajes de la rifa y él necesita disparar o se va a volver loco); baila con su nuevo amigo mitológico Ventura Rubal acaparando flashes y focos y *stories* tras tanto tiempo en la sombra; un adolescente sube a las redes la escena de Placeres y el Hijo del Conde («Las abuelas punk: cuando el Valle despierte mañana, será viral»); sonríe Julián por esa misma escena mientras sirve otra copa al Ambipur; trinan las últimas caries del Conde en contacto con la nube de azúcar que le ha regalado Iria Agarimo (le hace «sentirse vivo» un rato más). Ventura, de repente, a medio baile con el hipogrifo de los párpados con purpurina, recuerda algo y se pone muy triste. Y sigue bailando, pero mientras se aleja del Gran Carballo y del prado bajo una luna de escayola.

Para aquellos que se quejan tanto (bua).
Para aquellos que solo critican (bua).
Para aquellos que usan las armas (bua).
Para aquellos que nos contaminan (bua).
Para aquellos que hacen la guerra (bua).
Para aquellos que viven pecando (bua).
Para aquellos que nos maltratan (bua).
Para aquellos que nos contagian (bua).

Y Ventura, entonces, a quien algo ha dictado que mejor que se fuera de la Fiesta, ralentiza el paso, se marea, se detiene y, en medio del patatal, protegido de miradas indiscretas por la oscuridad, cae al suelo como un saco de patatas lleno de piedras. ¿Se habrá desmayado por la ilusión? No lo creo, pero quién sabe. Ahí lo dejaremos, solo, con los ojos cerraditos, sin vergüenza ni conciencia.

Todo el prado de la Iglesia es un mar picado de brazos saludando al ser querido en la orilla o pidiendo socorro porque se hunden. Brazos y abrazos y miradas que brillan como la espuma de los borreguitos de las olas que chocan, conquistan un trozo más de la noche y retroceden.

Oh, oh, oh, ay, no hay que llorar, que la vida es un carnaval, y las penas se van cantando.

Todas estas canciones baratas y llenas de clichés, como sus vidas. Llenas, por tanto, de momentos cruciales, de los buenos: los que solo lo son con carácter retroactivo, poco autoconscientes, como las personas genuinamente graciosas o buenas.

No, no hay que llorar. Ya está hablando Ton Rialto con el Niño de la Bici Roja en el cementerio cuando se acerca Francisco Alegre a Placeres, después de sesenta años de pensarlo y no hacerlo, para decirle el conjuro tantas veces callado, por él y por el resto del pueblo que la llamaba la Tola: «Entonces ¿bailas?».

VIII

Supongo que yo solo quería alargar un poco el verano, *bro*. Una vez vi una peli en YouTube sobre unos pavos que hacían surf y que se pasaban el año viajando por el mundo, de verano en verano. No caían en invierno nunca. Cuando se acercaba el frío, ellos se piraban. Rollo verano eterno. Como yo no podía moverme por todo el mundo, lo máximo que podía hacer es quedarme quieto en el Valle, que es donde pasaba el verano. Donde lo pasaba yo, digo, hasta que acababa y volvía a la Ciudad Grande.

En realidad siempre he sentido algo así: querer saber qué pasa cuando se supone que se acaba algo. Yo, aquí donde me ves, *nen*, he visto hasta el final varias pelis porno para saber qué se cocía después de que todo el mundo se corra y apaguen hasta la luz. Y cuando era como tú, o más pequeño, siempre que me decían «Colorín colorado, este cuento se ha acabado», preguntaba qué les había pasado a continuación. «¿Ricas las perdices?», preguntaba. Incluso un día pedí en un McDonald's perdices para comer. «¿Fueron realmente felices? —soltaba, porque quería que lo fueran—. Porque, si fueron felices, quiero que me lo cuentes». Porque no me fío. ¿Qué mascas? ¿Hielo? Dame uno, hermano. Yo le doy a todo y más, hoy.

A mí me costaba un huevo irme del Valle para volver al cole en septiembre. Vale que cuando te vas de un sitio ese sitio es mucho más bonito, mola más. ¿No te ha pasado nunca? Joder, qué bonita la sala de espera del dentista y qué majo el cabrón que me ha quitado la caries.

Pero es que todo aquí era más fácil y por eso era más difícil irse. Era una cosa estadística, ¿eh? Aquí me enrollaba con pavas que en la Ciudad ni me habrían mirado. Es que una vez le entré a una parecida en una discoteca de la Ciudad y le pedí el móvil y me dio un número y luego en el lavabo miré y la cabrona me había dado un número de teléfono *random*. Le sobraban dos números.

Lo de que en el pueblo las tías están más buenas es algo que lo saben todos, ¿eh? Un día, en una fiesta —cuando no se podían hacer fiestas, pero nosotros alquilábamos pisos turísticos para hacerlas (cuando no nos dejaban salir de casa por el puto virus)—, un pavo *basadísimo* que estudiaba Medicina (y que me compró unas cuantas pastillas) me dijo que gracias a los pibones rurales se había descubierto la vacuna que nos salvaría. ¿Cómo? Pues se ve que hace no sé cuántos siglos un científico se ponía muy palote viendo obras de teatro donde vivía, en Gloucestershire: en todas ellas, la protagonista era una vaquera o una pastora guapísima. Esas diosas nunca tenían la cara marcada por la viruela, que era una cosa muy chunga de aquella época, que mataba a un diez por ciento de la gente y dejaba a los demás más feos que el Casiguapo. Entonces investigó por qué y se dio cuenta de que los pibones de pueblo no tenían viruela porque estaban todo el día paseando vacas, así que se infectaban de una especie de viruela bovina menos grave que impedía que cogieran la otra, mucho más chunga. Y entonces fue cuando descubrió que, poniendo pústulas infectadas con ese virus, conseguía que la peña no cogiera el otro, el jodido. O sea que no es cosa mía, hermano: ¡es científico! Las tías de campo no solo están más buenas, sino que nos pueden salvar la vida. Eso pensaba yo cuando me tenía que ir.

Y no solo eso, ¿eh? Yo qué sé, rollo que aquí los días duraban más. ¿Te has fijado? Es que duran más, joder.

Tú compara un día aquí de estos de verano con un día *random* de febrero en la Ciudad. Ya te lo digo yo. Es que allí no te da tiempo de nada, *bro*. Aquí, hostia, es que se estiran como un chicle. No se acaban nunca. Allí, en la Ciudad, tenía algún examen importante y me ponía mazo nervioso y miraba a un perro por la calle, ahí tirado a la solana, y pensaba automáticamente que me daba envidia. Y pensaba también en el pueblo. Porque yo aquí no pasaba esos nervios.

O cuando me dio por buscar piso. Éramos cuatro, ¿eh? Cuatro colegas para buscar piso. Joder, que digo yo que siendo tantos no habría problema. Pues imposible, no encontramos. Y me costaba mucho ponerme a la cola, en los sitios. Y la gente *random* del metro olía a culo de resaca y a sobaco al vapor. Todos ahí, ¿qué puto sentido hay? Todos amontonados, discutiendo por cuatro metros. ¿Qué dices? ¿Que te ha dicho lo mismo Soledad? Una facha de la hostia. El Julián la odia por fascista, a mí me da como pena y pereza: esa nunca se ha divertido de noche, fijo, ni ha estado en un concierto de verdad. Pero lo que te digo es que nosotros estábamos ahí, a la cola, sin mirarnos a la cara, venga, tira millas. En la cola del paro, por ejemplo, con el papelito del número que te había tocado en la mano, arrugado, esperando dos putas horas: recuerdo un cartelito donde ponía NO SE PERMITE COMER EN LA SALA. Hijos de puta. Ni en la sala ni fuera de casa de los padres. Y fuera todas las calles iguales, los mismos semáforos, las mismas esquinas, los mismos bancos, las mismas tiendas. Parece un videojuego gripado. La misma pantalla siempre.

Yo solo pensaba en respirar aire limpio. Entonces pasó aquello, ¿sabes? Que no nos dejaron salir de casa durante no sé cuánto tiempo. Mi juventud. Que yo ya me siento viejo, que a ti te pilló que ni te enteraste mucho, que eras un crío, pero a mí me jodió los mejores años de mi vida. ¡Los mejores años! ¿Quién me va a devolver eso? Porque después de palmar el examen aquel, el importante, ya andaba metido en mis cosas. Que ahí me arruiné, hermano. Sí, porque, joder, los días eran cortos, así que yo todo el día de noche. Y mi padre me decía que me iba a estampar y mis amigos que la iba a palmar, si seguía. Y yo, claro, lo que quería era desconectar. Respirar aire limpio. No tener que mirar las monedas cada vez que entraba a comprarme una lata de algo o un bocata. Ni esas cuatro calles, siempre las mismas, o distintas, pero iguales. Y luego los curros *random* de unas horas de la ETT, que hasta tiene nombre de pillar un virus chungo follando, casi siempre de noche: inventarios en perfumerías, trasladar muebles de un centro comercial, repartir movidas *random* a gilipollas. De mensajero, como tú hoy. Que vale que tengo veinte años, pero vaya mierda cumplirlos así: diecisiete y luego un vacío y luego diecinueve y así. Y que luego llegara mi momento por la noche y ser demasiado poca cosa para esa pava o la otra. Que no, joder, que no tenía por qué pasar por todo eso.

Mi razonamiento era ese precisamente: por qué intentar destacar en un sitio petado de gente. Pero si todos los hermanos mayores de mis amigos las están pasando putas en sus curros... Por qué ponerte a sufrir. Si yo con un paquete de tabaco y aire puro y limpio tengo suficiente, joder. No necesito más, hostia. Rollo tranquilidad, yo solo quería tranquilidad, hostia puta, ¿me explico? «¿Me entiendesss?», como dice el pobre hombre del Cosme. Ahí, en el pupitre, en el vagón de metro, en la cola del médico o del guardarropa de la discoteca, en las terrazas llenas, colándome en un puto hotel para bañarme en una piscina, parándome en cada puto semáforo en rojo, tirando la ceniza en el cenicero y la basura en el contenedor, de varios de colores. Las mismas cuatro calles *random* repetidas mil veces. Tantas caras desconocidas pero todas iguales, todas la misma.

Hasta que un día estaba haciendo cola en un garito para mear. Esperando, esperando, y me estaba meando de verdad. Me estaba meando tanto que porque tenía la copa llena que si no la meto dentro del vaso de tubo y me lo hago ahí y pa'lante. Pero la puta copa valía más que una entrada de cine y no tenía más dinero y vale que llevaba una época comiéndome la mierda, pero no era plan de encima beberme mis meados. Así que esperé y esperé. Ahí, con una música horrible de fondo. Que es que allí se te pasarían las ganas de mear, si no fuera porque tenía cada vez más. Y me puse a pensar en cuando en fiestas, como hoy, puedo mear donde quiera. Que saco la chorra y meo ahí, y a veces sueño que al día siguiente empiezan a brotar hortensias de colores, joder. Y me pregunto qué coño hago ahí. Y, como la cola no avanza y yo voy muy borracho, me saco la chorra para mear discretamente en el pasillo del baño. Justo cuando estaba a punto, vinieron los guardias. Joder, los Guardianes del Meo, los Air Force Cops del Orín, las SS del Alivio, y me placan, que es que me tumbaron al suelo rollo como si estuviera a punto de lanzar una bomba ahí en plan Allahu Akbar. Joder, que solo quería mear. Ningún puto sentido. Y yo venga a gritar: «¡Os entendería, si lo hubiera hecho lo entendería, pero es que no, joder, no me ha dado tiempo! Sois la policía del pensamiento. ¡Me estáis acusando de pensar en hacer algo! ¡No me podéis detener!». Y me sacaron fuera de la discoteca esa de mierda.

Y no tenía pasta ni para pillar un taxi. Y pensé: «Me vuelvo». Y esperé el bus de noche, porque vivía en el quinto pino, porque la casa de mi padre está a tomar por saco del centro, de donde en teoría pasan las cosas, y venga a esperar, y sabía que si echaba a andar llegaría el bus, así que no echaba a andar, pero veía a peña *random* de mi edad con casas en el centro girando las llaves en sus portales de hierro enormísimos, o morreándose delante de los escritorios de sus conserjes, porque esas fincas lo tienen, y me daba rabia, pero seguía quieto, y el bus no llegaba. Y te lo digo. Te lo digo ahora que las cosas me van bien porque Caridad me ha hecho caso, aunque esta noche otros, la banda esa, vendrá a por mí, casi fijo. Te lo digo. Estaba escuchando una canción: «Estoy llorando pero estoy contento, las lágrimas me hacen más joven, y el cielo se está tiñendo de negro, y el negro combina con todo, con mi futuro, con tu pelo». Y me puse a llorar, joder, en la parada del bus de noche, me puse a llorar porque no sabía qué me pasaba, *bro*. Y se me quedó mirando el conductor del bus cuando llegó. Y me ofreció un caramelo de eucalipto. Que los odio. Y a la semana siguiente me vine.

Porque entonces me vine. Me gustaría más decir que volví, pero en realidad me vine. Porque yo aquí solo había estado en verano. ¿En invierno seguía ahí todo? El letrero del pueblo que mangamos por fiestas, Francisco Alegre bailando todo ciego, el único buzón de correos, la taberna que vende chucherías y cerveza y un único periódico, todos esos eucaliptos, los perros que me siguen y las tías buenas que salvan vidas, ¿seguían aquí? ¿Qué hacían cuando yo no estaba? Me pillé todos mis chándales, todas las zapas de baloncesto que tenía, mi bajo, el ampli, mis pitis y me vine para aquí. A respirar, ¿sabes? Venga, vida tranquila por el culo.

Teóricamente, encontraría curro en la Alumina, en la fábrica de aluminios que hay aquí, más o menos cerca. Pero justo chaparon. Ahora es de unos yanquis, y tienen tres. Pues van y chapan la mía. Y en la fábrica de loza no había sitio. Así que al final me dieron curro un tiempo en la granja esa de pollos y me daba mucho asco, la verdad, y la chaparon también. Luego pregunté si nosotros teníamos montes, si podíamos vender madera, y mira tú por dónde que justo nosotros no tenemos. Y claro, camarero. Pero por aquí hay más bares en verano que en invierno. Pasa como con las tías buenas. Que hay más en verano, quiero decir. Y entonces no tenía nada que hacer. Y ya me metí en lo otro. Que me fui de la Ciudad para sacarme y aquí me metí más, porque estaba aún más aburrido y tenía aún más tiempo. Porque los días son más largos, que ya te lo he dicho, a veces demasiado largos y todo. Que la gente piensa en el Valle y piensa en vacas y lunas y olor a eucalipto. Y algo de eso hay: iba a pescar y me daba paseos, y me daba paz, mucha paz, pero es que al final me oía los pasos y hablaba solo. No en plan loco, solo frases cortas. Pero poco después ni árboles ni pájaros: yo solo veía motos y gramos y colgados dándole a la nariz en garajes y mirando el móvil todo el rato. Yo toco el bajo, ¿sabes? En la Ciudad tenía un grupo y hacíamos unas canciones que iban tan rápido que se acababan muy pronto pero luego se te quedaban en la cabeza. Como cuando te pasa un coche deportivo tan cerca que te salpica el agua de la cuneta y se pira y te quedas pensando, como impresionado y enfadado. Pues aquí nada. Tocando solo el bajo en la cuadra. Que a veces me quedo de madrugada ahí, con la misma frase de bajo, y despierto a los gallos, que cantan antes y luego los paisanos me meten bronca. Y yo todo solo. A ver con quién toco aquí. Los huevos, me toco, como mucho. Solo alguna noche se pasa el Francisco Alegre y se pone a cantar por encima canciones que no pegan ni con cola, pero me cuenta sus movidas de cuando iba con su orquesta y echamos el rato y unas pipas y unos pitis.

Me acaban de escribir al móvil, mira. Que ya están buscándome unos. Que les han dicho que busquen a uno con un brazalete negro. Creo que no tienen ninguna foto mía, porque yo cerré todas mis redes sociales cuando me vine, pero lo del brazalete se sabe en toda la zona. No han venido ni ellos, para no tener problemas luego, así que me mandan a otros, que yo no conozco, para que luego no pueda decirle nada a la poli, ni los reconozca, ni los vea venir. Pero el brazalete negro lo tengo en la coleta de la madre de mis hijos. Bueno, eso espero. No te rías, coño. Yo me hice la primera paja de mi vida pensando en ella, en Caridad: eso es amor. Ni siquiera en el pueblo pensaba que la tocaría. Me enfadaba cuando la llamaban la Muñeca. Era algo más, hermano, te lo digo, primo. Soñaba con dónde compraba y se probaba los bañadores. Quería ser su teléfono móvil, para ir siempre en los bolsillos de sus tejanos, para que fuera lo último que viera antes de cerrar los ojos y lo primero al despertar.

Y hoy ha venido ella, ¿eh? Que si no yo de qué. Ha venido ella. Solo me ha pedido que no lo cuente. Pero bueno, tú no cuentas, eres mi primo. Total, ya te cuenta todo el mundo, no sé qué tienes, pero a la gente le da por explicarte sus movidas. Igual piensan que aún eres sordo, o medio mudo, como de pequeño, porque aquí, sobre todo las viejas, te clasifican al principio, te ponen en una estantería y ya no te sacan. O igual es que piensan que te pondrás triste con lo de tu hermana que ya viene y te tienen pena. A mí no, piensan que soy la hostia, así que la pena me la tengo yo.

Esos cabrones no se van a ir hasta que me encuentren. Seguro que han preguntado más cosas y ya me tienen fichado. O les habrán enviado los suyos una foto mía al móvil o lo que sea. O me buscarán por lo de la oreja, que menos mal que tengo las pastis que me ha dado Julián o estaría flipando ahora del dolor, pero, como llevo el pelo un poco largo, de esa me salvo. Tengo que intentar que esta noche acabe de alguna forma para despistar. ¿No te da esa vibra? A mí me ha pasado muchas veces. Querer y no querer que algo se acabe. Rollo controlar el final, ¿sabes? Decir: «Hasta aquí, *bro*, esto acaba así». Estoy seguro de que hay mucha gente ahí, y míralos, que todos están bailando y con sus mejores ropas y tal, que piensan que está a punto de pasar algo horrible. Es como con el sol, que aquí siempre que hace sol viene un listo a decir que es sol de tormenta. El que hace justo antes de que caiga la de Dios. Pues eso. Mi sol con Caridad ha sido de tormenta, a ver cómo despisto a esos. Y estoy seguro de que no soy el único.

Aquí soy el rey, ¿sabes? Siempre lo he sido. El mejor de cada noche. El niño que ganaba los campeonatos de frontón en la Iglesia. El que pescaba el pez más grande en el río sin tener ni puta idea de cómo se llamaba el pez *random* ese. El que le comía la boca a la más guapa. Incluso los abuelos me confiaban sus dones, desde tocar las campanas hasta lanzar los cohetes y fuegos artificiales. Porque aquí había abuelos. Y padres que de repente iban en chanclas y perdían el tiempo y hasta te daban un abrazo y jugaban a las cartas. Yo no entendía, no podía entender, por qué se habían pirado de aquí para ir a la Ciudad décadas antes. Yo no me quería ir de aquí. Les preguntaba: «Pero ¿de verdad que no preferís esto que aquello?». Y me contestaban: «Es complicado». No es complicado, joder, complicado es mear en una discoteca o hacer inventario de un bazar chino.

Pero es que, de verdad, hasta cuando te quedas quieto, cambias. Es raro, pero es verdad. Rollo que te quedas quieto, pero la gente se mueve, las cosas se secan, llueve, se muere uno, nace otro. Tú te quedas quieto, pero como una estatua, y ya puedes intentar no cambiar, que ya cambia el resto por ti. Es jodido. No sé, ahora me siento un poco ridículo. Como si quisiera que la noche de Fiesta durara mil años o que cada mes fuera agosto. O sea, que fabricaran calendarios donde siempre pusiera que es agosto, en cada página. Que fuera agosto y que yo no tuviera ni miedo ni deudas ni estos nervios que me están destrozando. Tu abuela me dice que tome algo para los nervios. Pero es que Placeres va puestísima de antidepresivos. Mira la que ha liado hoy, entre las pastis y el vino. Me alegro por ella, joder, la droga no tiene por qué ser mala. «Drogas sí, a veces, según para qué», sería el anuncio que tendría que hacer el Gobierno. Siempre me lo dice mi colega, que por cierto está ahora de camarero en la barra. Lástima que anden por ahí los que me buscan, que si no Julián nos invitaba a otra. Una Fanta para ti, con mucho hielo.

No tengo ni idea de a dónde ir. Ni puta idea.

Cuando estaba allí, en la Ciudad, al menos pensaba que todo tenía remedio. Porque creía que el Valle era el remedio. ¿Ahora a dónde me voy? ¿A otro planeta? ¿Al planeta agosto, con sus alienígenas tías buenas? No existe. Si me hubiera quedado en la Ciudad estaría igual de jodido, pero al menos pensaría que hay una solución. No es tan difícil estar triste, si piensas que tiene remedio. Que es cuestión de tiempo. Que siempre podrías volver a un sitio. Te lo reconozco: es en las noches como hoy, en las de Fiesta, cuando veo hasta qué punto la peña está triste. Y me revienta. ¿O piensas que si Caridad no estuviera la hostia de triste me habría hecho caso? Que no veas cómo se juntaba y gritaba. Perdón, pero es así: que me daba como si fuera un cajón que no cierra. Vete aprendiendo. Pero es que eso no lo haces así, o al menos ella, si no estás triste y con los nervios chamuscados como los frenos de una moto de trial.

Pero vamos, tengo que hacer algo. Espera, que me enciendo un pitillo. A veces hay que empezar de cero, pero es que a veces intentas empezar de cero y no sabes cómo empezar. ¿Tienes fuego? Joder, que eres un crío aún, espera, que yo tengo. De los de TODOS CONTRA EL

FUEGO: cuando los hicieron, ni tú ni yo habíamos nacido. Pero mira, a veces se encienden. A veces se encienden, como yo. Esto siempre me da ideas. Te lo recomiendo para cuando necesites ideas. El fuego no, el piti, digo. «Todos contra el fuego, no siempre, según la situación», sería el lema. Ahora aún no las necesitas, las ideas. Creo que ya sé qué voy a hacer, *bro.* Esto no tendrá ningún tipo de sentido, pero lo voy a hacer. Sí, te escribo eso y vamos. Vamos.

9

Cerró los ojos, pasaron ochenta años. Ahora, por ejemplo, Cristóbal Margadelos no ve a Iria Agarimo dando vueltas sobre sí misma hasta el mareo, ni a la madre del Niño de la Bici Roja que camina por el prado de la Iglesia sujetándose su barriga abombada estampada de amebas, ni a Adela de rodillas poniéndole a Max la chaqueta de Peppa Pig de manta, pues se ha quedado dormido en el carro (masajeándole la cabecita con la mano de la muñeca donde ha anudado la pulsera de hilo de la sobrina, diciéndole a su marido si no querría ir tirando con el niño hacia casa). No ve nada de eso. Lo que ve el Conde es a sí mismo, más de ocho décadas atrás, aún fibrado y tan joven, levantando a su hijo por encima de la cabeza, para que viera tocar a los gaiteros, sí, pero, como el guerrero Héctor, para desearle con ese gesto un buen uso de sus privilegios y un futuro aún mejor que el suyo. Salió mal.

Enamorao de la vida, aunque a veces duela.

Ya nadie recuerda cómo empezó esta noche, con ese ajetreo de premoniciones y preparativos, ni sabe cómo podría terminar, con una reverencia nítida o con un alboroto de conclusiones abruptas. Intuyen, eso sí, que no falta mucho: son las cinco y cuarto de la madrugada. La noche, la vida y la pista, también la barra, tomadas ya por personas en edad productiva, retirados miniaturas de nietos y abuelos estragados, con honrosas excepciones como Iria.

—Me gusta mucho cuando paro de dar vueltas, porque, cuando paro yo, todo empieza a moverse, ¿sabes? —le acaba de decir a Francisco Alegre.

—Te entiendo, *rapaza*. Siento lo mismo. Todo el rato.

«Tengo una *call* con la India en breve. Mejor hago tiempo aquí», dice el marido de Adela. Y ella se cisca en gibones, lobos grises, grullas y demás animales monógamos. Le gustaba bastante, nunca tanto, cuando lo conoció: él es australiano, y ya entonces prometía un porvenir bastante más solvente que el de Liberto. Lo conoció en la Ciudad, donde él había aterrizado con la condición de seguir cobrando lo mismo que en Estados Unidos (en la Ciudad Grande vivían unas trescientas mil personas como él). Con el tiempo, se mudó al pueblo para reunirse con ella, y a la gente ese gesto práctico (aquí vive aún mejor y su dinero vale más) le pareció tan heroico como romántico. Trabaja como consultor para empresas que levantan *startups*: suya fue la idea de crear una aplicación que decía en qué aparcamientos de hotel había sitio, pero Adela ha ido viendo cómo las ideas para las nuevas son menos inocentes (hace poco ayudó a crear una de trabajo no ya temporal, sino instantáneo, muy parecida al mecanismo que se ha usado siempre en los muelles con los más pobres para trabajar de estibador durante unas horas). A Liberto le parece injusto que sea australiano, no porque sea rubio, ni siquiera por su buena genética (aunque su cuerpo le parece absurdo: la camiseta de las fiestas que se pone para ir de que le importa el pueblo «le hace tetas»), sino porque su lengua materna es el inglés (margaritas a los cerdos, ya que no lo usa para escuchar las mejores canciones) y, sobre todo, porque su mujer es Adela (¿qué probabilidades aritméticas había de que un pavo procedente de las antípodas se la levantara?).

«*I tried my best to hide in a crowded room, it's nearly possible, I wait for you, oh, most patiently*», tararea Liberto solo (de sus canciones favoritas, busca la letra en Google y las memoriza de tanto escucharla), odiando esta música común a todos, maldiciendo el verano que todo lo enrasa, sea la música o la ropa, queriendo, por ejemplo, estar con Adela dentro de un par de meses, como en esa canción que tanto le gusta: «*We could slip away, wouldn't that be better, me with nothing to say, and you in your autumn sweater*». Desnudo de lo mucho que sabe de discos, es consciente de que a nadie le importa esta canción sobre un jersey de otoño en la que ahora piensa, ajeno además al consuelo de que quizá podría montar una banda en este Valle con Ton, que aún no ha vuelto al prado de la Iglesia, pero que tiene el bajo aparcado en la cuadra de su casa. Un buen grupo con Ton, con Francisco Alegre, con Soledad a la pandereta. Sí, claro.

Los padres primerizos ya sienten en la boca una nota metálica, como si la resaca no aguardara al fin de la borrachera, como cuando coinciden sol y luna un rato en el paladar del cielo, pero se abandonan un poco más como adolescentes irresponsables. Una canción más. Dos canciones más. Tres, como mucho, y nos vamos. Total, ya nos quedamos hasta que esto acabe. Cinco canciones. Cuatro canciones y la rifa y una canción de cierre.

Miguel, el escritor, es el encargado de enfocar otra foto grupal que enmarca para la posteridad a vecinos de todas las edades. Ahora le pide a Liberto que, por favor, se acerque un poco más a Adela, porque, si no, quedará fuera de la imagen, y en ese momento el rocker novio de adolescencia le entrega algo a su primera chica, una especie de botón blanco (ella cierra el puño sin saber aún qué le ha dado). Si Miguel insiste en que nadie quede fuera del plano que toma con el móvil no es por honrar la tradición, como les ha dicho, sino porque quiere recordar estas caras por si tiene que escribir sobre esta gente. Todos sonríen como si no pasara nada. ¿Y si el Conde fuera el primero de los muchos muertos que aparecerán hoy, avistados con la ayuda del alcohol, el sueño, el miedo y la añoranza? ¿Y si cuando dispare Miguel libera a todos esos viejos protagonistas de daguerrotipos amarillentos y fotografías en blanco y negro de los dignos marcos de las casas? ¿Y si incluso se presentan otros que ni siquiera posaron para esas imágenes, pero que se aparecieron en las historias inventadas por los fotografiados? Clic. Y, justo con ese clic digital, un disparo en el monte, de Cosme Ferreira, que podría haber acertado en algún mamífero. Un grito enorme con eco.

Enamorao de la vida, aunque a veces duela.

Cerró los ojos Placeres Fiallega y pasaron setenta años. Ve a ese adolescente algo hippy de la barra, a Julián, el amigo de Ton, vestido con sandalias de cuero y camisa de cuello redondo. Es guapo precisamente por desconocer que lo es, descuidado gracias a un enorme mimo puesto en cada detalle de su descuido, como disfrazado de alguien a quien ella recuerda bien, así que Placeres, Placeres Soliña, Pecados Soliña con el diablo dentro y fuera del cuerpo, recuerda aquella Fiesta de hace más de medio siglo, cuando su maqui bajó del monte y se desnudó, perdida ya la cabeza, frente a la gente del Valle. El trío musical, encaramado al carro maderero, no dejó de tocar en ningún momento. Ella lo había visto así ya varias veces, pero el pueblo lo hacía por primera vez. «Envidia, ¿eh?», recuerda que pensó al mirar a algunos de los vecinos que la habían castigado con sus rumores y silencios. «Ahora sí que me lo quitan para siempre», asumió justo después. Se acabó el piel con piel en el bosque de abetos, junto al río. Era tan clandestina Placeres como el maqui y cada uno de sus escasos placeres fue furtivo. Julián, que no sabe en qué piensa Placeres pero que ha celebrado como un gol cómo ha humillado antes al hijo del cacique del Valle, tampoco sabe que los une otra cosa: un texto que Placeres se sabe de memoria porque siempre se lo leía en voz alta su maqui (lo había mandado una líder del Partido para insuflarles ánimos) y que el amigo de Ton subrayó en uno de los muchos libros sobre el tema que ha leído: «Ellos volverán a vosotros, a vuestros lares y a vuestro cariño, no en las noches temerosas de la Santa Compaña de la conseja popular, sino al alba de la Resurrección, cuando las campanas repicando a gloria anuncien al mundo que el pueblo es libre, que la tiranía ha sido derribada». Salió mal.

Claro: el pasado o es ingenuo o es terrible.

Podrían compartir la cita, pero extrañamente no les hace falta porque se entienden sin hablar, como si se conocieran de toda la vida: ahora Julián le regala desde la barra, mientras sirve copas a todos los viejos y ofrece pastillas a algunos amigos, una sonrisa como de otra época. Placeres no sabe interpretarla, aunque él la exhibe porque le ha servido un combinado loquísimo al Hijo del Conde (quizá el maqui se venga a través de él) que le hará pasar el peor amanecer de toda su santa vida (en un rato, además, enviará a unos adolescentes a buscarlo para hacerle fotos y subirlas a las redes). Placeres, cansada, tan cansadísima que podría quedarse dormida de pie si además de cansadísima se sintiera derrotada, también le sonríe, así que él le guiña el ojo derecho. Un guiño que es como el clic de una cámara fotográfica.

Atraviesa el prado de la Iglesia (porque atraviesa la mente de dos personas en el Valle) un caballo de madera articulado como el que le regalaron al padre del Conde cuando era niño; pasa un legionario romano con las sandalias manchadas de barro arreando a su caballo; también manchadas de barro las perneras del terno de lino blanco de ese indiano que regresó al Valle ya senil y que pensaba que la casa de la aldea era un hotel, y las vacas, mafiosos que tenía que pasear por La Habana; pasa el niño de la cresta de gallo y Pepa la Loba; pasan tatarabuelos de los jabalís que podrían embestir cualquier estímulo en cualquier momento.

Las nubes ya no son como las diurnas, novias de blanco en fuga a la carrera, sino ancianas de luto en una procesión funeraria a paso lento. Así pueden ver mejor qué sucede abajo.

Ventura Rubal, por ejemplo, sigue tirado en el suelo, en el patatal donde se ha desplomado hace un rato. Nadie lo ha visto en estos últimos cuarenta y cinco minutos, y además solo una persona, Soledad, sabría a qué se debe ese desmayo, qué nombre, tan recurrente, tiene esa enfermedad que el año próximo le impedirá venir a la Fiesta si no es con los otros muertos de la Compaña. «Queda mucha noche», le dijo ella hace una hora. «A mí me quedan unos meses», contestó él, y entonces se lo contó.

Cerró los ojos cuando se desmayó, pasó medio siglo, desde cuando era un mocoso acomplejado con las uñas de los pies pintadas de rojo. O el día que apareció con más anillos de la cuenta y unos forasteros le dieron una paliza después de atreverse a bailar aquella canción que decía «*Yes, sir, I can boogie*». No, chico, no puedes. Así no.

Alguien le acaba de dar un beso en la frente y ahora le acaricia la mejilla con una mano mientras toquetea uno de sus pendientes de aro con la otra. Así que Ventura Rubal abre los ojos, vuelve la cabeza a la izquierda y lo primero que ve es esto: tumbado junto a él, bien al ladito, las narices casi se tocan, ese adolescente con sombra de ojos de purpurina. Cierra los ojos y los abre, tres o cuatro veces, por si es un sueño o un *mouro* o una *moura*, por si no existe o se lo está inventando. Pero, si es un sueño, tiene una consistencia real, porque ahora lo ayuda a incorporarse y le tiende un vaso de plástico lleno de agua con una rodaja de limón. «Vamos, compi, que aún tenemos mucho que ver y bailar», le dice. Ventura da un sorbo, cierra los ojos y pasa un solo año, y él ya no está y quizá alguien recuerde esta noche, algún destello de sus lentejuelas negras.

Ventura coge de la mano a su nuevo amigo. No entrelazan los dedos, sino que encajan las palmas en diagonal, más como un niño con su madre que como dos amantes. Y el mayor la retira cuando alcanzan el prado de la Iglesia, aunque continúan su paseo juntos hasta que ve a las vendedoras de esa paradita de bisutería, anillos de acero con sellos de plástico negro o turquesa y pulseras de hilo o cuero. Y lo que ve es a esas *mouras* pelirrojas que sacaban las joyas de sus castros para asolearlas mientras desenredaban sus cabelleras onduladas con peines de oro. Las ve porque las vio, porque en su día quiso creer que existían, porque un día vio a lo lejísimos a una mujer preciosa lavar una ropa en el río y convertir el agua en sangre: era Placeres, después del episodio en la casa del Conde, pero eso él no lo sabía y aún juega a no saberlo. Ahora saca un billete del escote para comprarle un anillo turquesa de bisutería y plástico a su nuevo amigo. Se lo pone. Le dice: «Muchas gracias por todo, de verdad». Y ese «muchas gracias» suena al que está estampado en las servilletas de los bares que se pueden usar una sola vez. Y se va caminando, un caminar que es como una duda, los tacones tiemblan en el prado de la Iglesia, al banco de los viejos. Está cansado. «Terriblemente contento y cansado», piensa, y el terriblemente ni le pilla por sorpresa. Se sienta al lado de Placeres. Los dos triunfadores de la noche. Premio, por fin, honorífico, a toda una carrera. Miradlos, descansan como antes de la ceremonia de entrega de los trofeos.

Bajo la luna, una efigie plateada con una nube negra como bigote, entran al trote caballos gigantes de *mouros* que vienen a por el dinero de toda esta gente que baila, y falangistas en sidecar que lo robaron en otro sitio. El resto de los vecinos bailan, porque bailan, ahora sí, todos los que quedan menos Ventura y cuatro abuelos con sus nietos dormidos en el regazo (otros años se habrían ido ya, pero hoy hay la rifa, y si algo mantiene vivo al Valle es el rumor y el pálpito de una noticia, aún más con todo lo que está pasando hoy). El resto de los vecinos bailan, sí, porque el baile es la única forma de hablar sin abrir la boca, de decir algo, de confesarlo o de pedirlo, con todo el cuerpo. Baila un pasodoble, aunque sonaran hace horas, Francisco Alegre, que hace exactamente diez minutos fue a buscar al Hijo del Conde, rotundamente dormido en la pista del pazo por el combinado de alcoholes y calmantes que le endilgó Julián: muy alegremente, y recordando todas las putadas, le meó encima (con la minuciosidad de un pintor realista: orín en los ojos, en la nariz, las últimas gotas en la boca abierta). Ahora Francisco Alegre, más alegre y aliviado que nunca, extiende los brazos hacia la nada, un brazo más en alto, el otro trazando una curva que ciñe una silueta de aire. Se diría que está borracho, que está guiando a una mujer invisible, pero lo que hace Francisco Alegre, que no quiere dejar de estarlo aunque le cueste, es bailar con su esposa, que falleció un septiembre hace ya veintidós años. Al menos pudo bailar hoy con Placeres, que acaba de apoyar la cabeza en el hombro de Ventura, el bolso atrapado entre las piernas y una sonrisa en la boca. Está derrotada, *oh, baby*, también no tan despechá, pero no quiere irse hasta la rifa, tan orgullosa está de su primer nieto, el mensajero, así que cierra los ojos y ve antiguos amantes forajidos encarnados en nuevos camareros amables.

Aguarda en duermevela, como a veces sestea los sábados de invierno esperando el parte. Le gusta a Placeres la música del telediario (no habla con el presentador, como rumoreaban las lenguas del Valle que hacía la Tola) y también la de *Informe semanal* (a veces juega sola por la cocina, haciendo restallar el trapo contra la mesa como si fuera un látigo), aunque hoy, por alguna razón, se le ha quedado pegada esa canción de una que está despechada. Al menos mientras la tenga en la cabeza no reaparecerá la otra, *Quién teme al lobo feroz*, y Placeres ya no tan Soliña.

Enamorao de la vida, aunque a veces duela. Aunque le duela tanto al Casiguapo, que aún no se ha ido, no, cosa divertida, claro, porque fue el primero en afirmar que ya se iba, que no duraría mucho. Y sigue aquí, porque desde hace un rato, desde que pidió una copa en la barra que le sirvió el mejor amigo de Ton, no puede deshacerse de una sonrisa tonta ni dejar de bailar más que nunca. Pero también porque, cuando regrese a casa y se tumbe en la cama, las manos cruzadas en el pecho, con la postura del obispo, no podrá dejar de pensar en uno de sus hijos, que murió tal noche como hoy hace cincuenta años, montado sin casco en una motocicleta que se cruzó con un jabalí paralizado ante su faro. Su niño sigue teniendo veinte años desde entonces, sigue apareciendo, la ropa cada vez más desfasada, en cada Fiesta, y el Casiguapo, Froilán, papá, lo ve, adivina sus gestos, en adolescentes intercambiables, los mismos deseos y distintas ropas, las mismas caras pero no la misma gente. Acelera un poco más. El último, Ton, hoy mismo, que se conduce con la misma urgencia temeraria que su hijo cuando aún vivía. Porque me quedo tonto y vamos muy lentos. Por su hijo más que por su padre lleva tantos años peleando por un trozo de tierra con el Ambipur, cuyo apodo da pistas sobre sus austeros hábitos de higiene. Este a veces no hace honor a su mote, porque toma un baño cuando llega el día de la Fiesta, así que hoy, cuando no ha podido abrir el grifo, ha sospechado algo que luego se han encargado de confirmarle en la barra, cuando le ha pedido un cubalibre a Julián.

En estos momentos, el Ambipur (no solo ha llegado a la Fiesta, sino que ha anunciado a gritos su llegada, como un gigante enfadado en un cuento) va al encuentro del Casiguapo, que mira a la Orquesta mientras baila con un botellín de agua en la mano. Acelera un poco más. Tanto uno como otro sonríen y bailan como si fuera una muñeira manicomial y el resto de los vecinos no sabe interpretar si es el peor augurio, si precisamente porque se han vuelto locos (porque sus sonrisas son inéditas y dementes), hoy se pelearán aún más que de costumbre. Corre más que el veneno que llevo dentro. Si al menos estuviera aquí Cosme Ferreira, el Sheriff, el perito que trató este tema, que intentó marcar los límites una y otra vez («Entre marco y marco no hay arco», les repetía siempre que invadían el de al lado), quizá podría apagar lo que centellea en los ojos del Ambipur.

Cerró los ojos, pasaron veinte minutos. Pero Cosme Ferreira, con su escopeta al hombro, no está en el prado de la Iglesia. Buscó al Niño de la Bici Roja por aquí hace ya demasiado rato, quién sabe hace cuánto, porque ya mira y piensa borroso, pero entonces se convenció de que quizá estaba en el monte. Si no lo encontraba, al menos podría disparar a jabalís o a pájaros o a árboles para soltar rabia como el globo aerostático suelta lastre cuando ya no le queda combustible. Su presbicia afectiva, que le niega interpretar bien lo que le pasa de cerca, en cada presente; su miopía emocional, que le impide enfocar con nitidez todo lo que le sucedió lejos, en el pasado.

La vida en un minuto no pasa tan deprisa, por si acaso disfruto.

Cerró los ojos, pasaron cincuenta años. Y Soledad Díaz se ve a sí misma la última Fiesta antes de irse a buscar fortuna a la Ciudad. Se ve guapa, porque se sabe mirada. Le decían que tocaba muy bien la pandereta y por eso la tocaba siempre: un corro de gente aplaudiendo y luego de la mano de una amiga a comprar almendras. La mirada de Soledad puesta en la Orquesta de hace más de cuarenta años: tres coristas mal sincronizadas haciendo los coros del merengue: «De fuera tenían que ser». Entonces aún se le acercaban, y ahora ve a todas esas niñas con los ombligos al aire y el *dingalín* de aros en sus lóbulos y las mira tan fijamente que parece que quiera comérselas. «Yo fui miss Pandereta en la Capital», les diría, quizá aún lo haga.

Y vuelve: enamorao de la vida, aunque a veces duela. Francisco Alegre se abraza y sigue bailando solo. Miguel le acaba de acercar una copa más y él coge las dos, como si su mujer invisible quisiera una. Y Ton sigue sin aparecer, porque lo buscan todos esos cuervos que andan preguntando dónde está, dónde está el brazalete negro, dónde anda ese imbécil creído. Y Caridad Villaronte ya ha vuelto: cierra los ojos y pasan dos años y quizá tiene un niño engendrado en un campanario que aún se le engancha al pecho o quizá está en un país remoto tecleando un informe porque, cosas del huso horario y de países sin vacaciones en agosto, se ha ido a vivir a la otra punta del mundo. Aunque cerró los ojos en su día, sí, y pasaron años y ahora, mientras espera a Ton bailando con sus amigas de treinta sin hijos, no sabe qué dirá si su novio aparece de repente. Pero cierra los ojos y, quien aparece por detrás, tapándole los párpados con las palmas, es él: «¿Quién soy, Cari?». Vaya pregunta de mierda. Te piensas que nadie más la llama así. «¿Por qué me tapas los ojos, si estás detrás?». Es su novio.

Enamorao de la vida, aunque a veces duela, también Miguel, que barre el prado con una mirada omnívora e intenta entender por qué le emociona ver a la gente así, bajo una misma borrasca de canciones de lugares comunes, universales como cuchillos o ruedas o tuercas o cargadores USB, compartiendo preocupaciones y deseos intercambiables que atraviesan generaciones y bailes. El Valle que él conoce es en realidad como el lapicero de su escritorio: bolígrafos sin estrenar, lápices sin punta, rotuladores secos, bolígrafos feos (de publicidad) que sin embargo nunca se pierden, algunos ya sin tinta que no logra tirar porque les tiene cariño y algunos aún por estrenar (con el capuchón intacto) y otros favoritos que nunca encuentra (y una goma de borrar mordisqueada).

El mejor amigo de Ton le acaba de confesar al novelista, después de servirle otra cerveza en la cantina, algo más bien extraño, casi delictivo, pero que podría funcionar: en la última hora, le ha puesto un cuarto de sus pastillas de éxtasis a dos copas, primero a la del Casiguapo y luego a la del Ambipur. «No te montes películas de las tuyas como siempre: si sonríen, no es porque estén más zumbados y se vayan a matar aquí delante, sino porque les ha hecho efecto», le dice. Miguel apunta ese *deus ex machina* químico que podría resolver sin bajas esa disputa. «¿Tú quieres? A ver si se te va esa cara que tienes de notario», le dice. Que si tengo o que si quiero. Quiero acordarme.

Cada año, los vecinos del Valle se hacen una foto grupal como la que Miguel ha tomado hace un cuarto de hora, la que ha liberado a los prisioneros de todas las fotos de todas las épocas, y en el Ayuntamiento se puede consultar el álbum que contiene las de los últimos cien años, a una por página. Un día, el escritor entró a consultarlo y lo abrió por la primera, volcando el peso del álbum hacia la derecha, y las pasó todas con el pulgar: una pequeña brisa convocada por la caída veloz de las páginas, y la gente crecía, le crecía barba o el pelo o se quedaba calva, se sentaba en sillas, sonreía, muy seria, cargaba réplicas de su cara años antes, desaparecía y aparecían otros. Ochenta años en un minuto. Como esos montajes en *time-lapse* de vídeos que, acelerados, muestran una fruta que se pudre en un minuto o una flor que brota y estalla en sesenta segundos. Por alguna razón, eso calmó el constante zumbido hipocondriaco y la permanente conciencia de la muerte en su cabeza. Pues los dinosaurios no la vieron venir. Enamorao de la vida, aunque a veces duela.

Esto solo es un pueblo el día de la Fiesta: no pasa nada, como no pasa nada en las fotos donde posa la gente. No pasa nada, piensa quien mira la foto tiempo después y no conoce todo lo que pasaba dentro de cada uno de los retratados, ni sus batallas gástricas ni sus jaquecas del corazón. ¿Se quedarán así para siempre, en esta Fiesta?

El Niño de la Bici Roja le ha pedido un vaso de agua, un poco de aceite de la plancha y un palillo a Julián. Ahora le pregunta a Iria Agarimo, porque por una vez es él quien formula la adivinanza: «¿Sabes cómo se formaron el sol y los planetas y las estrellas?». Y remueve con el palillo. Y se pasan tres minutos exactos, una canción entera, mirando esa galaxia en un vaso de plástico.

Ella tiene los ojos como platos, jamás los cerró. El Niño de la Bici Roja le ha dicho que lo siga, que le tiene que enseñar una cosa, una cosa que es un aroma, el que le encargó descubrir el Conde para que lo oliera justo antes de leer su mensaje, y ahora los dos llegan a un campo de abetos, justo al lado del molino y cerca del río, donde ella le dirá: «Entro al fuego y no me quemo, entro al agua y no me mojo». Se dirigen a las partes oscuras del Valle, lejos de los focos de la Orquesta, donde, a pesar de creer que es así, no estarán solos: debe de andar por ahí el Forastero, más loco que nunca («¿Sabes que en cien años toda esta gente estará muerta?»), pero también Cosme Ferreira, disparando a jabalís o demonios, incluso podría andar por ahí la Compaña o algunos de los que tiraron al Forastero o el Hijo del Conde cabreado y húmedo de pis o cualquiera de los muertos liberados por Miguel con su clic. Aquí, cerca de la Orquesta, está el feto de la hermanita del mensajero, que se agita y llama a la puerta uterina con patadas cada vez más fuertes en la pecera de amebas de la mamá. Está dentro y está fuera, porque seguro que incluso escucha gritar al cantante de la Orquesta:

—¿Lo estáis pasando bien? Tengo una mala y una buena noticia. La mala es que esto ya se acaba. La buena es que no queda nada para la rifa final: leeremos todos esos preciosos mensajes que os habéis enviado entre vosotros, incluso los insultos al alcalde. Podéis reíros, ¿eh? Y dar palmas. En nada lo hacemos, cuando nos los entregue nuestro pequeño encargado. A ver si acaba y nos los trae todos. Nadie puede quedar fuera. Vamos, que nos vamos. Que no pare la música. Somos la Orquesta Ardentía.

La bici roja, que había quedado aparcada, recostada en los bancos de piedra, acaba de caer al suelo, como si quisiera quedarse por fin dormida.

IX

Entro al fuego y no me quemo, entro al agua y no me mojo. ¿Qué soy?

Te daría una pista, pero está todo muy oscuro. Que conste que te sigo por curiosidad, no porque me fíe de ti, ¿eh? Qué raro verte sin la bici. A mí me gusta bastante no saber la respuesta de las adivinanzas, no te creas. Lo que pasa es que casi siempre la sé, menos con la que me acabas de hacer. Pero mira esta otra: cuando me siento, me estiro; cuando me paro, me encojo. ¿Ahora? Que sí, que ya te sigo.

Vaya ruidos más divertidos, ¿no? Podrían ser serpientes o gnomos practicando la ese, porque los gnomos tienen problemas con esa letra, lo sabe todo el mundo. Me están picando las ortigas, creo. Claro, tú llevas pantalones largos, pero yo no. Las ortigas me caen muy bien, no te creas. Defienden lo suyo, ¿no? Dan como grititos cuando las pisas, pero, como no pueden hablar, pues pican. Eso le pasa a mucha gente. A mi padre le pasa. Creo que las ortigas salen porque la gente hace pipí muchas veces en el mismo sitio. Lo que no sé es por qué entonces los váteres no son preciosos jarrones de ortigas. Sería bonito.

¿Sabes que la llaman «la hierba de los ciegos»? Es porque avisa cuando no la vemos. Ahora nosotros somos los ciegos. ¡Ciegos de amor! Es muy fácil. Por eso, si no quieres que las ortigas te piquen, solo tienes que saber el secreto. La información da miedo, pero es muy importante, de verdad. Lo que tienes que hacer es aguantar la respiración mientras las tocas o las pisas; y entonces no te hacen nada. Hay personas que se las ponen bajo la almohada y entonces ya no se ponen malas en un montón de tiempo. Otros hacen pócimas con caca de buey y emplastos de ortiga y cabezas de ranas y alacranes, que la verdad es que no sé qué son, para una enfermedad que no me acuerdo del nombre. Ojalá la tuviera, así podría ir por ahí cazando ranas y viendo alacranes. De hecho, si las pones en agua caliente y haces gárgaras y luego no comes durante una hora, ya no te pasa nada malo. Por cierto, tengo hambre. Y además se ve que, si te frotas una ortiga encima del ombligo, eres mamá. ¡Es broma! Ya sé que somos demasiado jóvenes, qué pena. Bueno, yo voy practicando con mi muñeca. Aunque, mira, hoy ya es casi mañana y ni se han dado cuenta de que andamos solos por ahí.

¡Salta! Salta, salta ahora, que creo que he visto una. Da suerte, si saltas las ortigas da mucha suerte. Ese ruido me está poniendo nerviosa. Nerviosa, ¿eh? Que yo no tengo miedo. La palabra «miedo» no existe en mi diccionario. Yo a los miedos los llamo «misterios». Y me gustan un montón. Pero hay un ruido raro. Ojalá sea un jabalí. Aunque también podría ser el Forastero, ¿no? El hombre ese que han tirado al río. ¿Te imaginas? Se pone delante de nosotros. ¿Que te dijo qué? ¿Que estaríamos muertos en cien años? Pues vaya adivino. Habrá que verlo. Yo no sé si creérmelo. Mira el Conde.

¿Por aquí? Vale, vale, pero no me callo, que esto está muy aburrido. Pensaba que, cuando no estábamos, los zorros y los ciervos y los caracoles se ponían a hablar a la fresca. Sacaban sus mesitas y sus cacahuetes y comentaban que les daban un poco de miedo las personas que estaban ahí moviéndose raro en la Fiesta. Yo la verdad es que me lo creo todo. Hay gente que no se cree algo hasta que lo ve. Pero luego creen en un montón de cosas que no han visto nunca. Puedes no haber visto algo, pero no puedes haber no-visto algo, ¿no? Quiero decir, no puedes haber visto algo que no existe.

A mí, por ejemplo, me parece más raro que existan las ballenas que las sirenas. Sí, ya sé que aquí cerca se comerciaba con ballenas, pero yo no las he visto y, de verdad, me parecen mucho más realistas las sirenas. Mi madre parece a veces una sirena, en la bañera. Aunque a veces he oído a mi padre llamarla «vaca». Y ella a él «cabrón». O, yo qué sé, por qué se supone que los dinosaurios existieron pero los unicornios no. Hoy mismo lo hablaba con el hijo de Miguel. Ese crío tenía toda la razón. ¿Qué es más realista? A ver, dime: ¿un caballo con una pilila en la cabeza o un cocodrilo más alto que todos estos árboles que tienen mil años? Así con todo. Gigantes o cohetes, el niño Jesús o el Ratoncito Pérez, el hipogrifo o el ornitorrinco. Pues yo si no veo, también creo. Si lo comentan desde hace tanto, será por algo, ¿no?

Ah, ya veo por dónde me llevas, por el río. Menos mal de la linternita de la mochila, aunque no se ve nada. Pues es que yo no me quedo sola ahí. Si la gente habla de ellas, de las sirenas, digo, por poner un ejemplo, es porque existen, aunque sea en la cabeza de los que hablan de ellas, hasta los que dicen que son unas zorras. Mi madre, por ejemplo, vio una vez una *lavandeira* en el río que lavaba algo y el río se ponía de color rojo. Mi padre dijo que era tu abuela. Pero estaban lejos y mi madre no lo tuvo nunca muy claro. Para mi madre existe. Bueno, ella dice que existe y que no existe. Mi madre pasó unos años de niña en Palma de Mallorca, que un abuelo fue a trabajar allí de camarero, y ahí los cuentos para niños empezaban así: «Era y no era». Pero para mí existen. Sí y sí. Además mi madre luego le dijo a mi padre que para no creer en nada le había dado por creer en dinero invisible. Y que hiciera el favor de traer dinero de verdad, del que se toca, a casa. Y él le dijo que no quería discutir. Que estaba loca. Loca y encima con unas tijeras en la mano todo el día. Mi madre no está loca. ¿Sabes por qué lo sé? Porque es mi madre. Me abraza y sé que es mentira. Me corta el pelo y me lo peina y sé que es mentira. Lo veo. O lo siento, que es la mejor forma de ver, porque ves con todo el cuerpo. Yo la huelo y sé que dice la verdad hasta cuando se inventa cuentos.

Y si existen, si puede que existan, entonces yo podría ser una, ¿no? ¿Te imaginas que estás paseando con un ser mágico? No te creas que no me lo han dicho alguna vez. Las *mouras*, por ejemplo, a mí me encantan. Salen de los castros a enseñar sus tesoros. Son guapísimas. Pelirrojas, como yo. Bueno, marrón así un poco rojo. Y se peinan con peines de oro. No de color de oro, no, de oro. Mira, coge el mío, ¿a que pesa? Pues mi madre me dijo que este peine se lo había dado mi abuela, que yo no la conocí, pobre, pero que vete a saber, quizá me la cruzo hoy, que por la noche aquí a los muertos les da por salir a hacer deporte, como a las abuelas del Valle con ropas rotu fluorescente. Se ve que el peine llegó a casa cogido del pelo del lomo de un cerdo. Creo que al pelo de un cerdo se le llama «cerda», ¿no? Bueno, eso es un poco confuso. Pero llegó el peine y mi abuela lo guardó y peinaba a mi madre y luego mi madre a mí y últimamente más mi abuelo a mí y yo a mis muñecas. Así que si me pongo en el río ahora a peinarme con este peine y de repente aparece el Forastero, o cualquier otro de la Fiesta, y me ve, qué, ¿eh? ¿Existen o no existen las *mouras*? Yo creo que sí. Y esa persona que me vea también. ¿Paramos aquí? Deja que nos sentemos los tres. Sí, la muñeca también. Dicen que soy demasiado mayor para ir con muñecas, pero eso lo dice la gente que siempre dice que somos demasiado mayores o demasiado pequeños para hacer algo. Para hacer lo que nos apetece. A mí mi muñeca me salva, cuando en casa empiezan a gritar. Cuando me siento, me estiro, y cuando me quedo parado, me agrando. Me gustan mucho las adivinanzas, porque en casa siempre estoy intentando entender las cosas misteriosas que se gritan. Nada, ni idea, no aciertas. Voy a peinar un poco a la muñeca mientras piensas.

Hosti, menuda explosión. Supongo que es un petardo de la Fiesta. O de alguna fiesta de otro pueblo. ¿Que mi padre anda por aquí disparando con la escopeta? Hombre, pero no creo que justo nos dispare a nosotros. ¡A su propia hija! ¡Sangre de su sangre! Tiene que ser un cohete de otro pueblo. Porque nuestra Fiesta no es la única, ¿eh? Aunque pensemos que sí. Es como cuando mi madre me dice: «¿Crees que eres la única que está triste?».

Otro. No, qué va, qué miedica eres, no es un disparo. Esto es un fuego artificial o un petardo de alguna verbena de por ahí. Seguro. Tranquilo, hombre, no sabía que te entraba el miedo tan rápido... Está muy oscuro, sí, sí, pero tranquilo, que a mí nada me hace daño. Tengo mucha práctica en casa. Cuando mis padres se olvidan de que estoy y empiezan a gritar y a dar portazos y yo me quedo en la cama con la muñeca. O cuando me dicen a mí que le diga algo al otro. Soy un poco como tú, una mensajera: «Dile a tu padre que limpie el váter después de ir». Y voy. O «Dile a tu madre que hoy le toca a ella ir a recogerte a la escuela». O «Dile a tu madre que el arroz se ha pasado». O «Dile a tu padre que se lo haga él». Ahora hace tiempo que no hago de mensajera, porque mi padre se ha ido temporalmente. Han dicho «temporalmente». No sé cuántos días es temporalmente, pero, bueno, no hay prisa.

Oye, ¿tú has pensado en tener hijos? Creo que serías un gran padre. Igual podrías ser el cartero más rico del mundo, llevando solo las cartas más importantes de aquí para allí: solo anuncios de pizzerías y cartas de amor.

Piénsalo. Ganarías dinero y eres muy responsable, seguro que serías un gran cartero y un gran padre. La madera de estos árboles me gusta, ¿eh? Podríamos ir encargando los muebles. Me gustaría una silla que tuviera cada pata de un árbol distinto. ¿Cómo llamarías a nuestro hijo? Yo, si fuera niño, Onofre o Ulises y, si fuera niña, Penélope o Filomena. Hay que ir pensando en esas cosas ya. Que si no luego te dan el bebé y dudas, y qué, ahí, con un niño llorando que no tiene ni nombre, pobre, normal que llore. Yo es que soy muy impaciente, y si quieres lo dejamos ya pactado, ¿sabes? No tenemos por qué ponernos hoy. Somos pequeños, no soy tonta, aunque antes escuché a Caridad decirle a su amiga que esperas tanto que al final estás cansada y ni te apetece, ya te has acostumbrado a no tener. Aún no nos toca, pero si lo sabemos, si decidimos el nombre, pues un problema menos, ¿no? ¿No te gustaría casarte con una criatura mágica? «Mitológica», se dice, pero lo hago más fácil para que me entiendas. Igual tendríamos un hijo que sería un koala. ¿Existen o no existen los koalas? Dicen que comen raíces de eucalipto, pero esto está lleno de eucaliptos y yo nunca he visto un koala. Dejo la puerta abierta a creérmelo.

Mis padres creían en algo los dos, pero por lo visto hace tiempo que ya no creen. Mi padre ahora dice que las *mouras* eran unas putas (cuando se lo escuché la primera vez pensé: «Ah, putas, o sea, de ahí viene hijos de puta que dice todo el rato cuando mira la tele»), dice que son unas zorras porque ponían ahí los tesoros para que cayeran los pobres hombres y porque estaban buenísimas. Unas zorras, dice que eran. Pero mi madre no piensa así. Mi padre sí que se fue con una zorra, pero sin tesoros, dice mi madre cuando grita y yo le tapo las orejas a mi muñeca. Le tapo las orejas a mi muñeca pero entonces no tengo manos para taparme las mías. Se ve que la conoció por el ordenador y se fueron a compartir ordenador. Algo así. No sé, tampoco lo entiendo muy bien.

Ahora no tiene dinero y odia a mi madre. A mi madre le da pena. Y creo que es peor que te odien que dar pena. A mí me lo parece. O que te tengan miedo. Que te tengan miedo tiene que ser mejor que que te tengan pena. Mira al Conde hoy, qué pena me daba: me daba pena porque ya te he dicho que la palabra «miedo» no existe en mi diccionario. La gente me tiene pena porque mis padres se gritan y porque ya no viven juntos. Pero a mí me dan pena ellos porque no creen mucho, ni siquiera mi madre, en las *mouras* ni en las sirenas, y porque cuando hablan de los muertos están tristes. Ya lo dice mi abuelo: «¡Pero si seguro que andan por ahí paseando!».

Mira, otro petardo, supongo que ya se acaba la noche porque están tirando muchos. Que no, que no es un tiro. Y ese ruido puede ser cualquier animal, tranquilo. No creo que sea el Forastero, seguro que ha llegado a otro país bajando con el río. ¿Has visto eso? La Compaña, fijo. Ahí van, ¿no ves las luces allá lejos? Va el de delante con un hueso de niño encendido, como una antorcha, y lo siguen. Desde aquí no se ven, pero tienen como la cara iluminada y no tienen pies. O tienen pies de lobo. O de gallina. Depende de quién lo explique. ¿Que a ti te lo contó el Conde? ¿Pero lo estás viendo o no? Es que se ven allí lejos, los estoy viendo, son como doce. No, pareces mi padre, no son los que han tirado al Forastero, esos volvieron antes. Estos de aquí están muertos. Igual van a por el Conde. O solo han salido a «estirar las piernas», como dice mi abuelo. No lo entiendo, porque, cuando caminas, las doblas. Pero esos son vecinos, hombre. A veces vienen a avisar de que va a morir alguien, que ya ves, uno más. Pero a veces solo pasean por aquí. Por lo visto, si te encuentran a solas, a veces intentan que te sumes a ellos, a la fila. Y otras veces te pellizcan. Así, mira. No grites, hombre, que nos van a oír. Hay que ser discretos. Qué pesado con los ruiditos. ¿Preferirías un jabalí contento o al Forastero enfadado?

¿Sabes antes, cuando me dijiste que las vacas bebían leche? Otra se habría reído. Pero es que vete a saber. La gente se ríe muy rápido. Que las vacas beben agua, seguro. Ahora bien, ¿tú las has no-visto beber leche? ¿Y Coca-Cola? ¿Y ron, whisky y Coca-Cola, como mi padre? Porque yo también bebo agua y bebo leche. Y mi padre bebe muchos whiskies y luego lo he visto comer leche con galletas muy de noche, como llorando y viendo vídeos de uno que se llamaba Magic Johnson. Hay que creer en las cosas porque, si no, las cosas desaparecen. No hay nada más bonito que un misterio o un acertijo. Me intrigan aún más los primeros, porque es imposible resolverlos, pero los segundos son divertidos. Si los entiendo, como pasa con los de casa, estoy más tranquila que si no los entiendo.

Venga, otro. Tú imagínate que estás en una isla desierta, ¿ok? De repente cae un rayo al este y, pum, incendio. El incendio no sería grave, pero resulta que sopla un viento terrible en dirección a la otra punta de la isla, así que el fuego se extiende rapidísimo, como si tuviera mucha prisa. Y tú estás ahí, en el centro. No tienes agua, no tienes un mechero, no, ni uno de estos mecheros de TODOS CONTRA EL FUEGO que hoy llevan todos: no, no tienes absolutamente nada. No tienes teléfono. Bueno, teléfono no tenemos ninguno de los dos. ¿Que te tirarías al agua? Ya, buen intento. Pero resulta que la isla está rodeada de tiburones con muchísima hambre. Más hambre que yo ahora. Si te tiras al mar, duras cero coma. ¿Qué haces para parar el fuego? Piensa. Ni de broma. Vaya idea más loca: ¿tirar un poco de carne en un punto de la costa para que los tiburones vayan y luego ir al otro lado y lanzarte al mar y escapar? Pero si nadas más lento que ellos... Por no decir que no hay carne. Como no te cortes un brazo... Y entonces a ver cómo nadas, listo, hay que pensar un poquito, hombre. Dime, ¿cómo paras el incendio? Pues con fuego. Corres un momento con una rama grande a las primeras llamas, la enciendes y vuelves a correr al otro lado. Prendes fuego a ese lado y, como el viento va hacia el oeste (creo que el oeste es a la derecha, con la que escribes), esa parte más pequeña se quema antes de que llegue el otro fuego. Y, como cuando llegue no hay vegetación, el incendio se para. El fuego solo entiende eso, solo se le puede ganar con más fuego. Esto lo dice a veces mi padre. Llega ahí y no puede arder porque ya no hay nada. Es como cuando yo no tengo miedo porque ya suficiente tengo en casa. O como cuando no me pongo triste nunca, porque ya lloré demasiado. Eso sí, has parado el fuego con fuego, pero te tengo que dar una mala noticia: como se han quemado todos los árboles y sus frutas y todo, pues, claro, te mueres de hambre. Como yo ahora. Pero, oye, has ganado tiempo. Igual aparece un helicóptero o un ovni y te salva. Mira, tres disparos más. ¿He dicho disparos? Petardos, petardos.

Me gusta porque no me pides que me calle. Bueno, tampoco te veo la cara. ¿Oyes eso? Son unos pasos, ¿no? Sí, sí, toco aquí. Sí, la corteza. ¿Estás seguro de que esto que te dijo el Conde de venir aquí no es un timo? Mira, me gusta que lo nombres. Estoy segura de que el Conde ya ha muerto. ¿No has visto cómo estaba quieto y a veces ponía cara triste? Eso es porque intentaba tocar las cosas y, pum, la mano las traspasaba. Podía ver pero no tocar. Tiene que ser duro eso, ¿no?

Que sí, que toco, sí, la corteza. Busco la verruga del árbol, vale, una bien grande. Pon tú la mano también, no seas tímido, total, ya hemos decidido nuestros muebles. La silla con patas de cuatro árboles. ¿Onofre o Ulises, entonces? Uno es más así, importante, pero el otro es como si ya lo conocieras. Pon la mano. Así, como si fuera una cuchara grande y yo la de postre. Aquí, ¿no? ¿Esto? ¿Y ahora? ¿Aprieto? ¿Tú también?

¡Huele a limón! ¿Y a clavo? ¿Pero sabes a qué huele el clavo? Ok, ok. Que te lo han dicho. ¿Ves? Quién iba a pensar que en la corteza de los abetos hay colonia de Fanta de limón y clavo. ¡Nadie! ¿Crees que antes existía la Fanta de cereza y clavo? Es que hay una leyenda, porque se ve que Aurora y Alberto vieron algo. Y dicen que sí. Que antes existía la Fanta de cereza. Algo así. Son muy atrevidos los que creen que lo saben todo. Yo creo que hacerse mayor es pensar que sabes cada vez más y saber cada vez menos. El Conde no debe de saber ni cómo se llama. Vamos, sí. Ya no oigo pasos.

¿Ahora no tenías que leer el papel? Ah, que no puedes verlo. ¿Ni con esta linterna? Es que la verdad es que da menos luz que una luciérnaga deprimida. En eso no había pensado el Conde. O igual quería que quemaras algo para poder leerlo, pero no tengo con qué encender nada. Ya lo lees en la Fiesta. O, mejor, sorpresa, que lo lea el cantante de la Orquesta y nos enteramos todos a la vez. Hay algo que respira muy fuerte aquí cerca. No te asustes.

Espera, ¿qué es eso? Está herido, creo. Tócalo. No, lo toco yo. Que no tengas miedo, hombre. No, no es un cerdo. Es un jabalí. Le han disparado, creo. Mira cómo respira. Tócalo. Dame la mano, ponla aquí. No te muerde. ¿Te ha mordido alguna vez un jabalí? No, ¿no? ¿Y un perro sí? Pues ¿por qué le tienes más miedo al jabalí? Toca. Sí, sí, ya sé que tenemos que volver para que des los papeles. Pero voy a ponerle el peine de oro. A ver si luego viene hasta casa. O, si no, vengo mañana y lo vuelvo a recoger. Ya no oigo los pasos, al menos. Igual era el jabalí, ¿no? O no, no lo sé. Ay, las ortigas.

Vámonos, sí. ¿Oyes la canción? Al partir, un beso y una flor. Te están dando una orden, ¿eh? ¿No pillas las indirectas o qué? ¡Espera! ¿Qué es eso? Allí, no, allí, en la otra montaña. En aquella montaña, donde la piedra que llaman la de la Siesta del Obispo, sí, porque parece un cura durmiendo, con las manos así, encima del pecho. Sí, allí al lado, ¿no ves? ¿Lo ves o no?

Una pista: carezco de boca, no tengo piernas y huyo: allí donde aparezco, todo destruyo. ¡Fuego!

¿Quieres que subamos allí? Igual allí, con las llamas, puedes leer el mensaje, o mejor volvemos a la Fiesta. Volvemos, vale. Así los avisamos, si no han visto el fuego, que si no se han enterado de que nos íbamos tan tarde igual ni se han dado cuenta de esto. Hasta ahora, jabalí, jabalito. Vamos, sí, que la Fiesta no acaba si tú no llegas con los mensajes de la rifa. Y yo ya tengo un poco de sueño. Te escribo el mío en un momento cuando lleguemos, que yo escribo superrápido: pondré una adivinanza, creo. Pero mira, ¿de verdad que no lo ves? ¡Allí! Parece grande, ¿eh? ¡Allí, pero si se ve, está clarísimo, parece pequeño porque está lejos, parecen seis mecheros encendidos porque está lejísimos, pero es grande! Vamos, a ver si encontramos la Fiesta sin tropezarnos con nadie raro. Mira, pum, ¡otro cohete! Que no, que no tengas miedo, no nos va a disparar nadie.

Mira, escribiré esto, va: «Me vengo arriba si me das de comer y me acabo muriendo si me das de beber».

10

Quién sabe si haría algo en caso de saber que su corazón solo va a latir setecientas veinte veces más.

El Conde no lo sabe, pero, aunque lo supiera, haría lo mismo que hace ahora, porque otra cosa no puede hacer: esperar. Sentado en su silla de mimbre, el respaldo con forma de cola de pavo real, marca el bombo o el latido con el sello de la sortija de la mano derecha en el reposabrazos mientras mira a un Valle que en teoría fue suyo, sabiendo que falta poco para que él no sea de este Valle ni de ningún otro. No pestañea desde hace rato, así que mira sin pausa, con los ojos secos; es un mal síntoma: el corazón y las pestañas se detienen casi a la vez. Son las seis de la madrugada y tiene más de cien años: es, a todas luces, demasiado tarde.

La luna es el cierre de un paréntesis argénteo, o el seis recostado y de latón que marca las seis de la madrugada, y ráfagas de gritos, melodías y miradas dibujan cuadrículas y laberintos en el cielo de esta Fiesta. Pocos quedan ya en la barra, donde los que más tiempo tienen por delante toman ahora chupitos de Jägermeister, el mismo gesto apresurado, como si tuvieran prisa, que sus abuelos ensayaron seis décadas atrás cuando el futuro aún era un chupito de orujo blanco. Si los miras bien, son los mismos, las mismas caras, e incluso uno de ellos lleva una camisa heredada que se planchó por primera vez la segunda vez que el bisabuelo vio a la abuela y bailaron una vals interpretado con gaita. Las gafas de sol, la montura blanca, de la primera mujer del Valle que viajó en avión a Nueva York, son ahora la diadema de su bisnieta, que desabrocha entre los arbustos el cinturón del amigo que la empujó por primera vez en el tobogán hace diez años. Hay dos generales napoleónicos que acaban de imponerse al Valle en 1808, después de una revuelta vecinal que se cobró justo aquí, al lado de la Iglesia, treinta y siete víctimas que ya nadie recuerda, pero que quizá también anden por aquí esta noche. El Conde niño se pasea por el campo en un caballo articulado de madera, ante la mirada del otro Conde, ahora viejo, al que le quedan seiscientos veinte latidos de vida, un sorbo de vida extraviado con cada suspiro fuerte. Julio César, que vino aquí en el año 32 antes de Cristo para reunir riquezas y que se topó con la torre de Hércules (no pudo probar la tortilla de Betanzos porque aún no se habían importado las patatas), pasea despistado por este prado (dos días a caballo desde la costa hasta aquí), tremendamente preocupado por su pelo: la lluvia insistente en este Valle complica ese tocado, ese nido de pájaros sofisticadísimo que intenta tapar su calva. ¿Qué es esa música que escucho?, ¿quién está cantando dentro de mi cabeza alopécica que lo que yo tengo no es amor, sino que se llama obsesión? Incluso un diplodocus curiosea en la copa de un castaño: esta zona fue la primera en emerger, tras millones de años bajo el agua, pero esa es la razón, también, para que no quede rastro alguno de animales gigantescos. Las lluvias los barrieron hacia el mar, del mismo modo que la gloria empujó al primero, al héroe romano, hacia otro sitio más fértil en la materia que buscaba.

Liberto y Adela se han quedado solos y no saben qué decirse. El marido de ella, ese australiano que quiere ser el hijo modélico de este Valle, quería unirse a la expedición para ir a sofocar el pequeño incendio, pero su mujer le ha pedido que se ocupe de su hijo, así que Max cabecea y negocia con el sueño arropado con su chaqueta de chándal de Peppa Pig en el carro que empuja su padre mientras contesta wasaps que envía hacia el otro extremo del mundo. «Si se vuelve a dormir del todo, te lo llevas a casa mientras haces la videollamada. De momento, dale vueltas lejos del ruido, lejos de aquí, a ver si cae», le ha dicho Adela. Pero no se lo lleva, no, y mira la hora que es y ojo que sin darse cuenta han rebasado la línea de lo justificable: la excusa es que espera la siguiente llamada, pero la realidad es que intuye que es mejor no dejar a su mujer sola hoy. Liberto acaba de tomarse otro Jägermeister (le sabe a rayos, pero le recuerda al nombre de uno de sus cantantes favoritos), invitado por el hippy Julián, que le ha dicho que, de verdad, hable con Ton, que a él también le gusta «la música». Tú en tu casa, nosotros en la hoguera, esa les gusta a los tres. Ahora que el marido está lejos paseando al niño, Liberto le coge la mano a la madre para mirar la pulsera que ella le ha robado a la sobrina.

—Es igual, pero igual —le dice a Adela, tomándole la mano en la esquina más apartada de la cantina y menos expuesta a la luz.

—Sí —contesta ella, una caricia con la yema del pulgar de ella en el aductor del pulgar de él.

—Esta vez escríbeme, ¿eh? Cuando estés en clase y pienses en mí, escríbeme, aunque no lo mandes. —Él traza círculos con el pulgar y juega a buscar su yema de nuevo, como si hicieran un pulso chino.

—Sí, claro.

Ella tapa con la yema del pulgar la uña del de Liberto, como si se dieran un beso de dedos. Y ella, maestra de escuela, que se sentía invisible hasta hace un rato, que desde que dio a luz sospecha que es transparente como aquellas mozas que traslucían hasta el chorro de vino, piensa en qué pasaría si no acabara jamás esa noche. Si durara tanto, pero tanto, que tuvieran que rendirse a lo evidente y abandonar toda resistencia y volver a quitarse la ropa en las escaleras traseras de la Iglesia o en la marquesina futurista del bus, como hace más de veinte años. No queríamos, pero es que esta noche dura demasiado. Ya van más de veinte años de noche. Mi marido lleva al menos medio siglo en una *call* de trabajo con la India: ha pasado tanto tiempo que ahora Inglaterra es una colonia de ese país. No es culpa nuestra. La noche ha durado un siglo: tenía que pasar. Adela piensa, de repente, en lo mucho que le cuesta discutir en inglés con su marido sobre cosas tontas, como poner una lavadora. En ese instante, Liberto lamenta que no haya canciones de rocanrol sobre el olor a basura de esos cartones de fideos instantáneos cuando se enfrían o sobre multas de la biblioteca o sobre el marrón que supone olvidarse de darse de baja de autónomos cuando no tienes que emitir facturas. Los ojos de los dos titilan, como si pensaran en cosas más solemnes, como lo hace a lo lejos la comitiva luminosa que va a investigar el fuego. De lejos, con sus linternas y linternas del móvil (incluso uno ha encendido una antorcha) parecen la Compaña, y de hecho el Conde es lo que ve, a una serpiente de almas en pena, de vecinos muertos y vivos esta noche, dirigirse a su casa: quizá se pierdan, pasen de largo y él no muera aún hoy.

Placeres, que sigue aquí en un duermevela que emborrona la frontera entre sueño y vida, piensa, por alguna razón, en que tiene hambre y en que tendría que ser ella la que cocinara si le quedaran fuerzas. Tararea la música y le añade recetas: «Despechao, bacalao, despechá, carne mechá». Está borracha de cansancio y ansiolíticos. No quiere irse hasta que se lleve con ella a su nieto, al Niño de la Bici Roja, que todo el mundo espera y que regresa a pie, a tientas por el monte oscuro y quizá preñado de peligros, con Iria Agarimo. Pero Placeres sabe, como el guitarrista de Orquesta que ya ha protagonizado su número, que hoy ha tenido su momento: esas *zuecas* llenas de vino y cola en la camisa por fin no tan blanca, ahora casi azul, del Hijo del Conde. Yo no soy ni voy a ser tu bizcochito. Ese tenerlo cogido por los huevos. Pero tengo todo lo que tiene delito. Esta alegría triste que siente, mientras la canción sigue, es la prueba. Que me pongan en el sol, que me derrito. Busca con la mirada a su nieto y a la amiga de su nieto, que no aparecen todavía. El mal de ojo que me manden me lo quito. Ve a Ventura bailando de nuevo, recuperado tras el desmayo, con la cola del vestido de lentejuelas en una mano para no arrastrarlo todavía más por el pasto, la otra para dar vueltas de la mano del adolescente del corro con los párpados de purpurina, que lo ha dejado descansar un rato, pero que le ha pedido que vuelva al corro de los jóvenes. Sonríe. Placeres tiene resaca sin saber lo que es o sin querer aprenderlo a su edad. Tantos años sin entender ni siquiera qué significaba su nombre. Placeres Soliña. Hasta se ríe, ahora que pilla el chiste. Desde el día en que nací. Y vuelve a mirar a Julián, en la barra. Desde el día en que nací.

No hay castañas en almíbar ni filloas con orujo en la barra, sino bollos preñados, bollería industrial y chupitos procesados con nombres indeletreables y germánicos. Nadie recuerda lo que sucedió apenas ayer, pero, si no hubiera pasado por aquí Julio César, no tendrían la misma ley donde ampararse; si el Conde no hubiera montado ese caballito de madera heredado, quizá habría sido todavía más injusto o quizá menos. Si no se hubieran planchado camisas falangistas, ni lamido Frigopies de fresa, ni celebrado testamentos o goles en partidos de solteros y casados. Si la gente no se hubiera equivocado tanto, si no hubiera acertado un poco. Si no hubiera sido tan verde este Valle, atrapado en el cielo gris de táper sucio y bocabajo, tan romantizado precisamente por los que se fueron a la Ciudad, tan poco por las que se tuvieron que quedar en sus cocinas. Si no hubieran existido aquí los dinosaurios, a qué nos recordaría esa nube de estorninos negros que luego recogerá el cielo de la Fiesta como un telón de terciopelo, y cómo sabríamos que todo, incluso esta noche, tiene un final, siempre por culpa del meteorito del tiempo, del rocoso paso del tiempo, del tozudo goteo de años del grifo mal cerrado del tiempo.

El pasado o es ingenuo o es terrible. Y, a veces, es las dos cosas. El presente lo desmiente con paternalismo en el mejor de los casos, o le da la razón, en el peor de ellos.

Las nubes ya no son novias de blanco radiante huyendo a la carrera, ni ancianas de luto en una lenta y quejosa procesión funeraria. Ahora las nubes se han detenido, allá arriba, como la gente que se suma a un círculo para presenciar un accidente, cuando un pequeño jabalí alcanza moribundo los pies de Cosme Ferreira como si trajera un mensaje importante desde muy lejos: lleva un peine de oro hincado en las cerdas de su lomo. Cosme pega un grito y llama a su primera mujer, porque hace demasiado rato que busca al Niño de la Bici Roja, el mismo que ha pasado sin ver a Iria, su hija, la que peina a sus muñecas con este peine. Quien ha traído este regalo es el Forastero, que ha reaparecido con la camisa aún húmeda y el pelo hacia atrás, como de malo de película o de entidad financiera, cargándolo en una carretilla. Se lo ha encontrado cerca del río, dice. «Así, con el peine», añade. Caridad, que ha entendido todo lo que ha pasado, se le acerca y se quita su coletero, el brazalete negro de Capitán, para ponérselo al Forastero. «Vaya jefe, traer a un jabalí como pareja de baile. Eres el nuevo Capitán», le dice. Y es difícil discutirle algo a Caridad Villaronte, sobre todo la primera vez que la ves, incluso vestida como hoy para no gustar, con esa holgada camiseta oficial de las fiestas.

Los que presencian la escena asienten, porque consideran que el Forastero merece ser premiado por esta buena obra, sin intuir que la ha hecho a mala fe, y sin saber que a Caridad, que se ha percatado de la maldad, lo ha hecho por Ton, que aún no está en el centro de la pista, por donde merodea el grupo de jóvenes que lo buscaba: «¿Habéis visto a alguien con un brazalete negro?». Parece un regimiento que ha olvidado su misión, que se emborracha con los lugareños y flirtea con las vecinas a la espera de los bombarderos o de las órdenes del general. Cuando uno de ellos, en la barra, vea al Forastero con el brazalete dentro de exactamente cuatro minutos, avisará al resto, y el resto, de mala gana, sin mucho prurito riguroso ni ansias de comprobar nada, sin ver con claridad por el alcohol y la oscuridad, se lo llevarán lejos de aquí.

Llega el olor de esa ballena varada hace trescientos años y la música que cantan las criaturas que pasan sus peines de oro por el pelo y el galope de los caballos gigantescos que trotan por encima de la bruma de antaño, sí, pero también de la niebla que cada vez se adensa más en el Valle y sus alrededores, una especie de techo lechoso, un humo como de hielo seco, de concierto de rock, que no deja ver ni las estrellas.

—Una canción y leemos los mensajes para la rifa final —anuncia el cantante—. No os preocupéis, las noches de Fiesta son como los pueblos: más bonitas cuando te vas. Así que este es el Valle más bonito de todos los veranos. ¡Venga, que ya llegan esos mensajes tan especiales!

La Fiesta ha acabado aquí de muchas maneras: con todo el Valle dormido en el suelo o apagando un incendio o con una pelea enorme entre los vecinos, o también de forma disciplinada, con la gente abandonando ordenadamente la escena, como se desembarca un avión por filas, por franjas de edades. El tiempo es un anciano con cara de niño excitado que no se cansa de andar; el mar es viejísimo, pero llega una y otra vez, como la primera; los miedos más antiguos están por estrenar, y los finales, que ya todos han sido vividos, son sin embargo aún hoy inesperados.

La Orquesta Ardentía ataca su última canción, qué lástima, pero adiós, mientras Soledad Díaz, me despido de ti y me voy, baila en el centro, sola en su traje de chaqueta, pensando que este Valle le tendría que gustar por ser normal y, sin embargo, ella queda al margen, sola, de esa normalidad, así que quizá ella no lo sea, no sea normal, y entonces qué será, ¿subnormal? Pero se enciende otro pitillo, guarda el Clipper en el borde de la funda de cuero y sigue bailando con una mirada que enfoca a la Orquesta y la atraviesa, como atraviesa la nueva niebla, para morir en el fuego. Porque no escuchas lo que está tan cerca de ti, solo el ruido de afuera y yo. Esa niebla, que cuando te acercas desaparece, pero que de lejos da miedo. Que estoy a un lado, desaparezco para ti.

Caridad, que soporta como puede que su novio la agarre ahora por la cintura y le pregunte una y otra vez «¿Estás feliz, Cari?» (una pregunta tan contraproducente como la de «¿Estás nerviosa, Cari?» si en ese momento se estuvieran peleando), ha vuelto con sus amigas para entregar la noticia de que Iria Agarimo no está, y que su peine lo ha traído, como traen cadáveres y envases las olas, un pequeño jabalí moribundo. Y ella, que le ha puesto el brazalete al Forastero para que los perseguidores de Ton lo persiguieran a él, tiene de repente un miedo tremendo por la fragilidad de esa niña, Iria Agarimo, y también del Niño de la Bici Roja. Socializa ese temor con las que fueron sus amigas, que justo ahora comentan otro fenómeno: desde que llegó el primero, se acercan a la Fiesta unos cuantos cerdos salvajes más que huyen del fuego, aunque ellas aún no dan importancia a las llamas. Excitadas por la aventura y el alcohol, se disponen a aparcar la diversión para buscar a los niños perdidos. Demasiado tarde, porque, cuando han resuelto ponerse en marcha, la niña aparece en el escenario con el Niño de la Bici Roja (masca lo que parece un chicle, pero en realidad es un cubito) al lado. Parecen dos muñequitos de tarta, allí arriba.

Lo de los muñequitos de la tarta lo apunta en su móvil Miguel, para que sea inolvidable. Lo será, desde luego, el tan postergado encuentro entre el Casiguapo y el Ambipur. Primero se han embestido como dos jabalís miopes y los que han presenciado el choque se han temido lo peor. Pero entonces han empezado a moverse medio abrazados, como boxeadores muy cansados que ya no pueden separarse, que esperan a que alguien —¿un árbitro?— decida por ellos. La gente al principio pensaba que se estaban peleando a cámara lenta, pero poco a poco se han dado cuenta del milagro: en realidad, están bailando. Están bailando un agarrado, lento y meloso.

Hace mucho, en el otro extremo del tiempo, pasó algo parecido en una isla. Cuando los fenicios llegaron en el siglo VII antes de Cristo, no encontraron animales peligrosos ni plantas venenosas. La bautizaron en honor a Bes, el dios egipcio de la alegría, el sexo y el baile. Yo, la Música, lo bañaba todo con mi ritmo. Cuando vecinos del norte y el sur de Ibiza se pelearon por el control, Bes se interpuso entre los bandos, se puso a bailar y todos depusieron las armas y se unieron a la danza.

Esto lo piensa Miguel, pero Cosme Ferreira, el antiguo perito, el Sheriff que tantas veces ha intentado razonar con ellos, simplemente no da crédito. El novelista, el único, junto al amigo de Ton, que sabe qué ha sucedido realmente, que reconoce en ellos el efecto de ese trozo de pastilla de éxtasis que ha descerrajado las feromonas, les ha preguntado cuándo fue la primera vez que se pelearon, hace más de medio siglo. Y de repente les ha entrado la risa cuando Ventura Rubal, que hoy todo lo interpreta bajo una amable luz ambarina, les ha dicho que se fijaran bien en dónde era el nuevo incendio, y ellos se han percatado de que por allí quedaba la parcela en disputa. Dos hombres bailando en este Valle. Dos hombres de verdad, de los que se pelean décadas, de los de antes, de los que por suerte no quedan. Dos hombres como ellos bailando: un milagro. El amigo de Ton le brinda un chupito a Miguel desde la barra y, puto maqui loco, «puto máquina», como lo llama Ton a veces, sonríe. A Placeres se le caen los ojos ya, con el gesto casi beatífico de quien lo entiende todo porque ya no se esfuerza, ni tiene necesidad, en entender nada más.

Quedan ciento cuarenta latidos del Conde, las ingles de varias chicas que fueron a la playa de las Catedrales hoy escuecen, los dos niños que quedan en la Fiesta se pelean con el sueño, los puños en sus lagrimales. Otros, como Adela y Liberto, ya están viendo el final de su película: no miran esa toallita de bidé encendida en el monte, sino otro incendio, el de Alberto y Aurora, que hacen lo que no pueden hacer ellos: comerse la boca. Antes no los han visto, pero ahora sí, y solo falta la música o que llueva para que caigan los créditos y las ilusiones. Porque están mirando a la pareja adolescente como si esta estuviera protagonizando una película histórica sobre ellos que ellos solo pueden ver y revivir en una pantalla. Cada uno desde un punto, observan cómo llevan tres minutos sin despegarse. Lengua y saliva y lengua: duro y suave. Unos no pueden separarse y los otros no pueden juntarse. Se miran a ellos mismos en el pasado. Qué lástima, pero adiós, me despido de ti y me voy. Liberto teclea un mensaje que dos segundos después se enciende en la pantalla de Adela: «Ponte el auricular en la oreja. En la izquierda».

Ahora Max, que *perdió* la chaqueta de Peppa Pig cuando *volvió* a despertar, posa el moflete en el hombro derecho de su madre, que mira a Liberto, que la mira a ella y luego se volverá (siempre hay algo más importante que lo que más te importa) y se irá para ayudar a apagar el incendio en el monte, con un calor insoportable en el pecho y en las sienes, en compañía del Casiguapo, el Ambipur, hasta Julio César, Spiderman, Pepa la Loba, Pepito Grillo y cualquier desgraciado que quiera sumarse. Antes de hacerlo, pulsa la flecha de *play* en la pantalla de su teléfono y suena en su oreja derecha, y en la izquierda de Adela, esa canción que solo ellos (y yo, que respetaré su secreto) conocen, pero que jamás tocó orquesta alguna.

(Dentro de este paréntesis no nos escuchan, así que voy a pinchar el teléfono para que espíes la letra durante quince segundos: «*And if you wait until you're older, a sad resentment will smolder one day. And then that summer feeling is gonna haunt you, and that summer feeling's gonna taunt you. That summer feeling is gonna hurt you, one day in your life*»).

Hace muchos años, cuando Adela y Liberto compartían pipas y auriculares en la marquesina del autobús, el cable que unía los dos botones brindaba la coartada para la cercanía. Las cabezas muy cerca, sin saber inglés, pensando que era la canción más bonita sobre el verano. Ahora que entienden la letra, sobre todo ella, los auriculares son inalámbricos, así que pueden estar juntos unos segundos sin estarlo, hasta que él se vuelve y camina, y solo al cabo de medio minuto, cuando la canción casi se acaba, la conexión *bluetooth* falla, la voz tartamudea en el último estribillo, vuelve, se vuelve a ir y se apaga (el botón mudo entregado en el momento de la foto aún se quedará un rato acurrucado en el oído de Adela, hasta que el hijo que tiene en brazos, intrigado, se lo sacará y se lo llevará a la boca).

¿Qué inició el incendio? ¿Quién ha podido ser? ¿Ha sido alguien? ¿Ha sido Dios o ha sido la amiga de Caridad o ha sido Ton, tan desesperado, o Soledad, tan sola? O quizá Cosme, que ahora usa su escopeta (con la que tiró a varios jabalís hace un rato, con la que mató al que hoy le ha hecho pensar que le había pasado algo a Iria) como bastón mientras escucha los últimos compases de la Orquesta y mira a su hija pequeña, a la que creía muerta o perdida hace solo unos minutos, y querría seguir abrazado a su primera mujer, antes de que la Orquesta lea ese mensaje de odio que no ha logrado interceptar, porque no va a subir al escenario, donde está el Niño de la Bici Roja, a decírselo ahora delante de todos: demasiado tarde. A Soledad Díaz se le cae la copa de la mano, los estorninos dibujan el logotipo de un nuevo Partido, Julio César se ajusta el tocado, el cuello del diplodocus acaricia la nuca de Placeres semidormida, el Conde niño se acaba de sentar en el regazo del Conde moribundo. Lo merezco, pero no lo quiero, por eso me voy. «Nazco con el recién nacido y agonizo con el moribundo, y no quepo entre mi sombrero y mis zapatos», apunta Miguel en su libreta, aunque los versos no son suyos.

Ton, momentáneamente a salvo de los que hasta este momento lo buscaban en el prado de la Iglesia y que ahora empujan al Forastero con el brazalete de Capitán (hasta les parece el de las fotos, porque está oscuro y porque ellos van borrachos, pero faltan apenas minutos para que caigan en la cuenta de que no lo es y vuelvan a por Ton), enciende su mechero de TODOS CONTRA EL FUEGO. Un momento, miremos bien: lo acerca a las mechas de esa apartada pila de petardos, a esas filas de cohetes apuntando al cielo, a todos esos fuegos artificiales, justo cuando el cantante dice, aún con la melodía de la última canción en los labios:

—Vamos a leer los mensajes de la rifa. Será un gran final de Fiesta. El mejor para una noche inolvidable.

Somos la Orquesta Ardentía, la que enciende las plazas y las olas.

Ardentía, un ardor por un problema digestivo. Ardentía, una calentura o un calor muy fuerte en una parte del cuerpo. Ardentía, reverberaciones fosforito y luminosidades intensas que se encienden en el mar agitado por el movimiento de peces sin memoria.

Y entonces todo estalla, un múltiple redoble, un delirio polirrítmico, un bombardeo que un ejército despistado dejó caer en una posición no estratégica, una traca de premoniciones explotando, un bol de maíz en el microondas, un tiroteo en las noticias, cubitos de hielo crepitan en el café ardiendo. Alguna palmera de neón y alguna hortensia gigante en el cielo. Todos con los fuegos artificiales.

Y los niños y abuelos se despiertan en las camas y carritos, y la Compaña que se dirigía hacia el fuego vuelve la cabeza para averiguar si debería anunciar muertos en otro sitio, y lo que queda del Valle en el prado de la Iglesia se convierte en un conjunto escultórico, y laten casi al volumen de las explosiones los corazones de los vivos, y se queda en pausa el juego del fuego, esos movimientos de prendas rojas naranjas amarillas azules puestas a secar y agitadas por el viento. Y el cielo, en poco más de una hora, cuando amanezca, será un helado de corte de tres sabores que se derretirá sin prisas, y las nubes blancas serán de nuevo novias escapando del altar a la carrera. Y la mujer embarazada, la madre del Niño de la Bici Roja, se sienta ahora porque nota otra contracción que la parte en dos, cuando de repente ve un charco de agua a sus pies, y ese petardeo infernal en el cielo detiene, a la vez, el corazón roto del Conde en la silla de mimbre y los corazones en miniatura de todos esos pájaros que sobrevuelan la Fiesta y que, cuando caiga en esta página el punto, caerán con él en el prado.

X

Me das un poco de envidia. Podrías ser la persona más lista y poderosa del universo. Podrías soplar y apagar un incendio, o cantar increíble, o hacer cuatro volteretas en el aire. Aún no has dicho nada, así que no te has equivocado nunca. Eso es increíble.

Y eso que no lo has tenido fácil. Mira que a mí me molesta el despertador cuando tengo que ir al cole, pero es que a ti te han despertado para salir unas explosiones brutales, como de una guerra, y lo que no sabes es que, en cuanto salgas de la barriga de mamá, te van a dar un par de cachetes, que de cuando me lo hicieron a mí no me acuerdo, pero lo he visto en la tele.

O sea, que vas a nacer justo la noche que ha pasado todo esto. Igual has sido tú, ¿eh? O sea, que desde dentro querías salir y has desatado todos los líos de hoy. Que a lo mejor tienes poderes. Mañana voy a estar muy atento, porque igual todas las noches a partir de ahora serán así si estás tú. Además, me flipa que, cuando lleves un día viva, o sea, dentro de un rato, una noche como hoy representará la mitad de tu vida. Lo calculé ayer con Iria. Nos parecía increíble. Vaya forma de entrar en el mundo. Te felicito. Has llegado en olor de multitudes. Y lo que te queda.

La verdad es que yo soy un poco como tú. O sea, he vivido mucho más, claro, ya soy grande. Pero sospecho que la gente del Valle cree que aún soy sordo, como cuando era pequeño, y que piensa que soy listo porque casi no hablo: igual me he acostumbrado a ser así. De hecho, te estoy hablando con mi mente, porque nuestra madre está ahora gritando como si le estuvieran serrando los tobillos o poniendo un tornillo en el ombligo con un taladro. Menos mal que puedo bajarme un poco el volumen del cacharrito de la oreja. Cuando le empezaron los dolores y salió el agua, yo justo bajaba del escenario. Aún estuvimos un rato sentados, hasta que me cogió el brazo y empezó a apretar que casi me lo arranca... y echamos a correr («¡Ni bici ni biza, si tu padre no está, tú te vienes conmigo!»). Bueno, más que a correr, a intentar andar rápido, ahí, entre las explosiones. Y entonces ya Ventura, el tío, que va delante conduciendo, nos metió en el camión y para allá que vamos. Bastante espectacular, la verdad: nos conduce un señor borracho vestido de presentadora de las campanadas de Nochevieja, mientras yo me quedo sin brazo para que tú puedas nacer y nuestra madre grita más que cualquier bocinazo del camión. Cuando lleguemos al hospital les encantará. Yo sé que me estás escuchando, que no hace falta que lo diga en voz alta: mis pensamientos van por mi brazo, saltan a la mama y se meten dentro para que los escuches. Además solo hablo en voz alta con Iria, es así como mágico, que creo que la oigo hasta sin el aparatito.

Ojo que casi nos estampamos contra ese jabalí que pasaba. Voy a contarte cosas, porque a este paso igual ni llegamos al hospital, que el tío Ventura no para de gritar y mamá también, y el camión este por las carreteras estrechas no pinta bien. Mira, yo me bajo aún más el audífono, que están histéricos. Por eso, porque no hablo, me lo explican todo. Y eso que deberían saber que ya oigo bien gracias a la tecnología. Ya lo conocerás, pero tenemos un primo que me llama Parabólico. Y mamá a veces me llama Defensor del Pueblo. Y la abuela —que, por cierto, hoy la ha liado pero bien— me llama Mula Francis. Es que se me da muy bien escuchar, música y a la gente, quizá porque al principio no podía hacerlo. Como no sé nada, acabo enterándome de todo. Y te digo una cosa, la gente a veces parece que está muy contenta, pero está triste. Y siente pena por ti, por eso te habla, pero en realidad tiene muchísima pena por ella misma.

Voy a seguir pensando cosas para hacerte compañía. Así me despisto yo, porque nos acabamos de comer tres stops seguidos. Me encantan las palabras esdrújulas, pero no las digo. Me las guardo. Para no gastarlas. No sé por qué a la gente le gusta más hablar que escuchar. No lo entiendo muy bien. Yo ya sé lo que pienso, no gano nada diciéndolo. No aprendo. Pero escuchando sí. Es mucho más productivo escuchar que hablar. «Sale a ganar», como dice papá: por cierto, acostúmbrate a que, cuando te vaya a buscar a la guardería, crean que es tu abuelo. Bien explotado, eso te puede servir para que te regale muchas cosas.

Me interesa muchísimo lo que quieras decirme, ¿eh? Pero entiendo que aún no sabes hablar. Bueno, eso parece, Iria diría que igual sí sabes y no te da la gana. O que hablas otro idioma. No pasa nada. De verdad. No vayas con prisas. Mientras no hables, puede que seas superdotada. Es mi truco, créeme. La gente habla demasiado, te lo digo yo, que solo me dedico a escuchar. Mira la canción que está cantando el tío Ventura: «Si lo que vas a decir es más triste que el silencio, no lo vayas a decir». También me gusta la música. «Oído total», dicen. Al principio, cuando hacía poco que llevaba el aparato y todo me agobiaba, cuando había mucha gente o mucho ruido, pensaba que eso del «oído total» era un chiste de malas personas. Decirme eso precisamente a mí. No sé. Mamá le acaba de dar una hostia a Ventura, pero tú tranquila. Me ha dicho Miguel que no me preocupara. Todo irá bien.

Me interesas tú, un montón, porque puede que seas una genia, claro, hasta que demuestres lo contrario, y porque no tienes mi edad. Solo me interesa Iria Agarimo, de los de mi edad. Del resto me interesan cuanto más grandes mejor. Por eso papá, aunque lo vea poco, no me cae mal: de hecho, tú no lo vas a ver cuando nazcas, porque se pensaban que no llegabas todavía, que faltaba un mes, pero tranquila, que no siempre es así, aunque mamá ahora le está llamando de todo, pero no te preocupes, es la emoción del momento. Además, la abuela Placeres se ha quedado en casa porque se dormía y no estaba para trotes, pero cuando volvamos seguro que nos recibe ya bien, con el desayuno o la cena. Igual te ofrece un café, de *pota*, que es lo que hace entre quien entre en casa a la hora que sea. ¿Quieres un buen bibe de café calentito? Te decía que los abuelos son mis favoritos. Están chalados. Hablando con ellos es lo más cerca que estaré jamás de los romanos y los dinosaurios, que son cosas que pasaron hace mil y pico años, más o menos. O sea, me explican cosas que nadie más sabe y que siguen por aquí.

Ahora mismo creo que soy la persona más sabia del Valle. Hoy he visto a la Compaña y un incendio de eucalipto y morir a un Conde de un infarto de miocardio o algo así en una silla enorme (cuando se dio cuenta, Julián empezó a gritar: «¡Al menos no murió en la cama!») y me he hecho aún más amigo de una *moura*, de una bruja que se peina con un peine de oro. Sé de sobra que todo eso no existe, pero me parece guay que tú te lo puedas creer durante un tiempo. También me he dado cuenta de que estaremos todos muertos dentro de cien años. Bueno, a lo mejor tú no. Ni Iria. Ni yo.

Lo sé todo porque me lo han confesado todo, gente de todas las edades. Al final, la Orquesta no leyó los papeles de la rifa, pero los tengo yo, aquí, incluso el clínex de Miguel. Los voy a guardar. Me ha dicho Cosme que queme el suyo, que si le quiero hacer «sabotaje», que no sé muy bien que es. Pero los guardo porque ha sido una noche inolvidable. Bueno, sobre todo lo guardaré y no lo leerá nadie, porque Iria se pondría triste, triste de verdad, incluso tendría miedo, aunque ella no sabe lo que significa esa palabra. Su padre estaba muy contento de que la Orquesta no los hubiera leído y hoy duerme en casa de su mujer, me dijo Iria en el último momento. En otra cama. En concreto, en un colchón en la cuadra. La verdad es que no sé si su mujer lo está perdonando o está divirtiéndose, haciéndole las mil y una. Pero me parece muy bien. Cosme perdió el móvil cuando todo explotó, pero iba diciendo que mejor buscar mañana con luz. Supongo que tenía miedo de que se fueran a casa sin él.

Supongo que el Ton hoy tocará a muertos. Por el Conde, y a lo mejor por los pájaros, supongo. Y a recién nacido, ¡por ti! No he hablado con él, con Ton, pero imagino que fue él quien enchufó fuego a los fuegos artificiales detrás del palco y estropeó el sistema de sonido de la Orquesta cuando un cohete cayó encima y el Francisco Alegre le tiró una garrafa de orujo casero para apagar las chispas.

Seguro que Ton adelantó los fuegos artificiales para despistar a los que lo buscaban, o para que el novio no se acercara más a Caridad. Por cierto, que cuando había más ruido vi que ella le estaba diciendo algo, pero como nadie oía nada y la gente corría de aquí para allí (Soledad decía no sé qué de un ataque terrorista de los moros), pues le gritaba muy fuerte y al final se escuchó que le decía que se fuera y, como el novio no hacía caso, se sacó una Converse blanca y le empezó a dar zapatazos y luego se la tiró y salió corriendo medio coja, como en el cuento aquel de la Cenicienta y del baile, sin una zapatilla. Supongo que fue el Ton, digo, pero vaya, que podría haber sido cualquier otro. Si lees los papeles (si quieres, te los leo luego en el hospital, cuando salgas, para dormirte), cualquiera podría haber empezado el fuego en el monte o enchufado los fuegos artificiales. Los leo y todos tendrían razones. Incluso yo. O tú, desde ahí dentro, que igual querías salir cuanto antes y ya sabemos que tienes poderes, hasta que no demuestres lo contrario.

Fue bonito, de repente. Los minutos que estuvimos hasta que mamá me empezó a apretar en serio el brazo y a gritar al tío Ventura. La abuela dijo que parecía que el cielo se hubiera llenado de hortensias de colores y Francisco Alegre le dedicaba el espectáculo desde el escenario. A Cosme le parecían más palmeras de neón, como de discoteca cubana. Soledad al principio dijo no sé qué de cuando ganaron aquellas elecciones (cuando se calmó un poco y dejó de gritar lo del ataque terrorista) y Ventura no paraba de decir: «Gracias, gracias, gracias», como si fueran un regalo de cumpleaños. Mientras el alcalde, borrachísimo, llamaba por teléfono a Protección Civil y a los bomberos para apagar los fuegos.

El papel del tío Ventura es muy raro, es el segundo más raro. Escribió que se despide para siempre, que el año que viene no estará en la Fiesta. Pues, como siga conduciendo así, no lo veremos ninguno de nosotros. Supongo que ahí dentro habrás pasado un poco de miedo, cuando ha estallado todo. No siempre es así, tranquila. Espero, vaya.

Pero el mensaje más raro es el del Conde. Va firmado. No lo he entendido muy bien, pero dice que está todo arreglado y legal, que me lo deja todo a mí y se lo quita a su hijo, y que todo el mundo lo oiga bien en la Fiesta, sobre todo «su hijo». No sé. Supongo que algún día de estos le daré este papel a alguien para que lo lea. Ahora no es el momento, pero igual mamá se pone contenta. O la abuela, quizá ella también. Y papá, si vuelve de sus pruebas. Y el resto de los papeles también se los daré a alguien, hasta el de Cosme, si no aprende a portarse mejor. Igual en las fiestas del año que viene, si hoy llegamos al hospital vivos. O, no sé, igual se los doy a Miguel. No paraba de pedírmelos, algo querrá hacer con ellos. Él sabrá.

La Orquesta se quería ir después de las explosiones. Estaban muy enfadados. Aunque, mira, al final sí que ha sido una noche inolvidable. A mí me parece que lo que hacen las orquestas es un superpoder. A nadie le gusta y a todos les gusta lo que tocan. Consiguen que todo se mueva a la vez, mayores y niños. Y solo funcionan cuando tienen delante a la gente, porque el secreto de una Orquesta, o eso me dijo Miguel, es que es un espejo: la Orquesta es el público. «Como el de una novela», añadió. Aunque yo aún no leo novelas largas. Miguel dijo que le parecía curioso, porque esa noche estaban pasando muchas cosas que podrían acabar en una novela, una novela que hablara de árboles extranjeros, de problemas comunes, de personas juntas y solas, tristes en un momento de euforia, y que le parecía irónico, que es una palabra esdrújula que no pienso decir muchas veces para no gastarla, que esa noche acabara quemando madera que podría haber servido para, convertida en papel, imprimir los libros que la cuentan.

Ya tengo ganas de que vuelva a ser noche de Fiesta otra vez. El año que viene tú sí estarás. Y el Conde vendrá, seguro, pero ya muerto, así que igual hasta su silla vuela por el cielo. Y Ventura, que dice que ya no estará pero a ver si lo convencemos, que hoy te está salvando la vida. Te prometo que habrá caballos gigantes y brujas y abuelas que bailan, y te presentaré a Iria. Te llevaré en bici. Y te presentaré a todos. Te encantarán. Están loquísimos. Solo se ven una vez al año, pero siempre en el mismo sitio, los mismos, a la misma hora. Solo queda un año, ya menos. Entiendo que para ti quedan unas trescientas sesenta y cinco vidas (Iria estaría contenta con mi cálculo).

Pero, créeme, pasa pronto. No llores, mira, te silbo mi canción. Un momento. Escucha. Mierda, casi nos estampamos en esta curva.

¿Te gusta? *Quién teme al lobo feroz.* Es la única manera de dejar de silbar una canción, de quitártela de la cabeza: pasársela a otro. Es como el hueso de la Compañía. Tienes que ir con ellos hasta que se lo das a otro. Escucha, la podrías cantar tú durante el próximo año. Da un poco de miedo, pero es bonita. Escucha. Esto queda entre tú y yo.

—Ya me callo con la cancioncita, mamá. ¿Ya llegamos? ¡Cuidado, que no sé si el camión pasa por ahí, tío Ventura!

Sí, ha pasado, ya aparcamos. Exacto, así. Ya verás cuando nos vean aparecer en recepción con estas pintas. Sí, cierra los ojos. Silencio. Te voy a leer los mensajes en mi cabeza. Cuando los abras, te enseñaré cómo se crearon el sol y los planetas y las estrellas. Cuando despiertes, aquí fuera, será otra fiesta.

0

No todos los silencios son iguales: silencio de piscina vacía en invierno y silencio clínico de sala de espera, silencio de autos de choque aparcados y silencio de domingo en concesionario Toyota, silencio de patio escolar diez minutos después del timbre de salida de los niños (completada su fuga eufórica tras la amnistía) y silencio de velatorio de deceso en accidente de coche (solo dos cuotas pagadas), silencio de emoción antes del salto y silencio de miedo después de presenciarlo, silencio ante las llamas y ante las cenizas. Silencio después de la última palabra del moribundo y después del primer gran llanto del recién nacido.

Silencio aquí de Fiesta mayor a la mañana siguiente, solo incordiado por el diálogo de ladridos de los perros idiotas de tres casas, un motor que despierta con una tos productiva, un gallo desorientado que canta a deshora y una melodía en los labios de un niño de once años que presencia todo esto mientras silba *Quién teme al lobo feroz*, feliz y a la vez nervioso porque hace solo un par de horas parecía que se acababa el mundo, pero luego vio nacer a su hermana pequeña. Sonríe él y también el logotipo estampado en la ventana de la furgoneta de reparto de la gran empresa de compra y mensajería por internet (¿quizá el primer regalo para la vecina del Valle recién nacida?).

Media hora después del parto, al Niño de la Bici Roja lo fueron a buscar al hospital para llevárselo y que descansara, pero él antes insistió en pasar a buscar la bicicleta por el prado de la Iglesia (no hay nadie, salvo, a cien metros, en el patatal, dos viejos que, recién despertados de un sueño brevísimo, se pelean con puñetazos al aire, sin demasiada convicción, como si siguieran bailando una música electrónica en una *rave* que no se acaba nunca). Los hielos en los vasos de plástico se han derretido, así que él ya no puede mascar un cubito como siempre, aunque no lo necesita.

Ese sol lejano es la huella de un recién nacido: el talón tintado de témpera naranja y aplicado en un cielo blanco y añil. La luz moteada por las hojas baña en oro la basura. No me he ido, lo que pasa es que, después de la gran noche, intento guardar silencio. Sonarán durante el año motores de tractor antiguo, nuevos gritos de niño solitario cuando la pelota impacte en el frontón, cuchicheos de abuelas que no quieren molestar a alguien aunque no haya nadie: comentarán la verbena, una y otra vez, atacando todos los ángulos y ensalzando a personajes secundarios. Dirán que no dirán nada, pero lo dirán todo. Se recordarán anécdotas de verano en invierno, como retoñan los verdes en la copa de árboles de tronco negro quemados en un incendio. Pasarán cosas, durante todos estos meses, cuando los que van y vienen piensan que no pasa nada. No me apagaré con un interruptor, simplemente dejaré el piloto rojo encendido. Y, dentro de un año, volveré a sincronizar los latidos de todos los que alguna vez pisaron Valdeplata. Los pondré a bailar bajo el mismo cielo, que cada año vuelvo a pintar con trazos antiguos y colores de estreno.

Soy la Música, siempre entre el escenario y el público, dentro y fuera. Recuerdo a los vivos que están vivos y animo a los muertos a que los visiten. Envuelta en celofán de regalo y recuerdo, congelando la máscara de aquel gesto, bajo el cielo de una noche que año tras año, siglo tras siglo, desde que se inventó el tiempo, es la misma noche.

Yo estaba en el escenario hace un rato y en un tiempo estaré en la boca del público. Cuando paseen como almas en pena, más allá de la vida, por el Valle apagado, cuando frieguen los platos en el piso compartido donde entraron a vivir ayer, en la silla de tijera de esa rueda de prensa del Partido en la que no te nombrarán o en la butaca de escay del despacho de recursos humanos donde tendrás que mentir para ser tú mismo, en la unidad de paliativos y en la jornada de puertas abiertas de la primera guardería. Convertido en nana para dormirte a oscuras. Y mientras tecleas esta historia para que otros la lean.

Silbarán todos alguna melodía y lo harán hasta que el recuerdo vaya disfrazándose de deseo, cuando rebasen la estación de servicio que queda ya más cerca de la Fiesta futura que de la pasada. Estarán despistados y, a traición, quedaré varada en su nuez para que traguen saliva, haré cosquillas bajo el mentón para que sonrían, me convertiré en los nervios que no les permitan pensar en otra cosa, que los ayuden a pensar en otra cosa. Cuando se corten la yema del dedo con el filo de la página de un libro o cuando escuchen la pirotecnia de los hielos que estallan en el café caliente.

Pueden intentar soplar para apartarme, pero, si lo hacen, sonará una melodía. Pueden silbársela a alguien para quitártela de la cabeza, para que se instale en la de otro. Todos los protagonistas de esta noche lo intentarán, una y dos veces y más de tres, hasta que llegue la siguiente noche. Siempre lo hacen: para recordarla o para olvidarla, que son las dos cosas que se suelen querer hacer con algo inolvidable.

Sé todo esto porque estoy dentro y fuera de cada uno de ellos, tal y como estaba fuera de ti, pero desde ahora también estaré dentro.

Ronda de presentaciones (y agradecimientos) de la orquesta

Queridos lectores y lectoras, muchas gracias por seguir ahí. Llegados a este punto, debería presentar a la Orquesta. A todos los que interpretaron alguna frase, animaron con palmas o pusieron el foco sobre cosas que el solista, el escritor, no lograba iluminar.

Gracias a Ramón Reimunde, sabio generoso, que me asesoró en todos los asuntos forestales y a quien el Conde le debe tanto (las importantísimas *zuecas*, sin ir más lejos). A Ángel, Merchi y Sergio y al resto de familiares que me indicaron alguna historia olvidada o detalles gallegos. A José Ignacio Carnero, amigo, letrado y escritor, que me contó determinadas soluciones legales y a quien alguna vez me referiré cuando tenga que gritar «llamen a mi abogado». A María Sánchez, con quien conversé mucho durante la grabación de un proyecto conjunto, *De lo urbano y lo rural*, y de quien he aprendido tantísimo, en sus libros y en nuestras charlas, como, por ejemplo, en esa última visita para ver el corcho que me contó en una umbría andaluza. Crepus, el gran Joe Crepúsculo, es el dueño de la teoría del abrazo o puñetazo, que me contó en nuestra bodega favorita. Carlos Zanón, del juego de los vivos o muertos, la necroporra, que ya usó como nadie en su obra. Y Àlex Cardona, de la idea de que cuando tienes cuarenta años, también tienes catorce y también cuatro. Laura Fernández estuvo ahí, en cada momento de duda y decisiones, dentro y fuera del texto. Y Daniel López Valle, el mejor divulgador histórico de la historia, también un gran amigo, fue el primer lector. De Antón Reixa es la vivencia de la estampida de vacas. Además, esto se ensayó en el Territorio Comanche, segunda casa. Y Felipe, mi suegro, una persona muy especial, me contó en su aldea la historia del Forastero (mientras escribo estas líneas, quiero darle las gracias por todo, a él y a Tarsi, que lo vivió todo con él). También a Maruxa, Mercedes, Felisa y Pepe, tías y tío, que fallecieron durante la escritura y que, desde luego, están aquí.

Mis padres recibieron una libreta con sus nombres para que me contaran sus fiestas de aldea del pasado y respondieron en presente, con el apoyo logístico y el cariño que todo padre de niños pequeños necesita para poder escribir. También Susana y Pau.

Hay otras ideas que salen de algunos libros. Algunos lejanos, como los de Walt Whitman, otros cercanos, como los de Nacho Carretero, de quien saqué la idea de la bicicleta de contrabando, o de Francisco Casavella, suyas son las abuelas que se saben los modelos de coche. Hay más, en la bibliografía, especialmente los magníficos tomos sobre mitología gallega de Antonio Reigosa: nos presentó Xesús Fraga y me envió en un momento providencial su diccionario mítico.

Muy agradecido a Carme Riera, por su entusiasmo preciso y precioso de Mujer Orquesta, así como al resto de su equipo en Alfaguara. Y a Txell, Mónica, Marta y las demás trabajadoras de la agencia MB, que aplaudieron ya el primer redoble desde su mundo de marmitas y manuscritos. No quiero olvidarme de la familia Blackie Books, a la que debo mucho, por todo lo que fue y todo lo que queda. Gracias también a Ciça, por los retratos.

El big bang en un vaso de agua es una anécdota juvenil del escritor Álvaro Cunqueiro, recogida magistralmente en *Un hombre que se parecía a Cunqueiro*, de José Besteiro. Le debo el descubrimiento de Joseba Sánchez Zabaleta a Déborah García Sánchez-Marín (@soysauuce).

Y a él, su implicación y talento para atrapar el arranque de la novela en una tela mágica.

La narradora de esta novela es la Música. Y versos de canciones populares entran y salen del texto. Espolean emociones, refuerzan ideas y generan escenas. Gracias a todos los que las escribieron y cantaron. En especial a Guille Wild Honey.

A veces el cantante (y el escritor lo es, un cantante que inventa a solas, un solista) se olvida de alguno de los miembros en la ronda de presentaciones de la Orquesta, pero eso no quiere decir que no los valore, sino que a veces está enfrascado en la melodía y se olvida de cosas importantes. Además, debe abreviar, porque la música pide paso para seguir sonando.

Bibliografía

O tesouro do monte, Ramón Reimunde (R. C. Reimunde).

Guía de campo de Galicia Encantada. Dos seres míticos e dos lugares que habitan, Antonio Reigosa (Xerais).

Lendas galegas de tradición oral, X. M. González Reboredo (Galaxia).

Arrepíos e outros medos. Historias galegas de fantasmas e de terror, Xosé Miranda y Antonio Reigosa (Xerais).

Dicionario dos seres míticos galegos, Xoán R. Cuba, Antonio Reigosa y Xosé Miranda (Xerais).

Costumes antigos en Galiza, Manuel Leiras Pulpeiro y Ramón Félix Leiras Pulpeiro (R. C. Reimunde).

Personaxes e cousas do Val do Ouro, Dolores Sánchez Orol (D. Sánchez).

La Santa Compaña. Fantasías reales. Realidades fantásticas, C. Lisón Tolosana (Akal).

Azul cobalto. Historia posible del marqués de Sargadelos, Alfredo Conde (Edhasa).

La estética musical desde la Antigüedad hasta el siglo XX, Enrico Fubini (Alianza).

¿Qué es la música?, Carl Dahlhaus y Hans Heinrich Eggebrecht (Acantilado).

Una historia de la música. La contribución de la música a la civilización, de Babilonia a los Beatles, Howard Goodall (Antoni Bosch).

La guerrilla antifranquista. La historia del Maquis contada por sus protagonistas, Andrés Sorel Martínez Sánchez (Txalaparta).

La España del maquis (1936-1965), José Antonio Vidal Castaño (Punto de Vista).

Este libro se terminó
de imprimir en
Casarrubuelos, Madrid,
en el mes de
octubre de 2024

MAPA DE LAS LENGUAS UN MAPA SIN FRONTERAS **2025**

ALFAGUARA / ARGENTINA
Para hechizar a un Cazador
Luciano Lamberti

RANDOM HOUSE / COLOMBIA
Lo llamaré amor
Pedro Carlos Lemus

ALFAGUARA / ESPAÑA
El celo
Sabina Urraca

RANDOM HOUSE / MÉXICO
Orfandad
Karina Sosa

ALFAGUARA / MÉXICO
Esta cuerpa mía
Uri Bleier

ALFAGUARA / ESPAÑA
Orquesta
Miqui Otero

RANDOM HOUSE / CHILE
Tu enfermedad será mi maestro
Cristian Geisse

RANDOM HOUSE / URUGUAY
El humo, la patria o la tumba
Emiliano Zecca

ALFAGUARA / PERÚ
Niños del pájaro azul
Karina Pacheco